Das Leben ist auch nur ein Film

von

Patrick von Wantoch

AF236479

Das Buch:

Justus Bölling, für seine Freunde, wenn er denn noch welche hätte, einfach nur Böller, ist ein nerdiger Verlierertyp, der in eine tiefe Sinnkrise stürzt. Verantwortlich dafür sind 3 Dinge, sein nahender 40. Geburtstag, der Tod seines Vaters und die Einladung zum Klassentreffen seiner alten Schule. Bisher hat er in seinem Leben noch nicht viel hinbekommen und sich auch deshalb von den Menschen entfernt. Er führt ein einsames Dasein, in seiner begrenzten Welt aus Filmen und Musik. Nun, auch mit 39 noch lange nicht erwachsen, muss er sich diesen Dingen stellen und sein Leben endlich auf die Reihe bekommen, wobei er natürlich von einer Katastrophe in die nächste stürzt.

Der Autor:

Der Autor wurde 1979 in Dortmund geboren und lebt seit 2013 mit seiner Familie am Niederrhein. Hauptberuflich im Finance Bereich tätig, verwirklichte er sich zu seinem 40. Geburtstag seinen lang gehegten Traum und begann nebenberuflich zu schreiben. Das hier vorliegende Produkt seiner Phantasie stellt seinen ersten Roman dar. Weitere sind in Planung.

Das Leben ist auch nur ein Film

Roman

von

Patrick von Wantoch

www.patrick-von-wantoch.de

kontakt@patrick-von-wantoch.de

Bibliografische Information der Deutschen Nationalbibliothek: Die Deutsche Nationalbibliothek verzeich-
net diese Publikation in der Deutschen Nationalbio-
grafie; detaillierte bibliografische Daten sind im Inter-
net über dndb.dnb.de abrufbar.

1. Auflage, 2021
© 2021 by Patrick von Wantoch

Herstellung und Verlag:
BoD – Books on Demand, Norderstedt

Umschlaggestaltung:
Sprudelkopf Design - Jasmin Raif, unter Verwendung
des folgenden Fotos:
iStock-152404488©iStockphoto.com, CSA Images

ISBN 978-3-7534-2474-3

Widmung

Dieses Buch ist meiner Familie gewidmet:

Meiner Seelenverwandten und geliebten Ehefrau
Sabrina, ohne Dich wäre ich nichts und Du bist
alles für mich.

Gleichwohl meiner größten Leistung und meinem
ganzen Stolz, meiner bezaubernden Tochter
Johanna.

Inhaltsverzeichnis

Kleine Gebrauchsanweisung

Bücher werden in unserem Sprachraum von vorne nach hinten gelesen. Vorzugsweise von der ersten bis zur letzten Seite. Und dabei jede Seite nacheinander, von oben links nach unten rechts. So weit so gut. Der Schluss wird nicht zuerst gelesen, das tut man nicht. So wie man *tut* nicht schreiben oder sagen tut. Wahrscheinlich soweit nichts Neues.

Was den Spaß beim Lesen jedoch deutlich erhöhen wird, ist sich eine geeignete Musik App zu nehmen und an den richtigen Stellen das jeweilige angedeutete oder paraphrasierte Lied abzuspielen. Falls man den Song nicht auf Anhieb erkennt, kann man ja *Sherlock* spielen und die Hinweise entschlüsseln. Wenn man gar nicht darauf kommt, es aber trotzdem wissen möchte, weil die Neugierde einen um den Schlaf bringt, so kann man sich gerne beim Autor um weitere Hinweise bemühen. Sonst einfach überlesen. Nun erzeugt Musik bei jedem andere Gefühle und diese müssen nicht zwingend übereinstimmen mit den Gefühlen des Autors oder des Protagonisten. Aber durch die universelle Sprache der Musik gelingt es, eine ähnliche Stimmung zu erzeugen, und der Text ist unabhängig von der Musikrichtung und Vorliebe des Hörers nun einmal der Text, manchmal etwas interpretationsbedürftig, aber doch relativ eindeutig. Ich hoffe, man kann aber auch beim großzügigen Ignorieren dieser Anmerkung seinen Spaß an den folgenden Seiten haben.

Auch wer sich im Kino-Universum nicht ganz so auskennt, soll hier nicht verloren sein, man muss nichts recherchieren und Tonnen von alten Filmen anschauen. Der eine oder andere Gimmick mag ohne eine gewisse Vorbildung aber verloren gehen. Hier ist es mit Stimmungen und Gefühlen ähnlich wie mit der Musik.

Zu guter Letzt muss man sich auch mit dem Basketballsport nicht umfangreich auskennen, einige Fachbegriffe mögen hier zwar fallen, aber der Kontext sollte sich prinzipiell auch so und von allein erschließen.

Im Endeffekt handelt es sich hier um eine kleine, aber feine Geschichte über einen Nerd und wir alle wissen, wie Nerds sind, und dennoch, so hoffe ich, kann die Geschichte unterhalten, auch ohne zusätzliche Apps und Recherchen.

Kapitel 1 - Schlechte Nachrichten

Dieser Tag, der 12.10.2018, mein 39. Geburtstag, war zwar keine Sternstunde der Wissenschaft, ich bin nicht vom Klo gefallen, als ich eine Uhr aufhängen wollte, hatte keine Vision und habe nicht den Fluxkompensator und damit die Zeitreise erfunden.

Aber dennoch war es ein wichtiger Tag für mich, denn er sollte für mich den Startschuss geben für eine Reise, auf der ich meinen persönlichen Sinn des Lebens finden, mich selbst begreifen und akzeptieren, vielleicht sogar ein wenig mögen lernen würde.

So hochtrabend das Ganze auch klingen mag, so banal stellten sich die ersten Schritte dar. Schlaftrunken, kaum die Augen aufbekommend, schlurfte ich vom Bett durch die Diele in das kleine Badezimmer mit den kackbraunen, vielfach gesprungen Fliesen. Die benannte Farbe passte perfekt zu meinem allmorgendlichen Vorhaben, wie ich abermals amüsiert feststellte.

Monchi's Stimme erklang dabei in meinem Schädel und sang sehr eindringlich, davon wie im Arsch er sei. Die Tür nicht hinter mir schließend, ließ ich meine Nike-Shorts, ein Überbleibsel aus vergangenen Basketballtagen, die ich zumeist zum Schlafen trug, Richtung Knöchel gleiten und setzte mich auf meinem persönlichen Hort der Ruhe und Glückseligkeit. Dabei schob ich mir eine Zigarette in den Mundwinkel, zündete diese beiläufig an und nahm einen tiefen Zug. Dieser brachte mich gewohnheitsgemäß zum Husten, ein Zeichen meines Körpers, das Ganze eventuell doch lieber zu unterlassen, das ich aber genauso erfolgreich ignorierte, wie die meisten anderen Zeichen auch.

Seit heute war ich unstolze 39 Jahre alt und hatte gestern allein mit einer Flasche Whisky in diesen Geburtstag hineingefeiert, wie gewöhnlich. Nimmt man die durchschnittliche Lebenserwartung eines Mitteleuropäers, dann sah ich noch 48 weiteren Jahren entgegen, wobei die Weichen bis zu einem gewissen Grad natürlich bereits gestellt sind. Ich werde kein Rockstar mehr und werde nicht nach Konzerten haufenweise Groupies vernaschen. Irgendwie schade.

Und wenn ich nicht endlich mit dem Rauchen aufhörte, würde sich die Anzahl meiner verbleibenden Gelegenheiten, mich lächerlich zu machen, auch noch dramatisch verringern. Profibasketballer werde ich ebenso wenig. Schade, war ebenfalls ein Kindheitstraum von mir. Ich spiel heute noch gerne ab und zu, meistens bleibt es aber eher beim Zocken an der X-Box und ich glaube, der Freiplatz und die Couch sind von der NBA so weit entfernt wie die New York Knicks von einer Meisterschaft.

Wo war ich, ach ja ich bin so alt, dass die Kids auf dem Freiplatz mich neuerdings Siezen und wollte erklären, wie dieser Verbaldurchfall (oder ist es Literaturdünnschiss?), den ich mein Leben nenne, und den der geneigte Leser gerade in den Händen hält, zustande gekommen ist.

Ich saß also hier auf meinem Klo, meine Haare bekamen unaufhörlich einen nicht mehr wegzudiskutierenden Grauschimmer und am Hinterkopf kam meine sonnenempfindliche Haut langsam zum Vorschein. Die einstmals stolzen Bauchmuskeln waren nach wie vor stolz, versteckten sich nur hinter einer isolierenden Fettschicht. Ich bin noch nicht so breit wie hoch, jedoch auch nicht mehr weit davon entfernt im Sommer Schatten zu geben und im Winter warm zu halten. Danke *Belafarinrod* für dieses göttliche Bild. Musikalisch bin ich etwas berlinorientiert. Ich bin damit aufgewachsen, genau wie mit den *Drei Fragezeichen*, aber zu denen kann man nicht besoffen grölen. *Die Ärzte* sind was für jede Lebenslage, die Detektive was zum Einschlafen. Ich fürchte, es werden noch öfter im Verlaufe dieser Geschichte Songtitel von den drei verrückten Berliner Jungs auftauchen, aber was soll's, es ist nun mal einfach die beste Band der Welt.

Wie ich aussehe? Größe, na ja so um die 1,90, wobei so ohne die gesunde Selbstüberschätzung, die Schuhe und die Leiter eher so um die 1,80. Durchschnitt halt. Was noch? Blond, blaue Augen, 90-60-90. Ach nee, das war das mit der Traumfrau. Ich bin eher so dunkelbraun (neuerdings ein wenig gräulich) behaart, habe ebenfalls braune Augen und bin recht sportlich. Oder zumindest war ich das mal.

Mein Leben begann in einem kleinen idyllischen Dörfchen, ohne Römer drum herum, dafür mit ca. 1,65 Mio. Einwohnern. Ein bisschen rum recherchiert, Wikipedia kann einiges, und ich kann darüber hinaus noch zu Protokoll geben, dass es sich hierbei um eine Großstadt in Nordrhein-Westfalen, dem bevölkerungsreichsten Bundesland im Westen Deutschlands handelt. Gleichzeitig ist sie das Wirtschafts- und Handelszentrum Westfalens und sowohl die größte Stadt dieser Region, als auch des Ruhrgebiets. Dortmund halt.

Aber da keiner Klugscheißer mag, muss ich wohl wieder Punkte gut machen, also sage ich aus tiefstem Herzen: Scheiß Schalke! So, jetzt habe ich es mir mit den Gelsenkirchenern versaut. Und wenn schon. Die werden eh niemals Meister (und waren es auch noch nie in meinem Herzen) und jetzt dürften zumindest die fußballerischen Fronten geklärt sein. Bei dieser Gelegenheit gleich ein Appell an *Campino*, der Text von *Bayern* sollte erweitert werden um diesen blau-weißen Gurkenverein, wobei eigentlich zieht man ja nur über echte Konkurrenten her, also vielleicht sollte *Campino* das doch so lassen, wie es ist, schönes Lied, nette Melodie, wahrer Text. Und mal Hand aufs Herz, die Bayern kann ja eh keiner leiden. Also den Verein, nicht die Menschen.

Aber das soll jetzt erst mal zum Fußball reichen. Nur eins noch: Bitte gebt unserer Fußball-Hochburg, der schwarz-gelben Wand, den besten und lautesten Fans der Liga ihre Identität zurück und benennt das geilste Stadion der Welt wieder so, wie es doch sowieso von allen Dortmundern genannt wird: Westfalenstadion! Hast Du schon mal gesagt oder gehört: „Hömma, Samstach gehn wa innen Signal Iduna Park, Schalke putzen!" Meinetwegen gehe ich sammeln, ich denke, es werden Minimum 81.365 und dann noch viele Fernsehzuschauer und Radiohörer zusätzlich mitziehen und dann schmeißen wir der Signal Iduna das Geld vor die Füße und sehen zu, wie unser Tempel seinen alten Namen wiederbekommt. Bitte.

Ich schweife immer wieder ab, komme aber gleich zum Punkt. Versprochen. Ich brenne für drei Dinge: Filme, Basketball und Musik. Wegen zuletzt

Genanntem bin ich übrigens auch der Meinung, mein Leben sollte einen Soundtrack haben. Vielleicht ist es ja schon aufgefallen, dass in vielen Situationen immer wieder irgendwelche Songs in meinem Kopf auftauchen, das mache ich nicht extra, das kommt ganz automatisch und ich kann es nicht verhindern. Es gibt sehr viele Bands und Künstler, die ich im Laufe der Jahre schätzen gelernt habe. Die mich immer begleiten, etliche Songs, Alben, Konzerte und Festivals. Alle hier aufzuzählen wäre jedoch zu viel des Guten, weshalb ich mich auf das Treppchen des guten Geschmacks beschränken möchte.

Die Bronzemedaille geht nach Münster, genauer gesagt nach Ibbenbüren, super Musik, tolle Menschen, unglaublich geile Live-Performances, ob englisch ob deutsch, immer klasse, jederzeit sympathisch. *Donots* eben. Eine Band, die sich stets neu erfunden hat und sich trotzdem treu und auf dem Boden geblieben ist.

Die Silbermedaille meines persönlichen guten Geschmacks geht nach Hannover an *Fury in the Slaughterhouse / Wingenfelder*. Grandiose Musik, Storytelling für Erwachsene, ebenfalls englisch wie deutsch überragend. Megasympathische Menschen, Vollblutmusiker und live eine Offenbarung, haben sie mich seit frühester Jugend begleitet. Danke für eine fantastische Zeit. Leider gibt es die Band nicht mehr (zumindest *Fury in the Slaughterhouse* nicht) bzw. nur ab und zu wird sich zu vereinzelten Konzerten zusammengerauft. Und jetzt ist es tatsächlich so weit. Ich habe bei meinen Eltern als Kind nie verstanden, warum die Musik, die sie hörten, ausschließlich von Leuten stammt, die schon lange nichts mehr machen oder gar tot sind. Nun bin ich selbst alt und eine meiner absoluten Lieblingsbands ist Geschichte.

Last and never ever least, geht die Goldmedaille natürlich, wie bereits zaghaft angedeutet, nach Berlin. Drei sympathische Volldeppen, die grandiose Texte schreiben, diese mit wunderschöner Musik veredeln und live unglaublich sind. Ich kenne keine Band, die einen solchen Spaß an ihrer Berufung hat und diese so genial mit ihren Fans teilt. Wenn ich ein Lied der *Die Ärzte* höre, (Ich weiß, die Schreibweise sieht komisch aus, aber da bestehen die Drei drauf) geht es mir besser. Egal ob unsinnig, traurig, witzig, scharfzüngig, die Texte und die Musik bedeuten für mich ein Lebensgefühl, einen Lebensstil. Auch solo scheuen die Jungs sich nicht, etwas Großartiges darzubieten, wenn ich hierzu auch anmerken muss, trotz genialer Sololieder und sehr, sehr guter Konzerte, die Magie kommt nur zustande, wenn *Belafarinrod* gemeinsam auf der Bühne stehen. Dass sie solo den Anderen immer noch überlegen sind, zeigt hier wohl ihre Klasse. Macht weiter so, von mir aus auch länger als die

Stones, denn so zum Affen wie die mit fast 70 macht ihr euch schon eure ganze Karriere lang, aber wissentlich, willentlich und mit viel Spaß und Herzblut.

Denkt man mal über den Soundtrack des eigenen Lebens nach, merkt man, Musik macht das Leben besser. Frei nach dem grandiosen, fantastischen, oft kopierten und niemals erreichten Film *Absolute Giganten,* in dem der Protagonist *Floyd,* wunderbar gespielt vom leider viel zu früh verstorbenen *Frank Giering,* feststellt, dass Musik allgegenwärtig sein sollte. Mit der Begründung, wenn es grad scheiße ist, wäre zumindest noch die Musik da. Und wenn es gerade am schönsten ist, solle die Platte springen und der Moment sich auf ewig wiederholen. *Floyd,* hatte absolut Recht. Und als *ZSK* aus diesem besten aller Filmzitate eine Punkhymne schufen, schloss sich der Kreis. Genug der Plattenbesprechung und weiter im Text, ich muss echt anfangen, mich zu konzentrieren.

Röchelnd öffnete ich den ersten der Briefe, die ich auf meinem Weg aus dem Flur aufgeklaubt hatte. Eine freundliche Erinnerung meiner allseits beliebten Hausbank mit dem dicken, roten S, dass ein Dispokredit keine Lebenseinstellung war und ich mein Konto aber mal so was von subito ausgleichen solle. Ablage P.

Der zweite Brief sprach dem ersten Ansinnen Hohn, indem die gleiche Bank mir überschäumend zum Geburtstag gratulierte. Ein vorgefertigter Vordruck, in dem auch noch mein Name falsch geschrieben war.

Der dritte Brief weckte jedoch augenblicklich meine ungeteilte Aufmerksamkeit, ein Schreiben meines alten Gymnasiums, in dem ich zum Klassentreffen eingeladen wurde. 20-jähriges Jubiläum stand dort in fetten Lettern.

„Ist das wirklich schon so lange her?", sagte ich halblaut vor mich hin und mein Cineasten-Hirn ergänzte unsinnigerweise ganz in der Stimme von *Doc Brown*, dass das hier alles gewesen sei und der alte Peabody hier Fichten anpflanzen wollte. Macht gar keinen Sinn? Natürlich nicht, aber als womöglich größter Moviefan auf Erden schalteten meine Synapsen ganz automatisch und beendeten den Satz für mich mit einer kurzen Passage meines Lieblingsfilms, den ich notfalls auch komplett mit- oder nachsprechen konnte, und das Ganze kam mir noch nicht mal merkwürdig vor, sondern gehörte zu meiner Wenigkeit, wie meine etwas zu breit geratene Nase. In genau einem Jahr sollte das Ganze stattfinden, an meinem 40. Geburtstag, na wie toll.

Mein Blick fiel auf die beigelegte Namensliste meines Jahrgangs, die ich unbewusst nach zwei Namen absuchte und auch schnell gefunden hatte:

Jan Butze, mein (damals) bester Freund und Sandra Steinert, die unerfüllte Liebe meines Lebens. Für mich zog eine Zusammenfassung aller möglichen skurrilen Begebenheiten meiner Schulzeit an meinem geistigen Auge vorbei und ich war fassungslos, dass diese beiden Namen nach all dieser Zeit noch immer eine so starke emotionale Reaktion in mir hervorriefen. Doch auch viele andere Namen ließen mich einige Tage meiner Jugend erneut im Schnelldurchlauf durchleben. Ich kam mir wieder vor wie 16. Kumpels, Erzfeinde und viele für mich nicht zuordenbare Gestalten blickten mir namentlich entgegen und buhlten um ein Stück meiner Aufmerksamkeit, in dem allgemeinen Strudel der Erinnerungen, die auf mich einstürmten. Schulzeit inklusive Klassenfahrten: ein spezielles und beliebtes Thema, vor allem hinsichtlich der Gruppendynamik in einem bestehenden Klassenverband. Wer da mit wem, was oder auch nicht, dann vielleicht doch, halb oder ganz, offen oder heimlich macht und was daraus entsteht. Heftig.

Um diesem Treiben ein Ende zu setzen, legte ich diesen Brief zunächst zur Seite und widmete mich dem letzten Poststück dieses Tages, einem offiziell wirkenden Schreiben der Anwaltskanzlei Scharfenberg, fett adressiert an Herrn Justus

Bölling, meine Wenigkeit, falls ich das noch immer nicht erwähnt haben sollte.

Nach dem Öffnen wurde ich erneut von einer Woge der Erinnerung erfasst und meine Gefühle begruben mein rationales Denken unter einem großen Geröllberg. Die Zigarette, die sich aus meinem Mundwinkel löste, um wie eine ferngelenkte Cruise Missile auf meinem besten Stück zu landen tat beim Aufprall zwar weh, konnte mir aber keine zusätzlichen Tränen entlocken, da ich bereits, sehr unmännlich laut schluchzend versuchte zu verstehen, dass mein Vater gestorben war.

Kapitel 2 - Aufbruch

Nach einiger Zeit, als alles aus mir rausgekommen und Pisse, Scheiße sowie Tränen versiegt waren, erhob ich mich schwerfällig. Meine Beine waren eingeschlafen und kribbelten unangenehm, trugen jedoch mein leichtes Übergewicht zum Waschbecken. Dort angekommen spritzte ich mir etliche Hände Wasser ins Gesicht und betrachtete mich im Spiegel.

Ein verheultes Gesicht schniefte mir entgegen und die Erkenntnis, dass ich nun endgültig mutterseelenallein war auf dieser Welt, sickerte langsam in mein verkatertes Hirn. Ich hatte zwar noch einen Bruder, aber zu dem hatte ich in den Jahren seit dem Zivildienst noch weniger Kontakt gehabt, als zu meinem Vater. Und anscheinend hatte Oliver, dieser elende Kotzbrocken, mich ja auch noch nicht einmal über Papas Tod informiert. Das Familienverhältnis zu meinem Vater und meinem Bruder hat vor allem nach dem frühen Tod meiner Mutter vor einigen Jahren stark gelitten. Mein Vater konnte zudem mit meinem Lebensstil des kiffenden, ewigen Studenten wenig anfangen und wir haben uns einfach so lange auseinandergelebt, bis wir uns nichts mehr zu sagen hatten. Als ich das Studium dann auch noch abgebrochen habe, war endgültig Feierabend.

Mein Bruder mutierte im Laufe der Jahre zu einem noch größeren Arschloch, als er ohnehin schon immer war, von daher war der endgültige Bruch recht einfach zu realisieren und hat bis heute Bestand. Verständlicherweise, da meine Mutter, die uns Sturköpfe immer zusammengehalten hat, nun ja leicht verhindert war. Jetzt bereute ich das natürlich alles schlagartig. Hätte, hätte, Fahrradkette.

Meine Familie? Wie ich aufgewachsen bin? Ich war ein Wunschkind! Jawoll! Vielleicht bin ich eine herbe Enttäuschung geworden, aber erst mal war ich ein Wunschkind. Ich habe etliche Jahre den Kinderwunsch meiner zukünftigen Eltern ignoriert und dann ganz trocken, als schon fast alle Hoffnung aufgegeben war, mit zweiwöchiger Verfrühung das Licht der Welt erblickt. Nachdem ich zwei Wochen nachgetoastet worden bin, durften meine überaus stolzen Eltern mich dann endlich mit nach Hause nehmen, wo ich dann den Begriff Schreibaby nicht nur neu erfunden, sondern auch rückwirkend durch die Zeit auf die Welt losgelassen habe und das ganz ohne Fluxkompensator. Ich bin mir nicht sicher, ob meine Eltern in dieser Zeit ihre Turnübungen bereut haben oder sich mit Kindesmordgedanken herumschlugen, aber na ja, so war es eben. Als ich diese Phase überwunden habe, soll ich ein ganz nettes Kind gewesen sein, mir fehlen dazu die Erinnerungen als Beweis.

Alles lief eine Zeitlang gut, wir lebten in einer schönen Doppelhaushälfte im Dortmunder Westen, es war friedlich, idyllisch und perfekt. Doch als ich etwa zwei Jahre alt war, geschah es, meine Mutter wurde immer dicker. Das Grinsen auf dem Gesicht meines Vaters immer breiter und dann etwa neun Monate später…

…hatte ich ein Brüderchen bekommen. Die ersten 16 Jahre seines Lebens versuchte er alles, um mich fertig zu machen, zumindest aus meiner Sicht, schon durch seine bloße Anwesenheit, weshalb ich folgerichtig das Gleiche tat. Ehrensache. Ich glaube, die Feindschaft begann spätestens als meine Mutter eines schönen Tages mit uns spazieren gegangen ist und Baby Oliver meinen ach so geliebten Teddy aus dem Kinderwagen warf, den ich in einem Anflug von Liebe in seine Obhut gegeben hatte. Natürlich fällt so was erst auf, wenn man wieder zu Hause ist und keine Chance mehr auf Rettung besteht. Man könnte jetzt argumentieren, dass er jung war und das Geld brauchte, ich meine, jung war und es nicht mit Absicht gemacht hat, doch das glaube ich nicht. An diesem Abend hat er mich angegrinst und er sah aus wie *Reagan*. Und ich könnte schwören, gesehen zu haben, wie er den Kopf einmal komplett herumgedreht und grünen Schleim direkt strahlweise ausgekotzt hat.

Hier wurde der Grundstein gelegt, für jahrelange Racheaktionen, um meine stark verwundete Seele zu reparieren. Beispielhaft seien hier erwähnt, wie es z.B. bei einem Wrestlingkampf (ich war *Bret The Hitman Hart* und er der *One-Two-Three-Kid*), bei dem es um einen selbstgebastelten Gürtel aus Pappe ging und der im Madison Square Garden (lies: auf dem Bett der Eltern) ausgefochten wurde, zu einem folgenschweren Finishing-Move kam, der mein Brüderchen für etwa eine Woche außer Gefecht setzte. Der Einmarsch erfolgte unter der Original-Musik von Kassette, nix mit streamen und die Rede ist natürlich von dem Sharp-Shooter. Es könnte sein, dass ich nach seiner Aufgabe ein bis zwei Min.... ähm... Sekunden weitergezogen habe. Aber das kann er nicht beweisen. Oder zumindest konnte er das bis heute nicht. Jetzt weiß wahrscheinlich niemand, wovon ich rede. Also das geht ungefähr so: Der Gegner liegt auf dem Bauch. Im Idealfall hat man ihn vorher umgemöppelt, sonst lässt der sich das ja nicht gefallen. Man selber hockt sich dann auf den Rücken des Gegners, verschränkt dessen Beine über den eigenen Knien und benutzt dann sein komplettes Gewicht, um die Beine des Gegners und vor allem dessen Knie so weit zu überdehnen, dass dieser vor Schmerzen aufgibt. Ist halt ein Aufgabegriff, ein Submission-Hold. Wie dem auch sei, er konnte danach eine Woche nicht laufen, weil ich ihm sämtliche Bänder überdehnt habe.

Oder die Sache, als ich ihm eine Phobie beschert habe, die bis heute anhält. Er hat Angst vor Clowns. Ich weiß beim Besten willen nicht mehr, wie alt er damals war, aber ich hatte ihn eine wunderschöne *Stephen-King*-Verfilmung sehen lassen, die mit dem Pronomen als Titel. Mal abgesehen davon, dass er sich noch heute fürchtet und als Erwachsener den Film zwar gekauft, aber nach wie vor seit Jahren eingeschweißt und original verpackt im Regal stehen hat, ist mein Plan jedoch nur halb aufgegangen. Er hatte sich schon damals direkt und so was von unmittelbar revanchiert, auf eine Weise, mit der ich beim besten Willen nicht rechnen konnte. Und zwar, indem er bei einer besonders gruseligen Szene vor Angst in mein Bett gekotet, nach unserer Mama geschrien hatte und diese ganz trocken seine Wurst in meine noch fast volle Chips-Tüte gepackt hat und beide, Brüderchen wie Würstchen mitgenommen hat. Ein bisschen Ärger gab es auch. Aber das war schon ok. Er hatte es verdient. Nur leider konnte ich ein paar Wochen keine Chips mehr sehen.

Ansonsten hatte ich eine sehr schöne Kindheit. Eine, in der die Kinder der Nachbarschaft in den Ferien morgens an der Tür geklingelt haben und einen zum Spielen abholten. Ich weiß nicht, ob Kinder heutzutage noch draußen spielen: Verstecken, Fangen, Fußball, *Masters of the Universe* mit selbstgebastelten Holzschwertern. Heute sitzen die nur vor dem Fernseher, am Computer oder am Handy. Wenn sie nicht total verfettet sind, spielen sie vielleicht mit der Wii. Das sind dann die, die später nicht zwingend Diabetes, Adipositas und was weiß ich für Einschränkungen haben. Ich glaube, richtig spielen können die gar nicht mehr. Vor allem können die Kids sich heute nicht mehr mit sich selbst beschäftigen. Ich konnte das immer sehr gut, vor der Pubertät, aber besonders gut während und danach. Ich meine jetzt aber nicht nur Onanie, sondern alleine spielen, lesen, malen und so weiter.

Meine Eltern waren großartig und viel mehr kann ich dazu nicht sagen, ohne erneut in Superlativen zu verfallen. Ich wurde in keiner Weise traumatisiert, nicht durch Übergriffe, Gewalt, Streitereien, durch nichts was heutzutage anscheinend in Familien üblich und an der Tagesordnung ist. Vor allem in Familien, deren Kinder Schantalle, Schaqueline und Kevin heißen. Nur Liebe, Respekt, Verständnis, Geborgenheit. Ich könnte diese Liste ewig fortführen.

Ansonsten war meine Kindheit wie gesagt, so schön und ereignislos, wie jedermanns Kindheit eigentlich sein sollte. Keine großen Skandale oder

Tragödien, nur Kind sein und das aus vollem Herzen, mit Popeln und allem Drum und Dran. Und bei diesem Gedanken dröhnte *Sahnie's* Stimme in meinem Innenohr und gab *Wie ein Kind* zum Besten. Das ungeliebte frühe Mitglied der Punkverräter aus Berlin war und ist ein Spacko, aber das Lied ist trotzdem eingängig.

Geboren und aufgewachsen bin ich, wie bereits erwähnt, im tiefsten Ruhrgebiet. Während meiner wenig erfolgreichen Schullaufbahn habe ich die 7. Klasse direkt zweimal gemacht, weil ich so viel Freude daran hatte. Und mein Abitur habe ich 1999 auch nur mit Ach und Krach geschafft, dann bin ich anschließend meiner Bürgerpflicht nachgekommen und habe meinen Zivildienst in einem Altersheim abgeleistet. Klischee, ick hör dir trapsen. Da ich aber aufgrund des NCs keinen Studienplatz in meiner Heimatstadt ergattern konnte, hatte ich selbigen dann halt in Bielefeld angenommen, war quasi ausgewandert. Ausgerechnet in die Stadt, die es eigentlich nicht gibt. Passt, denn gerissen habe ich hier nichts und irgendwie hat es mich, seit ich hier war, auch nur bedingt gegeben.

Das war im Jahr 2000 und hier saß ich nun, 18 Jahre später, im Badezimmer meiner aktuellen WG Wohnung, die ich mit zwei weiteren Versagern teilte, mit Björn und Ralph, dem versoffenen Gespann. Die haben ihr Studium zwar noch nicht aufgegeben, sind aber von einem akademischen Grad so weit entfernt wie ich vom Nobelpreis. Ich hingegen habe nach 13 erfolglosen Jahren des Studiums das Handtuch bereits 2013 geworfen. Die Studiererei war mir nicht bekommen. 26 Semester, die ich komplett vergeudet hatte. Kein Abschluss, nichts gelernt.

Seitdem habe ich eine meiner drei Leidenschaften quasi zum Beruf gemacht und mich in meiner ehemaligen Stammvideothek, in der ich zu jobben angefangen hatte, als mein Dad mir den Geldhahn zudrehte, von einer Aushilfe zu einem Teilzeitangestellten, bis hin zum Filialleiter hochgearbeitet. Welch grandiose Leistung. Ja, mein ganz eigener glamouröser Lebensstil als *Clerk*. Oft fühlte ich mich auch wie *Dante* in diesem wundervollen Film. Ich habe diesen Job immer geliebt, den ganzen Tag mit Filmen beschäftigen, beraten, die neuesten Streifen zuerst in den Fingern. Über Nacht kostenlos ausleihen und brennen, da mein Chef mir wenig bezahlte, holte ich so wieder etwas Geld rein, dass ich ansonsten ja ohnehin noch zusätzlich wieder dagelassen hätte. Trotzdem habe ich diese Zeit der schlechten Bezahlung, beschissenen Arbeitszeiten und des absoluten Null-Standings in der Gesellschaft immer total genossen. Aber nun war es auch nur noch eine Frage der Zeit, das große Videothekensterben hatte dank Netflix und

Amazon Prime Video bereits eingesetzt und wenn ich mir unseren Umsatz so anschaute, würde das bei uns auch nicht mehr lange dauern und ich stünde buchstäblich auf der Straße.

Ich konnte gerade keinen klaren Gedanken mehr fassen. Soweit neben mir stehend, dass ich mir selbst hätte zuwinken können, tat ich etwas, das ich schon ewig nicht mehr getan hatte, was zu einem anderen, früheren Leben zu gehören schien. Aber es fühlte sich einfach richtig an. Ich packte mich in meine Basketballklamotten, die Schuhe fand ich erst nach ausgiebiger Suche ganz unten, hinten im Kleiderschrank, begraben von ausgemusterten Klamotten. Ich pumpte meinen alten, fast profillosen Ball auf, der auf dem Schrank seine vorerst letzte Ruhestätte erhalten hatte und verließ die schmuddelige WG Wohnung in Richtung Freiplatz. Das einzig Sinnvolle in diesem Moment, wie mir schien. Meine zweite Leidenschaft: Basketball.

Tja das waren früher noch Zeiten. Ball spielen mit den Jungs. Stundenlang. Tagelang. Täglich. Auch im Winter, dann wurde vorher Schnee gefegt. Oder im Dunkeln, dann wurden halt die Scheinwerfer des Autos auf den Court gerichtet. Auch wenn das des Öfteren Verletzungen nach sich gezogen hat. Das Spielen ohne Sichtkontakt, nicht die Scheinwerfer. Nur Regen und Sturm gingen gar nicht. Dann mussten wir doch den Luxushallenscheiß durchziehen.

Als Heranwachsender hatte ich meinen eigenen Korb. Da wurden Schlachten geschlagen. 1-on-1, 2-on-2, oder 3-on-3. Der Ring war gegen Ende so weich, dass man den Ball nur in die ungefähre Richtung geschmissen hat, und dieser wurde dann eingesogen wie von einem schwarzen Loch. Ich möchte gerne wissen, wie viele Bälle durch diese Reuse geswisht sind. Die Best-of-Seven-Series waren jahrelang lebensbestimmend. Es gab nichts Wichtigeres, nichts Schöneres. Anders als im Leben konnte man, wenn man verloren hatte immer eine Revanche einfordern, selbst wenn die Knie nachgaben, die Hände wund waren und man den Ring mehr erahnen als sehen konnte. Für ein Spielchen war immer noch genug Power da. Es war das Spiel an sich, die Challenge, die mich begeistert hat und es noch heute tut.

Infiziert wurde ich mit dem besten Hallensport der Welt in den Jahren 1992 und 1993. Da war ich 13 und hatte erkannt, dass weder Fußball noch Handball meine Sportarten waren. Zumindest zum selbst ausüben. Wobei im Falle von Handball: Ist auch echt ein scheiß Sport. Fußball ist da was ganz anderes, aber ich schaue lieber zu. Sorry, Papa. War eine herbe Enttäuschung für meinen Dad. Tut mir leid aber die (Basketball-) Macht war stärker in mir.

Generell ist in Deutschland in dieser Zeit ein regelrechter Basketball-Boom entstanden. 1992 hatte das Dream-Team die ganze Welt bei den Olympischen Spielen begeistert. Deutschland wurde 1993 überraschend Europameister. (Ja, die Deutschen haben schon vor *Nowitzki*, dem German GOAT, Basketball gespielt.) Scheiß auf das *Wunder von Bern*. Das war wirklich ein Wunder.

In der NBA schlugen, die Chicago Bulls mit dem besten Spieler aller Zeiten (für die Leihen oder die, die der Meinung sind, *Lebron* könnte ihm das Wasser reichen, schreibe ich seinen Namen noch mal explizit hin: *Michael Jordan*) mein Lieblingsteam, die Phoenix Suns, um den besten Power Forward aller Zeiten (Nein, ich rede nicht von *Karl Malone* oder *Tim Duncan*, sondern vom *Sir*) in der besten Endspiel-Serie aller Zeiten (verdammt viele Superlativen hier) mit 4:2 und sicherten sich so vor *His Airness* erstem Rücktritt und Baseball-Ausflug den Three-Peat.

In meiner Schule gab es auf einmal eine Basketball-AG, die aber nur den Zweck hatte, junge Spieler für den neu gegründeten Vorort-Verein zu rekrutieren. Ja und, ich habe natürlich mitgemacht. Obendrein gab es das erste große, von Adidas ausgerichtete Streetball-Turnier hier in Dortmund rund um die Westfalenhalle. Die sich damals übrigens in unmittelbarer Nähe zum Westfalenstadion befand. Heute steht sie nur noch in unmittelbarer Nähe zum, würg, Signal Iduna Park.

Da hatten sie mich, und bis heute hat meine Faszination für *Naismith's* Spiel nicht nachgelassen, auch wenn ich nicht mehr jede Nacht im DSF die Spiele verfolge (ich glaube, auch DSF gibt es gar nicht mehr) und versuche die Fick-Werbung, zu ignorieren, wie früher. Wobei das als junger Teenager noch sehr aufregend war, später aber zunehmend lästig wurde. An dieser Stelle danke *Buschi* für viele tolle Spiele und Nächte! Ich weiß, du bist nicht meine Mutter!

Mein alter, schrottreifer Golf 2 sprang nach einigen Versuchen an und ich fuhr mit laut aufgedrehtem Radio und heruntergelassenen Fenstern durch die Gegend, um einen geeigneten Platz zu finden. Da im Radio wieder nur Schrott lief, schob ich eine CD, die ich wahllos vom Beifahrersitz aufklaubte, in den CD-Schacht und *Bela* stellte mir mit seiner unnachahmlichen Stimme die musikalische Frage, ob das alles sei. Wie passend. Ich musste einige Zeit umherfahren, durch die Wirrungen dieser von mir ungeliebten Stadt, in die ich studientechnisch ausgewandert war, auf der Suche nach meinem persönlichen Heiligen Gral. Die Freiplätze waren gefühlt auch nicht mehr so häufig, wie in meiner Jugend, doch nach 20 Minuten fand ich einen. Keine Schönheit, aber nutzbar und den Umständen durchaus angepasst.

Um den Kopf frei zu bekommen, verfiel ich in die Routine einer vergangenen Zeit und nahm einen Wurf nach dem anderen. Der Court hatte einen rissigen Betonboden, keine Linien, der Ring hing ein gutes Stück runter und das Netz war nur ein zerfleddertes Anhängsel. All das störte mich in keiner Weise, passte es doch zu meiner desolaten Geistesverfassung. Ich kannte die Abmessungen und Entfernungen im Schlaf und hatte ein natürliches Gefühl, welche Linie wo hätte sein müssen. Ich gewöhnte mich an das Ringniveau und machte die Shooting-Drills, die ich als Jugendlicher millionenfach durchgezogen hatte. Dreier, Mitteldistanz, Freiwürfe, Korbleger. Mein Körper übernahm, mein Kopf wurde frei. Eine Flow-Erfahrung, die ich schon ewig nicht mehr hatte.

In meiner Jugend und im jungen Erwachsenenalter hatte ich den besten Hallensport der Welt mit viel Leidenschaft und Akribie betrieben. Vier mal die Woche Training, am Wochenende Spiele und Turniere. Ich war gar nicht schlecht und hatte sogar in der Stadtauswahl gespielt. Von dieser Form war heutzutage bedauerlicherweise nicht mehr viel übrig. Wie in amerikanischen Sportfilmen, wo die High School Sporthelden nur alt, fett und verbittert werden, weil ihr Leben so einfach nicht weitergehen konnte. Versager, wie ich einer war. Luschen.

Doch schwitzend und keuchend machte ich weiter, die Wurfquoten wurden besser und der Plan meiner nächsten Schritte nahm von selbst Gestalt an: Ich würde nach Hause fahren, nach einer kurzen Dusche alle meine Sachen, viele waren es ja nicht, in die Karre packen und ab in die Heimat, Job und Wohnung kündigen und nicht mehr zurückkehren. Mich dann in Dortmund um den Nachlass meines Vaters kümmern, die Beerdigung hatte ja bereits ohne mich stattgefunden, mir eine Übernachtungsmöglichkeit suchen und mir dann ganz in Ruhe überlegen, wie mein Leben weitergehen sollte.

Da es keine außergewöhnlichen Zwischenfälle gab, benötigte ich für die Abwicklung meiner Bielefelder Existenz weniger als drei Stunden. Schon traurig, so ein Eremitendasein. Mein Chef schien ganz glücklich zu sein, dass er mich nicht in absehbarer Zeit kündigen müsste, und ich wohnte ohnehin schwarz in der WG, also musste da nicht groß was gekündigt werden. Es war Björns Wohnung, Ralph und ich waren nicht offiziell gemeldet, so spart man sich Nebenkosten und die GEZ.

Ich pinnte meinen Mitversagern noch eine Notiz an den Kühlschrank, dass diese sich die Miete in Zukunft durch zwei teilen oder einen neuen

Mitbewohner suchen müssten, und begann meine Heimkehr in den Ruhrpott, neugierig, was sich alles verändert haben mochte und betend, dass die Karre durchhalten würde.

Kapitel 3 - Heimkehr

Die Karre hielt durch und da ich alles lieber getan hätte, als mit meinem Bruder zu sprechen oder ihn um etwas zu bitten, folgte ich einem dringenden Bedürfnis und fuhr zuallererst mal nach Lütgendortmund zum Friedhof. Zum Grab meiner Mutter. Hier hatte sich nicht viel verändert. Den Weg kannte ich noch und meine Füße trugen mich automatisch zu meinem Ziel, auch wenn ich lange nicht mehr hier gewesen war. Vorbei an der Friedhofsgärtnerei, den zum Verkauf stehenden Grabsteinen des ansässigen Steinmetzes, links durch das Tor und dann ein wenig im zick zack zwischen den Bäumen und Feldern hindurch und ich war da, ohne bewusst nachzudenken. Fast alle lagen sie hier, Oma und Opa, Onkel, Tanten. Würde ich irgendwann auch hier liegen?

Das Leben ist eine komische Sache. Man wird geboren, man lebt, man stirbt. Und dann? Dann ist nichts mehr von einem übrig. Manche sagen ja, man lebt in den Erinnerungen der Menschen weiter, die man berührt hat. Dann würde ich wohl tatsächlich mit meinem Tod vom Angesicht dieser blauen Kugel gewischt. Wer sollte sich schon an mich erinnern? Ich hatte mich um die Meinen wenig bis gar nicht gekümmert und um die Anderen noch weniger. Niemand würde mich vermissen.

Aber siehe da, mein Vater hatte seine letzte Ruhestätte tatsächlich neben ihr gefunden und seine Asche war mit beigesetzt worden. Sogar sein Name stand schon mit auf dem Grabstein, den wir drei damals gemeinsam ausgesucht hatten, als sie viel zu früh nach kurzer, schwerer Krankheit von uns gegangen war. Nach ihrem Tod war nichts mehr so, wie es zuvor war. Es veränderte sich von einem Tag auf den anderen alles. Ich hatte meinen Vater geliebt, er war ein toller Mann. Meine Mutter war eine fantastische Frau. Sie waren die Besten, aber mit meinem Dad konnte ich irgendwann nicht mehr reden. Ich konnte ihm nicht mehr in die Augen schauen, da ich ein Totalversager war. Da führte kein Weg zusammen. Und nun war es zu spät. Der Krug zerbrochen. Ich fühlte mich so hilflos, so allein und so ohnmächtig und überlegte gerade, dieser beschissenen Parodie eines Lebens, das unglücklicherweise meines war, vielleicht doch einfach ein vorzeitiges Ende zu setzen, da ertönte hinter mir eine Stimme: „Hey Böller? Bisse wirklich hier?"

Verwirrt drehte ich mich um und erblickte eine Gestalt, vor meinem geistigen Gehörgang ertönte gleichzeitig schallend *Campinos* Stimme und ermahnte mich singend, mich zu erinnern, dass zwar alles schon lange her sei, wir aber sehr viel zusammen erlebt hätten. Und als die Gestalt vor mir den Mund aufmachte, hatte ich auch direkt das Gefühl, es könnte wieder so sein wie Früher, als ob es die letzten Jahre gar nicht gegeben hätte. Ich schüttelte die eingängige Melodie ab, wandte mich vollends dem unerwarteten Besucher zu und stammelte leicht verdattert: „Butze? Wat machst du denn hier, alten Wemser?"

Kaum zurück im Pott und schon wieder Mundart. Wir waren schon immer mehr oder weniger in Pott-Slang verfallen, wenn wir alleine waren. Vor mir stand der einzig wahre Butze, mein bester Freund aus Kinder- und Jugendtagen. Mit Vornamen Jan. Aber wie bei uns damals üblich, sprach man sich mit dem Nachnamen oder einer Verballhornung dessen an. Haben wir immer so gehalten. Seit bestimmt 15 Jahren hatte ich ihn nicht mehr gesehen. Man hatte sich halt aus den Augen verloren. Butze ging damals direkt arbeiten, duale Ausbildung oder so was und gründete eine Familie und ich frönte weit weg dem Nichtstun im Niemandsland. Die gemeinsame Basis fehlte, die Lebenswege führten in entgegengesetzte Richtungen. Aber jetzt standen wir hier, etliche Jahre später, im Nieselregen, bei schlappen 10 Grad auf dem Friedhof am Grab meiner Eltern. Ein wenig breiter war er geworden, wobei das war ich schließlich auch. Ein wenig älter, aber na ja, das gleiche. Nicht hübscher, dito. Ja, da stand er in seinem Adidas-Jogger, eine hässliche kleine Fußhupe an der Leine. Mein alter Butze, der augenscheinlich krampfhaft versuchte, eine teilnahmsvolle Miene beizubehalten und dann doch in ein fettes Grinsen ausbrach, als ich ihn in die Arme schloss. So lange her und trotzdem war es, als ob wir uns gestern erst gesehen hätten, statt uns etliche Jahre nicht gegenseitig auf den Sack zu gehen. Wahre Liebe gibt's halt nur unter Männern. War schon immer so.

„Jetzt fang aber nicht an, dich mit deiner Körpermitte an mir zu reiben, du alter Keimling! Auch wenne heute Geburtstag hast, gibbet keinen Freifick. Aber trotzdem herzlichen Glückwunsch!", sagte Butze leicht außer Atem.

„Danke. Aber wenn ich da Bock drauf hätte, hätteste dich zuerst vornüber beugen müssen, du alter Spacko und dann hätte ich dir deinen Kopf zwischen die Knie gedrückt und mich an dir gütlich getan", erwiderte ich gerührt. „Was zur Hölle ist das da an deiner Hand?"

Die kleine Fußhupe sprang auf und ab und versuchte, unsere Aufmerksamkeit auf sich zu ziehen. Ich musste echt an mich halten, um die kleine Ratte, die davon träumte, einmal ein Hund zu werden, nicht mit einem gezielten Volleykick in die nächste Baumkrone zu befördern.

„Das ist Paris, die Töle meiner Tochter, die bring ich immer hier zum Friedhof, damit sie auf das Grab vom alten Müller kackt."

„Paris? Echt jetzt? Ich dachte, du hast einen Sohn, Moritz oder so?"

„Max, du Armleuchter. Ja das ist korrekt, aber unser Mädel kam zwei Jahre später dazu."

„Und wie ist ihr erlauchter Name? Nikky?"

„Fabelhaft witzig. Fast so witzig wie geblatener Leis, du Plolet. Julia ist ihr Name. Ich schleudere dich Purschen gleich zu Poden!"

„Ach nö, lass ma. Linke Reihe anstellen und jeder nur ein Kreuz muss heute nicht sein. Ist auf jeden Fall ein feiner Zug von dir. Mit dem Naturdünger und so. Ehre wem Ehre gebührt."

Bei den Wortfrotzeleien kam der Film-Nerd in uns beiden direkt wieder zum Vorschein. Ernst Müller war der Hausmeister in unserer alten Schule gewesen, der mochte keine Kinder und die ihn nicht. Augen auf bei der Berufswahl, sag ich immer. Aber der Schlüsselmeister ist für Hallensportler so etwas wie ein Gott, denn er hat die Schlüssel zum Heiligtum, von daher mussten wir uns damals mit ihm arrangieren. Zumindest bis er eines Tages das letzte Mal den Schrubber schwang. Sein Nachfolger war etwas politisch korrekter und umgänglicher. Wir hatten an Müllers Grab früher im besoffenen Kopf des Öfteren auf sein Unwohl angestoßen, deswegen wusste ich, wo es lag.

„Und auf dem Weg siehste hier nach'm Rechten?"

„Klärchen. Ehrensache. Freut mich, dich wieder zu sehen."

„Mich erst. Das erste freundliche Gesicht seit langem, zwar ein hässliches Flatschgesicht, aber doch freundlich", zog ich ihn auf.

„Gleich gibbet hier aber Fratzengeballer, Kollege. Hättest ja auch ma simsen können in all den Jahren."

Simsen, auch wieder so ein krankes Wort. Die arme deutsche Sprache wird jeden Tag gefickt und bekommt nicht einmal Geld dafür, geschweige denn einen Kuss oder wenigstens einen Drink. Simsen, lol, *g*. Was zur Hölle soll das bedeuten? Reichen nicht die ganzen Anglizismen in unserer Sprache? Heute ist alles nur cool und wir gehen chillen. Redet verflucht noch mal deutsch mit mir, ihr Motherfucker!

„Erstens simse ich nicht und whattsappe nicht, sondern telefoniere oder treffe mich persönlich und zweitens gilt das für dich doch genauso."

„Aber ein Handy hasse schon, oder?"

„Ja, hab ich, leb ja nicht hinterm Mond", erwiderte ich genervt, zog mein Samsung-Gerät aus der Gesäßtasche und hielt es ihm demonstrativ vor die Nase.

„Oha, wir sind schon fünf Modellreihen weiter, dann lebste ja sogar hinterm Mars", lachte Butze aus vollem Hals.

„Schmock."

„Penner."

Diese automatische Beleidigung und Erwiderung hatten wir wie so viele Umgangsformen, einem sehr schönen Film zu verdanken. Wie mindestens die Hälfte unseres Wortschatzes. Erneut fielen wir uns in die Arme und kicherten wie zwei Schulmädchen.

„Tut gut, dich zu sehen, Alter. Wie geht's dir mit dem Ganzen. Kommste klar?"

„Hab seit Jahren mit dem alten Ziegenbock nicht mehr gesprochen und mein Bruderherz hat es ja noch nicht mal für nötig gehalten, mich zu informieren, geschweige denn zur Beerdigung einzuladen. Aber ja, ich komm' klar."

„Oliver halt. Ich hätte dir ja Bescheid gegeben, aber ich hatte keine Nummern oder Adresse von dir und bei deiner Social-Media-Phobie keine Chance. Bleibste heute hier oder fährste wieder zurück?"

„Es gibt kein Zurück. Heute Morgen hab ich den Brief vom Anwalt bekommen. Am Montag ist die Testamentseröffnung. Ich hab alle Zelte abgebrochen, Job und Wohnung gekündigt und bin sofort hier hergefahren. Weißte eigentlich, was genau passiert ist?"

„Herzinfarkt am Steuer, hab ich gehört. Der Brückenpfeiler hat ihm dann wohl den Rest gegeben. Tut mir leid."

Das musste ich erst mal kurz verdauen.

„Wo kommste dann jetzt unter?"

„So weit hab ich nicht gedacht", antwortete ich zerknirscht. „Ich könnte die Karre an unserem alten Gymmi parken und es mir auf'm Rücksitz bequem machen. Ist ja ne milde Nacht."

„Ne, is klar und ich könnte *Jennifer Lawrence* vögeln, wenn ich nur wollte."

Ich fing ob dieser Absurdität einer Bemerkung an, zu lachen, was er mir anscheinend aber nicht übelnahm.

„Dann würd ich sagen, lass ma aus'm Regen raus und zu mir fahr'n. Wir haben ein Gästezimmer in unserm Häusken und du kannst ...."

„Deine Olle wird nicht begeistert sein", unterbrach ich ihn.

„Lass mich das ma regeln und wenn es schief geht, pennen wir halt zusammen im Gästezimmer, wie früher. Mit genuch Pilsken geht alles."

Dankbar und erleichtert klopfte ich ihm auf den Rücken und wir nahmen Kurs auf Müllers letzte Ruhestätte, damit die französische Fußhupe ihr winziges Würstchen auf des erlauchten Hausmeisters Grab legen konnte.

Kapitel 4 - Freundschaft

Häuschen und Gästezimmer waren leicht untertrieben. Neben dem riesigen Haus mit entsprechendem Grundstück stand eine große Doppelgarage, in der, nach meinem Augenmaß ein LKW Platz gefunden oder *Elliott* hätte überwintern können. Diese war überbaut mit einer Einliegerwohnung, die größer war, als meine komplette WG-Wohnung, in der wir jahrelang zu dritt gehaust hatten. Die Garage zierte darüber hinaus eine ordentliche Korbanlage, der Ring befand sich garantiert die vorgeschriebenen 3,05 Meter über dem Boden. Und dieses ganze Anwesen stand in Lütgendortmund, fußläufig zum Friedhof erreichbar.

Meine Karre hatte ich direkt stehen lassen und mir nur die alte Sporttasche mit Wechselklamotten über die Schulter geschmissen. Vielleicht würde mein Golf dort ja auch die letzte Ruhe finden. Am Friedhof. Ironie ist was Feines. Als ich stehen blieb, um das Ganze auf mich wirken zu lassen, drehte Butze sich erstaunt zu mir um.

„Wat denn?", fragte er.

„Hasse im Lotto gewonnen?"

„Nee, mit harter und ehrlicher Arbeit selbst erwirtschaftet. Und in ca. 25 Jahren gehört mir das Ganze dann auch offiziell und die Bank kann es mir nicht mehr jederzeit wegnehmen."

„Bisken größenwahnsinnig geworden, wa?"

„Drei Kinder brauchen halt viel Platz."

„Wat? Wer? Wieso drei Kinder, ich denke zwei?", fragte ich leicht überfordert.

„Max ist jetzt 10, Julia ist 7 und Lea ist 4."

„Ein gewisses Muster zeichnet sich ab, alle drei Jahre vergrößerste deine Familie. Um was zu tun? Dir fehlen noch zwei zur Mannschaft."

„Scherzkeks. Aber ganz unrecht hasse nicht. Nach Leas Geburt war ich beim Doc und hab dem ein Ende gesetzt. Aber ich würde für meine drei kleinen Schweinchen durch die Hölle gehen", sprach er mit so viel Pathos in der Stimme, dass ich direkt mal Lust hatte, mit 300 Leuten eine Schlucht zu verteidigen.

„3 Kinder, eine… ääääähhmmmm …"

„Vorsicht!"

„…holdes Eheweib und eine Fußhupe. Hasse manchmal auch Langeweile?", fragte ich verschmitzt.

„Seit ungefähr 10 Jahren nicht mehr, aber für dich Riesenbaby reicht meine Kraft gerade noch", gab Butze unumwunden zu.

„Ich bin doch kein Sozialfall. Und ich möchte vor allem nicht von dir adoptiert werden!", rief ich entrüstet.

„Wir sehen, wie es kommt. Wenn ich die Situation richtig einschätze, hasse heute deinen Vadda, deinen Job und deine Wohnung verloren. Bist Hals über Kopf aus deiner Festung der Einsamkeit geflohen und stehst jetzt hier ganz allein im Dortmunder Nieselregen."

„Na ja, das fasst es, glaube ich, ganz gut zusammen, mein eloquenter Ritter in joggender Rüstung."

„Zum Gassi gehen trag ich keine Galauniform, aber ja, ich werd dich retten. Erstma legen wir dich außen rum trocken und dann schnappen wir uns ne Kiste Pils, ne Flasche Hörnerwhisky oder sowat, verzieh'n uns in deine neue temporäre Bleibe und machen dich anschließend von innen wieder nass."

„Deine Frau ...", setzte ich an, wurde aber direkt wieder mundtot gemacht.

„Das regle ich schon. Jetzt lernste meine Brut kennen, bist höflich zu meiner Frau und wir sehen, das wir uns nach'm Abendessen direkt verdrücken können", sagte er und ging mit mir im Schlepptau auf die Haustür zu.

Butzes' Frau und ich waren nie gut miteinander ausgekommen. Sie war seine erste feste Freundin, mit 16 oder so sind sie zusammengekommen und sie hatte sich direkt in ihn verbissen, weswegen sie bei mir immer Yoko hieß, bürgerlich Silvia. Sie hatte unsere Freundschaft zwar nicht zerstört, aber doch etwas beeinträchtigt. Weil sie in mir einen Verlierer sah, hatte sie mir mal unter zu viel Alkohol gestanden und siehe da, sie hatte ja sowas von recht gehabt.

Butze beschämte mich mit seiner Großzügigkeit. Aber da ließ sich wieder einmal feststellen, Freunde sind die Familie, die man sich aussucht und Blut ist nicht immer dicker als Wasser. Die Erfahrungen, die wir gemeinsam machen, die Dinge, die wir teilen und erleben, bringen uns zusammen und nicht die Abstammung. Und wahrhaftig enge Freunde sind immer für einen da, egal in welcher Lebenslage. Wir hatten uns länger nicht gesehen, als wir uns in unserer Jugend gekannt hatten, doch wir waren von Beginn an eng miteinander gewesen und eine unheilige Allianz eingegangen. Nach fast zwanzig Jahren ohne ein Wort war es nahezu wie immer zwischen uns, als ob ich nie weg gewesen wäre. Ich hatte echt einen Kloß im Hals, obwohl meine sentimentale Ader sonst nicht so stark ausgeprägt ist. Die beiden B's wieder vereint. Butze und Böller, vom Kindergarten bis zum Abi unzertrennlich, bei der Geburt getrennte, siamesische Zwillinge. Wie hatte ich ihn vermisst und unsere Rumfrotzeleien. Schon lange war ich niemandem mehr so nah gewesen.

Hatte keinen an mich rangelassen. Ein winziger Hoffnungsschimmer am Horizont dieses abgefuckt, beschissenen Tages.

Yoko hatte bei meinem unerwarteten Anblick, als ich hinter Butze in ihr Haus schlich, einen Gesichtsausdruck, der mich vermuten ließ, dass sie im Geiste, sämtliche ihr bekannten Tötungsarten in Erwägung zog und ich nur noch atmete, weil sie sich noch nicht entschieden hatte. Dennoch umarmte sie mich und ließ mich vorerst am Leben. Vielleicht auch nur, weil sie die kleine Lea auf dem Arm hatte, die mich mit großen Augen ansah.

Auf einmal ertönte ein lautes Poltern, bei dem ich schon befürchtete, das Dach würde über uns zusammenbrechen. Oder *Carol-Anne,* der kleine blonde Engel, würde gerade entführt werden. Es stellte sich aber heraus, dass es nur Max und Julia waren, die im Eiltempo die Treppe herunterkamen, um ihren Vater zu begrüßen. Es hätten Bodychecks sein können, doch die Art wie Butze seine beiden Kinder, die von der untersten Stufe abgesprungen waren, recht lässig auffing, ließen eher auf eine Umarmung schließen. Respekt dafür, so eine geschmeidige Eleganz hätte ich ihm gar nicht zugetraut.

„Papa, wer ist das?", fragte dann direkt die kleine Julia, die ihre Paris auf den Arm genommen hatte und fest an sich drückte.

„Das, meine Kleine, ist der Onkel Justus…"

„Aber wir haben doch gar keinen Onkel, der Justus heißt", unterbrach Max seinen Vater und sah ihn fragend an.

„Bevor du mich so rüde unterbrochen hast, du kleiner Querulant, wollte ich gerade erklären, dass dies mein bester Freund auf der ganzen Welt ist und er die nächsten Tage bei uns wohnen wird."

Ich brachte nur ein kleinlautes „Hallo, ihr Beiden" heraus, weil ich von irgendwoher plötzlich wieder einen dicken Kloß im Hals hatte. Eventuell weil ich den seitlichen Todesblick der Dame des Hauses auf mir spürte, aber mehr wohl, weil der alte Butze mich so rührte.

„Au fein, dann können wir ja zusammen Karten spielen", freute sich die kleine Julia und sah mich mit erwartungsfreudigen Augen an.

„Da könnt ihr auch gleich mal mit anfangen, ich muss Lea ins Bett bringen und dem Papa mal was im Schlafzimmer zeigen", sprach die Dame des Hauses. Mit verkniffenem Gesicht zog sie Butze, der das bereits geahnt hatte und keinen Widerspruch duldend, durch den Flur und die Treppe hoch. Vermutlich Richtung Kinderzimmer, während ich plötzlich an jeder Hand ein Kind hatte, welche mich nach links in das geräumige Wohnzimmer geleiteten.

Max war etwas klein für sein Alter, aber sportlich und wie mir schien, ein richtiger Rowdy, Julia ihrem Alter gemäß, eine kleine Prinzessin mit rosa

Aura und entsprechendem Kleidchen. Beide schienen sehr aufgeweckt zu sein und steuerten mit mir direkt den voluminösen Esstisch an, woraufhin Max ohne Verzögerung oder Vorrede anfing, die auf dem Tisch bereitliegenden Spielkarten zu mischen.

„Was spielen wir denn?", fragte ich etwas überfordert.

Die Begriffe P*oker* und *Mau-Mau* kamen mir gleichzeitig aus unterschiedlichen Mündern entgegengeschallt, woraufhin eine kurze, aber heftige Diskussion entstand. Max versuchte darzustellen, dass *Mau-Mau* nur was für Babys sei, was natürlich seine kleine Schwester vehement bestritt und ihrerseits darlegte, dass *Poker* nur was für Versager war, die online ihr Geld verlieren wollten. Ganz schön altklug für so ein kleines Geschöpf.

„Wie wär's mit *Schwimmen*?", versuchte ich als Kompromiss mit in die Waagschale zu werfen.

Vier Augen schauten mich daraufhin verdutzt an, entweder weil ich mich ungefragt eingemischt hatte oder weil sie das Spiel nicht kannten. Ich entschied mich für Letzteres, nahm dem Jungen die Karten aus der Hand und begann den beiden Kids das Ganze zu erklären. Wir spielten um Zahnstocher, die ich ebenfalls auf dem Esstisch entdeckt hatte, und es schien den beiden Kindern sichtlich Spaß zu machen, sie begriffen schnell.

Auf jeden Fall um einiges schneller, als meine Wenigkeit, als ich das damals zum ersten Mal gespielt hatte. So verbrachten wir die nächste halbe Stunde und ignorierten die, mal lauter und mal leiser geführte, Unterhaltung aus dem oberen Stockwerk, die zumindest als Gemurmel bei uns ankam, wobei nur bei höheren Dezibelzahlen einzelne Worte zu verstehen waren. Altbekannte Ausdrücke wie „Versager" und „Penner", aber auch Satzfragmente wie „was fällt dir ein" und „kann doch nicht dein Ernst sein". Die Kinder schien es nicht zu stören. Ich zuckte ab und an etwas zusammen.

Unsere Partie gewann der kleine Max. Die Schlafzimmerschlacht ging anscheinend mehr oder weniger unentschieden aus, was ich der Tatsache entnahm, dass ich bei der Rückkehr des nun etwas kleiner gewordenen Hausherren zwar nicht der Tür verwiesen wurde und im Auto erfrieren musste, aber auch nicht herzlich zum Abendessen eingeladen worden war. Der Vater schickte die Nachwuchsterroristen zum Zähneputzen nach oben, woraufhin Mama kommen und sie ins Bett bringen sollte. Yoko sah ich an diesem Abend nicht mehr wieder und gewisse von *Farin* intonierte Zeilen, strömten imaginär durch meine Gehirnwindungen, irgendwas mit Freundinnen und Explosionen. Aber wenn ich ganz ehrlich bin, hatte ich auch mit nichts anderem gerechnet und ich hätte an ihrer Stelle auf meinen ungebetenen Besuch auch keinen Bock gehabt. Von daher war ich einfach nur dankbar und hielt den Mund.

Mich geleitete Butze dann, doch eine Schrecksekunde erzeugend wieder hinaus, um das Haus herum und eine Treppe neben der Doppelgarage hinauf, die mir vorher gar nicht aufgefallen war. Mit einem gestelzten „Et voilà" schloss er die Tür auf und ließ mich eintreten. Eine voll ausgestattete Wohnung empfing mich in behaglicher Gemütlichkeit und ich staunte nicht schlecht, als mir aufging, dass dies quasi die Junggesellen-Bude war, von der Butze und ich damals geträumt hatten. Film- und Bandposter an den Wänden, Großbildfernseher nebst X-Box und Surround-Anlage, Schlafcouch, Mini-Küche, kleines Bad. Ein Träumchen. Als ich mich staunend und mit fragendem Gesichtsausdruck zu meinem BFF aus Kindertagen umdrehte, zuckte dieser gelassen mit den Achseln.

Nun wieder lächelnd erklärte er: „Wat soll ich sagen, geplant war das Ganze als Schwiegermuttersuite, doch das war der Guten zu umständlich und so hab ich höchstselbst die Umgestaltung vorgenommen und hieraus einen Zufluchtsort gemacht, den ich persönlich viel zu wenig nutze, aber dann und wann gut gebrauchen kann, vor allem wenn der alte Drache zu Besuch ist. Oder wenn der kleine Drache, so wie eben mal wieder austickt."

Ein berühmter oder vielleicht doch eher berüchtigter Ruhrpott-Autor hatte mal den Ausspruch geprägt, dass es woanders auch Scheiße sei. Aber das traf hier nun mal sowas von überhaupt gar nicht zu. Ganz im Gegenteil.

„Geilomat", war alles, was ich herausbrachte, und mein Blick schweifte erneut umher und nahm einige Details in mir auf. *Marty McFly* schaute neben seinem Delorean stehend auf mich herab. *Die Ärzte* rockten die Westfalenhalle von einer anderen Wand. Etliche Film- und Musik-Memorabilien waren im Raum verteilt. Ich entdeckte auf einer Kommode einige gerahmte Fotos: Butze und ich, wie wir für den TV Westrich in der Landesliga zockten, ein Mannschaftsfoto von unserer Aufstiegssaison in die Oberliga und mein Hals schnürte sich zu und *Matthias'* Stimme prostete in meinem Kopf dazu, auf all die gemeinsamen Jahre an, die wir hatten und noch mehr auf die, die noch kommen mögen.

Butze bemerkte meinen Blick und hob die Schultern: „Sieht fast so aus, als hätt' ich den Raum nicht nur für mich hergerichtet, wa?", lachte er und zum dritten Mal an diesem Abend fielen wir uns in die Arme und drückten uns unmännlicher Weise etwas länger als nötig, bis es uns auffiel und wir räuspernd Abstand voneinander gewannen und uns total männlich auf die Schulter klopften.

„Der Deal ist folgender: wir beide spielen heute Nacht hier WG, dann wird meine Holde mich nach dem Wochenende zumindest nachts wieder ins Haus lassen…"

„Ich mach dir nur Ärger, das kann ich nicht annehmen", fiel ich ihm ins Wort.

„Doch, kannste und wirste und jetzt lass mich ma ausreden."

„Sir, ja, Sir", erwiderte ich in Habachtstellung, mit meiner Hand einen militärischen Gruß entrichtend.

„Wie gesagt, heute WG und dann ist das hier dein Reich, bisse wieder auffe Füße gefallen bist."

Ich war absolut sprachlos.

„Bleib entspannt, den Rest des Monats klappt das so, ab nächsten Monat möchte der kleine Drache eine obligatorische Miete haben, nix Wildes, 200 Tacken pro Monat, das übernehm ich, solange, bisse wieder einen Job hast."

Erneut versuchte ich zu insistieren: „In echt? Das geht nicht. Das ist viel zu viel …"

„200 Tacken im Monat?"

„Pillepalle. Das alles. 200 ist geschenkt."

„Mach dir ma keinen Kopf, dass ich das vorerst übernehme, muss aber unter uns bleiben, sonst werden wir beide hier in Zukunft zusammen hausen."

Jetzt musste ich lachen: „Nicht die allerschlechteste Vorstellung."

„Stimmt, aber ich hab Kinder und sie ist und bleibt meine Frau, also benimm dich und behalt das für dich. Wenne wieder vollends hergestellt bist, suchste dir ne eigene Bude und alles nimmt seinen gewohnten Gang. Aber du musst mir versprechen, dasse nicht wieder einfach abhaust und mich hier alleine lässt."

„Ehrenwort", erwiderte ich gerührt.

„Na dann ham wa doch alles besprochen. Im Bad und in der Küchenzeile ist alles, wasse brauchst. Ich räum' jetzt drin noch den Kühlschrank und die Speisekammer leer, damit du fürs Wochenende wat zu schnabulieren hast. Geh duschen, mach die X-Box an, dann leeren wa gemeinsam ne Flasche Hörnerwhisky und ich vernichte dich amtlich. Dann wird gepennt, die nächsten drei Tage sind meine Familie und ich auf Miniurlaub an der Nordsee, dann kannste zur Ruhe kommen. Wann ist der Termin beim Notar?"

„Am Montag."

„Passt doch."

„Warum tust du das eigentlich für mich?", fragte ich total fassungslos.

„Weil wir Freunde sind, du Genie", war alles, was er sagte, bevor er die Tür beim Hinausgehen hinter sich zu zog und *Campino* in meinem Kopf den Song gleichen Namens schmetterte.

Kapitel 5 - Heimat

Am nächsten Morgen erwachte ich mit einem schweren Brummschädel. Aus der einen Flasche Hörnerwhisky waren zwei und dem Leergut nach zu urteilen, auch etliche Bierchen geworden. Der Sieger unserer epischen NBA2K-Schlacht an der X-Box, war bereits mit seiner Familie auf und davon und ich hatte es nicht mal mitbekommen. Ich fühlte mich wie ein Schluck Wasser in der Kurve. Wenn es Butze so ähnlich ging, musste Yoko wohl das Steuer übernehmen. Das hatte ihr bestimmt nicht gefallen, aber so oder so war der Minivan aus der Einfahrt verschwunden.

Ein Blick auf die Wanduhr, ein schönes Stück aus dem *Donots*-Merchandise mit Karacho-Motiv, verriet mir die aktuelle Tageszeit. Der Tag war halb vorbei, es ging schon auf den Nachmittag zu. Mein Hals tat weh und hier drin stank es wie in einer Kneipe, nach Alk und Zigaretten, weswegen ich erst einmal das einzige Fenster weit aufriss. Die Fluppen schienen auch nach längerer Suche restlos aufgebraucht zu sein. Der Aschenbecher gab nicht mal eine halb Gerauchte mehr her, also passte ich mein Morgenritual entsprechend an und ging ohne

Zigarette aufs Örtchen, auf dem mir *Die Toten Hosen* vom Klodeckel aus zuprosteten. Geile Einrichtung. Dort legte ich das Gesicht in meine Hände und dachte über den alten Butze nach. Der war einfach unglaublich. Ich weiß nicht, ob ich andersrum die Größe gehabt hätte, so zu reagieren wie er. Wahnsinn. Ich musste mein Leben echt schnell auf die Reihe kriegen und ihm dann was Gutes tun. Ein Denkmal wäre kein schlechter Anfang. Das konnte ich nie wieder gut machen. Ich hatte ihn so vermisst. Jetzt erst merkte ich, wie einsam ich in den vergangenen Jahren gewesen war und wie sehr mir menschliche Nähe und Zuneigung gefehlt hatten. Irgendwas musste ich als Kind richtig gemacht haben, um so einen Menschen in meinem Leben zu verdienen. Ich wusste nur nicht was.

Voller Tatendrang und Motivation beendete ich meine Morgentoilette, wusch mich und zog frische Klamotten an. Ich wollte dringend etwas tun, ich wusste nur nicht was. *Farin* begann in diesem Moment mal wieder in meinem Kopf loszulegen, und stellte singend fest, dass ich mit meinen Zweifeln und Problemen nicht allein sei. *Farin* hatte recht. Mein Leben ändern! Von vorn beginnen! Gute Idee, nur womit sollte ich anfangen? Planlos machte ich eine kleine Bestandsaufnahme: Körperlich beileibe nicht in Höchstform, aber überlebensfähig. Geistig nicht auf der Höhe, aber noch kein technischer KO. Gesamtzustand geringfügig desolat, aber nicht mehr selbstmordgefährdet.

Ich würde erst mal meine alte Heimat erkunden. Schauen, was sich verändert hat. Das Gefühl fürs Ruhrgebiet wiederbekommen, wo die Menschen sich schon mal ein freundliches *Arschloch* zur Begrüßung entgegen schmetterten. Wo die Leute zur Maloche gehen, ehrlich und authentisch, nicht so versnobt wie in Städten wie München. Wo viele Menschen mit Migrationshintergrund leben. Wo der Strukturwandel nach wie vor in vollem Gange ist. Und wo der beste Fußball gespielt wird. Leider kein hochklassiger Basketball, aber man kann ja nicht alles haben.

So machte ich mich mit dem Fahrrad, das wahrscheinlich Butze gehörte und hinter der Garage stand, auf den Weg. Im Dorf, woanders würde man Ortskern oder Altstadt sagen, hatte sich einiges getan. Viele Geschäfte waren raus und neue reingekommen. Auf dem ehemals großen Parkplatz stand nun ein neuer Rewe, die Videothek war einem Sonnenstudio gewichen. Die Halle der Holte-Grundschule, in der wir in der B- und A-Jugend unsere Heimspiele bestritten hatten, stand aber noch, genau wie der kleine Basketball Platz an der Sonderschule. Oh man, hatte ich an diesen Orten viel Zeit verbracht.

Die gute alte Futterluke mit der besten Currywurst der Welt, hielt den Veränderungen um sich herum stand. Da konnte ich nicht widerstehen, für eine „CurrywurstPommesMayo" und ein Brinkhoffs, reichte meine Barschaft gerade noch aus. Für Zigaretten nicht mehr, aber nach dem nächtlichen Exzess hielt sich mein Bedürfnis auch in Grenzen. Also genoss ich das fürstliche Mahl in meinem Lieblingsimbiss auf dem Lütgendortmunder Hellweg und unterhielt mich kurz mit der Bedienung, die ein wenig so aussah, als ob sie auch selbst zu ihren besten Kunden zählte. In meiner Situation und unter den gegebenen Umständen, bekam ich das Gefühl wieder zu Hause und irgendwie angekommen zu sein, als ob ein Kreis sich schließt. Wie wenn ich eine 18-jährige Odyssee hinter mir hätte, heimgekehrt wäre und nicht einfach nur etliche Jahre komplett vergeudet und vertan hatte. *Thorstens* Stimme erklang in meinem Kopf und sang äußerst gefühlvoll von Heimat und das selbst der Schmerz nirgendwo so zu Hause sei, wir da, wo man herkommt.

Ich setzte den Weg Richtung Indupark fort, hier das gleiche Spiel, ein paar Geschäfte weg, einige neu, aber im Grunde war alles so, wie ich es kannte und wie es in meiner Kindheit war. Das gab mir ein gutes, ein beruhigendes Gefühl. Hier waren wir als Jugendliche immer hingelaufen, mit dem Fahrrad oder dem Bus hingefahren, wenn wir shoppen wollten. Der heute leider nicht mehr existierende Promarkt, ein Elektronikfachmarkt ähnlich Saturn oder Media Markt, hatte mir damals als Quell meiner, zuerst per Vinyl und später dann auf CD, musikalischen Bildung gedient. Filmisch ging es über VHS zu DVD und letztendlich zu Blu-Ray. Analog war schon geil, egal was die Leute sagen. Und hinterher in den McDoof und lecker was futtern und die ergatterten Schätze gebührend feiern. So war das damals.

Langsam wurden die Beine müde, ich war solche Anstrengung nicht gewohnt, aber ich wollte die Runde unbedingt beenden. Vororte hatte Dortmund schließlich mehr als genug. Und ich wollte meinen früheren, näheren Wirkungskreis abgrasen. Deshalb fuhr ich weiter über Dorstfeld (die Videothek war leider auch Geschichte), Huckarde (hier wohnte mein damaliger Schwarm Sandra Steinert, aber ich traute mich nicht, näher an ihr Elternhaus heranzufahren) und Kirchlinde (hier am Bert-Brecht-Gymnasium waren Butze und ich zur Schule gegangen und hatten unser Abi gebaut). Das Gymi sah nach wie vor kacke aus. Es gab noch immer Pavillons zur Ausweitung des Raumangebots, statt neuer Anbauten, was mich aber nicht groß überraschte. Ich stellte fest, unsere alte Heimhalle der Oberliga-Zeit hatte die besten Tage hinter sich. Westrich als Namensgeber unseres damaligen Vereins und Marten (hier gibt's nichts Besonderes, lag aber auf dem Weg und war erstaunlicherweise noch immer nicht abgesoffen) durchfuhr ich etwas schneller und ohne Stopp, um dadurch wieder zurück nach Lütgendortmund zu gelangen, wo ich meiner alten Grundschule in Somborn noch einen Besuch abstattete.

Zurück bei der Casa de la Butze ließ ich mich vollkommen entkräftet, sowohl körperlich durch die lange Radtour, als auch psychisch durch die ganzen Eindrücke und Erinnerungen total fertig aufs Sofa fallen und schlief quasi unmittelbar ein. Mein letzter Gedanke war, dass ich den, nicht abwendbaren, Besuch bei meinem Bruderherz heute ausgelassen hatte, aber den wollte ich mir lieber für morgen aufheben.

Wie hatte *Scarlett O'Hara* gesagt: „Morgen ist auch noch ein Tag."

Wobei mein Cineasten-Nerd-Ich direkt konterte: „SSAT – Selbe Scheiße, Anderer Tag."

Kapitel 6 - Nächtliche Offenbarung

In dieser Nacht hatte ich einen Traum. Eine Vision, wäre zu viel gesagt, ich glaube ohnehin nicht an sowas, aber doch war es ein wenig mehr als nur ein Traum, eine Offenbarung meiner tiefsten Sehnsüchte.

Ich hatte einen schicken Anzug an, stand mit einem eisgekühlten Blonden in meiner alten Schulaula, die zwar nett herausgeputzt, aber ebenfalls nicht in Würde gealtert war, wie das gesamte Schulgebäude des altehrwürdigen Bert-Brecht-Gymnasiums. Umringt von alten Buddies, in Sichtweite zu einigen meiner früheren Lehrer, nur dass die unlogischer Weise alle genauso aussahen, wie vor 20 Jahren. Von hinten legten sich zwei schlanke Arme um meinen Hals und verschränkten sich über meiner Brust. Sanft knabberten Zähne an meinem Ohrläppchen und eine nur allzu bekannte Stimme hauchte mir ins Ohr:

„Schön, dass wir zusammen hier sind, Justus."

Angesichts der Tatsache, dass mein Jugendschwarm so an mir hing, hatte ich ein breites Grinsen auf dem Gesicht, als ich mich umdrehte und sie begleitet von einem leidenschaftlichen Kuss und die Arme schloss. Etwas außer Atem und mit leicht geröteten Gesichtern, ihres noch immer so jung, anmutig und wunderschön, wandten wir uns wieder unseren Klassenkameraden zu, die doch tatsächlich pfiffen, johlten und applaudierten.

„Wir müssen jetzt trotzdem los", verabschiedete ich mich, wobei ich auf dem Weg zum Ausgang, von so ziemlich jedem angehimmelt wurde. Ich tauschte etliche High Fives aus, sogar mit unserem alten Direx, meinem Intimfeind von Schulmannschaftscoach und dem wie durch ein Wunder wieder auferstanden Hausi, während ich Sandra an der anderen Hand hielt. Im Hintergrund dröhnte die 89'er Version von *Mickey* und *Mel* des unsterblichen Klassikers *Dream a little Dream* aus den Boxen. In meinem Traum sah ich *Corey Feldman* im gleichnamigen Film, die Treppe in seiner Schulaula zum Vollplayback heruntertanzen, um seine ach so geliebte *Laney* zu beeindrucken.

Auf dem Parkplatz, der aus mir unerfindlichen Gründen, geographisch absolut unkorrekterweise direkt hinter dem Ausgang unserer Aula lag, stand ein Traum in anthrazit. Ein original Shelby Mustang GT 500, wie er schöner nicht sein konnte. *Nicolas Cage* oder zumindest seine deutsche Synchronstimme raunte mir mit verzückter Stimme *Eleanor* ins imaginäre Ohr. Wie es sich für so ein Auto gehört, hatte ich quer auf drei Parkplätzen geparkt, öffnete meiner Begleitung die Beifahrertür und bewunderte ihre schlanken, sonnengebräunten Beine beim Einsteigen. Der ganze Wahnsinnskörper in ein knappes Minikleid gewandet, das für mich nur die Geschenkverpackung war, die ich gleich zu öffnen gedachte. Mit einem letzten Winken stieg ich selbst ein, ließ den Motor aufdröhnen, das Autoradio gab *Don't you* in beeindruckender Klangqualität wieder. Und ich hätte schwören können, dass Butze und *Judd Nelson* oder jemand, der ihm verdammt ähnlich sah, quer über den Parkplatz gingen und die Fäuste in die Höhe reckten.

So fuhr ich mit quietschenden Reifen, einiges an Profil auf dem Asphalt lassend, vor der applaudierenden Meute davon. In Richtung Sonnenaufgang und hoffentlich schnell einem Bett entgegen, um das Ganze mit Sandra in einem akrobatischen und sportlichen Akt zu einem vollkommenen Abend zu machen. In meinem Rückspiegel sah ich sogar ein Transparent mit „Justus Rules" herumflattern.

Doch bevor das in all seiner Ektase und in farbenfrohen, nackten Einzelheiten schwitzend und stöhnend geschehen konnte, wachte ich leider wieder auf.

Kapitel 7 - Bruderliebe

Als ich die Augen aufgeschlagen hatte, musste ich mich zunächst kurz orientieren. Noch immer stand mir die Aufgabe klar vor Augen. Mein Unterbewusstsein hatte sich offenbart und mir zu verstehen gegeben, was ich eigentlich wollte. Jemand sein. Anerkennung ernten. Erfolg haben. Und Sandra!

Dermaßen motiviert, begab ich mich ins Bad und richtete mich für den Besuch her, den ich nicht länger aufschieben konnte. Ich wusste zwar nicht, wie Oliver oder ich reagieren würden, wenn wir uns gegenüberstünden, aber es führte kein Weg daran vorbei. Nachdem ich angezogen und geduscht war, rasierte ich mich sogar und versuchte, meine Haare in etwas Annäherndes wie eine Frisur zu verwandeln. Relativ frische Klamotten fand ich in der Reisetasche auch noch und war bereit für die Konfrontation. Auf dem kleinen Küchentresen lag ein großer Umschlag, der mir am Vortag gar nicht aufgefallen war. Darin fand ich Schlüssel, wahrscheinlich zum Haupthaus, die für mein Garagendomizil hatten ja Gott sei Dank von innen in der Tür gesteckt, sehr gute

Sache das, dann konnte ich nachher mal Wäsche waschen, eine Notiz und 400 €. Dieser Butze, wie sollte ich ihm das jemals vergelten?

Auf dem Zettel stand:

„Für das Nötigste, bis wir wieder da sind. Ich gehe davon aus, dass Du über Deinen Schatten springen wirst und zu Deinem Bruder fährst. Oliver wohnt am Phoenix-See, An den Emscherauen 250. Viel Glück für Deinen Besuch und für Montag!!!"

Das Ganze unterschrieben mit einem dicken B und seiner, wie ich annahm, Handynummer. Der alte Fuchs. Unglaublich, der Typ. Der Bruder, den ich nie hatte und das nach allem, was gewesen bzw. nicht gewesen war über all die Jahre.

Ich lief zu Fuß zum Friedhof, mein Golf erwartete mich unaufgebrochen in seiner ganzen Rostigkeit und fuhr mit ihm zurück zum Haus, um ihn zu entladen. Schnell waren alle meine Habseligkeiten und viele waren es wirklich nicht, in der Einliegerwohnung verstaut und ich machte mich dann auf den Weg zum Phoenix-See. Dieser war ebenfalls in meiner Abwesenheit entstanden. Der Phoenix-See ist ein künstlich angelegter See, der auf dem ehemaligen Stahlwerksareal Phoenix-Ost im Dortmunder Stadtteil Hörde erschaffen wurde. Die Stadt hatte hier ein Wohn- und Naherholungsgebiet mit Gastronomie und

Gewerbebebauung geschaffen. Ja, der Strukturwandel im Pott. Von Kohle und Stahl zu Dienstleistungen aller Art. Immer weniger Produktion. Strukturwandel, ein Unwort sondergleichen.

Am Phoenix-See sind etwa 2.000 Wohneinheiten entstanden. Während am Nord- und Nordostufer überwiegend Ein- und Zweifamilienhäuser gebaut wurden, gibt es an der südwestlichen Seite des Sees vornehmlich eine Bürobebauung mit Penthouse-Wohnungen in den oberen Etagen. Und wo wohnte Oliver, der alte Bonze? In dieser Luxusgegend im fetten Penthouse. Keine allzu große Überraschung. Mein Bruder hatte einen äußert gradlinigen und erfolgreichen Weg eingeschlagen. In der Mittelstufe eine Klasse übersprungen, Abi mit Einser Schnitt, Bund bzw. Zivildienst war ihm durch meine Einberufung erspart geblieben und so hatte er direkt an der Ruhr-Uni Bochum Jura studiert und sich schon nach zwei Jahren, in denen er in einer renommierten Kanzlei in der Innenstadt gearbeitet hatte, selbstständig gemacht.

Als ich vor besagter Adresse hielt, staunte ich nicht schlecht. Anscheinend hatten alle außer mir, was aus ihrem Leben gemacht. Die untere Etage schien Olivers Kanzlei zu beherbergen, wie eine fette Marmortafel an der Zufahrt verkündete, darüber schien er zu residieren, mit Blick auf den, wie ich zugeben musste, wirklich beeindruckenden See. Ich parkte auf den ausgeschilderten Klienten Parkplätzen und schlich mich, sehr unwohl in meiner Haut fühlend, zum Eingang. Mit dem Finger auf dem Klingelknopf verharrend, überlegte ich, ob ich dem schon gewachsen war, da fiel mein Blick auf einen Briefumschlag, der auf dem Briefkasten lag. „Justus" stand da schlicht drauf, in absolut penibler, makelloser Handschrift. Leicht irritiert nahm ich das feine Büttenpapier in die Hand und widmete mich der innenliegenden, gedruckten Botschaft.

„Justus.

Wenn Du dies liest, hast Du Deinen faulen, nichtsnutzigen Arsch tatsächlich nach Hause bewegt. Und das auch nur, weil ein Testament vollstreckt werden muss. Wenn der Umschlag in zwei Wochen noch hier liegt, wenn ich von den Malediven zurück bin, geht er, samt Deiner persönlichen Habseligkeiten in die Müllpresse. Dann ist der Rest ohnehin redundant. Also, falls Du das hier liest, Vater ist vor zwei Monaten gestorben. Das Haus wurde verkauft und der Erlös in die Erbmasse aufgenommen. Keine Sorge, Dir entstehen keinerlei finanziellen Nachteile. Um in Deinem Jargon zu bleiben, will ich nicht spoilern, verrate Dir aber vorab, dass Du am Montag eine großzügige Summe erben wirst, die, sofern Du ein Bankkonto besitzt, umgehend auf jenes transferiert werden kann. Damit Du Dich möglichst schnell wieder aus dem Staub machen

kannst. Deine sonstigen irdischen Besitztümer, die noch in Vaters Haus zu finden waren, sind samt und sonders eingelagert. Nimm sie mit, ansonsten werden sie, wie gesagt, zum 16.10. automatisch entsorgt. Deine Sachen sind in den Garagenparks auf der Germaniastraße eingelagert, Schlüssel liegt bei, Nummer steht drauf. Ich wäre Dir sehr verbunden, wenn Du den Schlüssel im Anschluss beim Pförtner in den Briefkasten schmeißen könntest.
Oliver"

War denn heute der Tag der Briefe? Erst der von Butze und dann dieses hochgestochene Pamphlet. Ist diese dumme Drecksau extra in den Urlaub gefahren, damit er mich nicht sehen muss? Aus Feigheit? Oder einfach, weil er so ein dreistes Arschloch war? Musste er nicht Montag ebenfalls bei der Testamentseröffnung erscheinen? Oder hatte er das Erbe abgelehnt? Da er es wahrscheinlich für Papa aufgesetzt hatte, wusste er eh Bescheid. So ein gefühlskalter, abgewichster Bastard. Mich nicht über den Tod unseres Vaters informiert, nicht zur Beerdigung eingeladen, unser Elternhaus einfach so verkauft und mir dann mal eben so einen Briefumschlag vor die Tür gelegt. Hatte mir eine Frist gesetzt, bei deren Ende meine letzten materiellen Erinnerungsstücke und Habseligkeiten für immer verloren waren. Ich kochte vor Wut und hatte nicht übel Lust, ihm vor die Tür zu kacken oder Selbige einzutreten. Ich schloss die Augen, ballte die Fäuste und zählte bis zehn. Mehrfach. Es brachte nichts. Ich sah mich kurz um, ob mich auch niemand beobachtete, stellte mich mit dem Rücken zur Eingangstür hin und ging, die umliegenden Fenster nicht aus den Augen lassend, in die Hocke, wobei ich das Beinkleid zu den Knöcheln gleiten ließ. Und ich setzte einen amtlichen, extrem übelriechenden Haufen auf seine ach so nobel aussehende Fußmatte. Es war nicht nur eine körperliche, sondern vor allem eine seelische Befreiung. Meine Frustration und der Druck in meinem Darm nahmen im gleichen Maße ab.

Aber wie ich mir die Hose so nach getaner Verrichtung wieder hochziehen wollte, stellte ich fest, dass ich wie immer nicht zu Ende gedacht hatte. Womit zur Hölle sollte ich mir jetzt meinen Hintern abwischen? Problem erkannt, Problem gebannt. Ich nahm den Brief, den Oliver mir hinterlassen hatte und nachdem ich mit dessen Rückseite abgewischt hatte, klebte ich Selbigen auf Augenhöhe an die Glastür. Ich trat daraufhin den Rückzug an und begab mich zu besagter Garage, um zu sehen, was von meiner Kindheit übriggeblieben war.

Auf dem Weg dorthin fuhr ich an meinem Elternhaus vorbei, ganz kahl stand es dort, wo es all die Jahre gestanden hatte und uns sowohl ein Obdach als auch Behaglichkeit geschenkt hatte.

Eine Zuflucht. In der kleinen Stichstraße hatte ich das Fahrradfahren gelernt, wir hatten neben dem Haus Basketball gespielt, im Garten gegrillt. Hier war ich aufgewachsen. Alles war erfüllt gewesen von dem Leben der Familie Bölling und nun war es leer und kalt. Es schien gerade renoviert zu werden, was man an den zahlreichen Baumaterialien rund ums Grundstück herum, schließen konnte.

Ich schlich mich auf die Terrasse, noch war es ja nicht bewohnt und lugte durch das große Terrassenfenster in unser ehemaliges Wohnzimmer. Eine tiefe Traurigkeit überkam mich. Alles weg. Hier würde ich nie wieder einen Fuß hineinsetzen und es stand da, als ob es uns nie gegeben hätte. Gleichgültig. Und ich wurde wahnsinnig wütend, auf meine Eltern, die nicht mehr für mich da sein konnten. Und auf meinen Bruder, der mir das letzte bisschen Zuflucht und Vergangenheit genommen hatte. Aber es sollte ja noch etwas in dieser komischen Garage sein. Dort war alles fein säuberlich in Kisten verpackt und stand zur Abholung bereit.

Ich war dankbar, dass es von der Garage bis zu Butzes Haus nur drei Kilometer waren, ich musste nämlich dreimal fahren, um alles mitzunehmen. Also lagerte ich alles von der Mietgarage in die Garage meines besten Freundes um, in der sich aktuell nur Yokos kleiner Corsa befand. Ich parkte das Auto rückwärts davor, um für eine angemessene Geräuschkulisse zu sorgen, machte meinen Kofferraum mit der selbst zurechtgeschnittenen und mit Stoff bespannten MDF-Platte auf. Die originale Heckabdeckung musste ersetzt werden, weil sie die dicken Boxen samt Subwoofer etc. nicht hätte tragen können, machte man früher so in den alten Autos. Dann drehte ich die Anlage voll auf und köpfte die Flasche Jimmy, die ich mir aus Butzes Hausbar stibitzt hatte. Ich nahm einen tiefen Schluck und öffnete die erste Kiste, hoffend, niemand würde die Polizei rufen und begab mich zu *Kais* wunderschöner Stimme und der Feststellung, dass man diese Tage nie vergessen würde, auf einen Spaziergang durch meine Kindheit und Jugend.

Kapitel 8 - Testament

Der Morgen graute bereits, als ich alles durchgesehen hatte. Vieles war gar nicht von mir, doch ein paar Schätze konnte ich bergen: alte Stofftiere, Zeichnungen, Spielzeug, einige meiner geliebten *He-Man*-Figuren, Fahrzeuge und Burgen. Es muss ein witziger Anblick gewesen sein, wie ein fast 40-jähriger Mann auf dem Boden der Garage hockte, um die Welt von *Eternia* rudimentär wieder zu erschaffen. Ich stellte die Burg Castle Grayskull in der einen Ecke auf und Snake Mountain in der anderen, dann ließ ich *He-Man*, *Men-et-Arms* und *Teela* zusammen mit *Battle-Cat* und *Orko* gegen *Skeletor*, *Beast-Man* und *Mer-Man* antreten. Und auch *Hordak* mit seiner wilden Horde mischte mit. Es wurde eine epische Schlacht um *Eternia* und am Ende gewann natürlich der Mann mit dem Zauberschwert.

Ich fand jede Menge alte Vinylplatten, Hörspielkassetten und CDs, konnte nicht widerstehen und schob direkt den *Superpapagei* in mein Kassettendeck im Golf. Ja, ich konnte damit tatsächlich noch Tapes abspielen. Heute gibt's wahrscheinlich gar keine Kassetten und Recorder mehr. Und während ich meine Schätze von dem Unbrauchbaren trennte, lauschte ich *Justus*, *Peter* und *Bob* bei ihrem allerersten Abenteuer. Dem gleichen Justus, dem ich meinen Namen zu verdanken hatte. *Justus Jonas* aus *Rocky Beach*. Die Bücher zu den Hörspielen hatte mein Vater bereits gelesen, lange bevor diese vertont wurden, und hatte sich gnädigerweise gegenüber meiner Mutter, was den Namen ihres Erstgeborenen anging, durchgesetzt. Meine Mutter wollte mich Paul nennen, nach ihrem Vater. Oha.

Alte Playboys, die ich immer unter der Matratze versteckt hatte. Der mit *Alexandra Neldel* war mein Favorit gewesen. Man konnte ihn sogar noch öffnen, die Seiten waren wider Erwarten nicht verklebt. Ich fand Pokale und Urkunden von Sportereignissen, an denen ich teilgenommen hatte. Zeitungsausschnitte mit den Statistiken vom Wochenende, meine damalige Basketballkarriere lag vor mir ausgebreitet in Ringordnern. Und vieles, vieles mehr. Was mich erschütterte, war, dass Oliver sämtliche Fotoalben, die meine Mutter sorgfältig erstellt und immer mit Kommentaren, Sinnsprüchen und Aufklebern veredelt hatte, anscheinend ebenfalls zu meinem Kram zählte. Unsentimentaler Drecksack, der er war. Aber auch mein Glück, denn ich wollte diese Dinge haben. Was ich nicht behalten wollte, packte ich zusammen und sortierte alles in die, am Bordstein bereitstehenden Mülltonnen. Den Rest nahm ich mit hoch in meine neue temporäre Bleibe.

Irgendwann wurde es hell. Da der Anwaltstermin schon in zwei Stunden stattfinden sollte und die Kanzlei sich mitten in der Dortmunder Innenstadt befand, nutzte ich die Zeit für eine kurze Katzenwäsche und eine kleine Stadttour. Ein wenig umständlich fuhr ich über die B1, A40 heißt sie nur außerhalb Dortmunds, am Westfalenstadion (ich nehme den neuen Namen nicht mehr in den Mund) und gleichnamiger Halle vorbei, um wenigstens einen kurzen Blick darauf zu erhaschen. In beiden hatten wir rauschende Feste gefeiert (mal sportliche und mal rockige). Weswegen über die A40? Sie ist die lange graue Schlange, die den gesamten Ruhrpott miteinander verbindet und zusammenhält. Wäre das Ruhrgebiet ein Körper, wäre sie die Hauptarterie. Gewohnheitsmäßig floss das Blut nur träge, einfach zu viele Menschen samt Autos für zu wenig Asphalt. Aber dennoch für das Leben im Pott unverzichtbar. Ich werde nie vergessen, wie das Ding eines Sonntags im Rahmen einer Kulturveranstaltung 2010 gesperrt wurde. Stillleben oder so hieß das. 60 Kilometer von Duisburg nach Dortmund. Und man konnte das Ganze ablaufen, picknicken, es gab Kultur und es gab Bier. Viel Bier. Bei etwa 20.000 aufgestellten Bierzeltgarnituren wenig verwunderlich. 31

Stunden Vollsperrung. War wohl Rekord, zumindest ohne Unfall.

Am Westfalenpark mit seinem Florian, unserem geliebten Fernsehturm vorbei, fuhr ich dann auf die 54 Richtung Innenstadt. Eine Runde über den Borsigplatz, der Wiege des Dortmunder Fußballs und dem gleichzeitig größten Adventskranz der Welt, zumindest zur Weihnachtszeit, war auch noch drin. Ich parkte letztendlich irgendwo am Karstadtparkhaus und besah mir die Veränderungen, die hier in der City stattgefunden hatten. Aber auch hier war vieles relativ gleich geblieben. Ich schaute mir den Bahnhof an, abgewrackt wie eh und je, Obdachlose und der Geruch nach Pisse überall.

Der Westenhellweg, eine der meistfrequentierten Einkaufsstraßen Deutschlands, war so gut wie unverändert. Und herrlich leer um diese Uhrzeit, da die meisten Geschäfte noch geschlossen waren. Sonst tummelten sich hier täglich 35.000 Menschen.

Überrascht war ich vom Dortmunder U, dem modernen Leuchtturm Dortmunds, das mir golden in seiner ganzen Pracht entgegenstrahlte. Das U, auch U-Turm genannt, war ein Hochhaus am westlichen Rand der City. Der Name ist abgeleitet von dem 1968 auf dem Hauptturm aufgebrachten und 2008 komplett restaurierten Firmenzeichen der Brauerei: ein vierseitiges, neun Meter hohes, vergoldetes und beleuchtetes U. Nach der Verlagerung des Brauereistandorts erwarb die Stadt 2007 das Areal und ließ das bis dahin leerstehende Dortmunder U zum Zentrum für Kunst und Kreativität umbauen. Hier gab's immer was auf die Augen, mal erstrahlten auf den rundherum angebrachten, riesigen Monitoren BVB-Kicker-Männchen, es gurrten einen Tauben an oder es gab immer wieder witzige Botschaften zu lesen. Ein wirklich schönes Wahrzeichen, dessen Schönheit aber wohl auch nur Ruhrpottler schätzen können, ähnlich wie die Fördertürme z.B. der Zeche Zollverein in Essen oder des sehr geglückten Landschaftsparks Nord in Duisburg, wo Natur und Industriekultur zu einer Einheit verschmelzen. Die Thier-Galerie, ein großes, an den Westenhellweg angeschlossenes Einkaufszentrum war zu meiner Zeit noch im Aufbau gewesen. Aber sonst war das meiste noch so, wie ich es in Erinnerung hatte. Die Reinoldi-Kirche, der Friedensplatz und viele andere Orte, die ich früher nicht so zu schätzen gewusst hatte, wie in diesem Moment, wo ich zurückgekehrt war.

Langsam wurde es aber Zeit für den Anwalt und mir wurde ein wenig flau im Magen. Ich weiß auch nicht mehr viel von dem äußerst geschäftsmäßigen Gespräch, das dann folgte. Aber als diese Berufskollegen meines Bruders mich wieder aus ihren Fängen ließen, hatte ich ein Erbe angetreten, dass mir in den nächsten Tagen einen Kontostand von einer halben Million Euro bescheren sollte.

Fassungslos fuhr ich eine Weile ziellos durch Dortmund, hielt dann auf meinem Heimweg noch mal in Eving (wie war ich denn hierhin gekommen?) im Rewe auf der Bayrischen Straße, besorgte mir für den Eigenbedarf eine Stange Kippen und nahm zwei Kisten mit etlichen mir unbekannten Craft-Bieren mit. Wollte ich immer schon mal ausprobieren. Und die hatten hier sogar einen ganzen Shop mit dem Zeug: Die *Craft Bier Bude* mit Hopfensaft aus aller Herren Länder. Das könnte ja sogar ein Grund sein, hier noch mal hinzufahren. Dazu kam ein Karton Jimmy, ein paar Flaschen Cola und Snacks.

Den Rest des Tages lag ich auf der Schlafcouch, konsumierte etliche Craft-Biere, die auszuprobieren, ich sehr genoss und sah mir einen *John-Hughes*-Film nach dem anderen an. Krankerweise erschienen mir die Geschichten von *Ferris*, den *Nachsitzern* und *Andie* wirklicher als mein eigenes Leben. *Shermer, Illinois* lag mir irgendwie näher als Dortmund. Ich konnte mit den aktuellen Entwicklungen nicht umgehen, war in Schockstarre verfallen und versuchte, mich abzulenken, um dem Ganzen zu entfliehen, um bloß nicht darüber nachdenken zu müssen. In der Mattscheibe war die Welt noch in Ordnung, alle Konflikte führten zu Happy Ends. Meine Welt hingegen war komplett aus den Fugen geraten. Die Eltern tot, der Bruder für mich auch, obwohl dieser noch atmete. Keine Verwandten, einen zurückgewonnen Freund, der zu gut für diese Welt und vor allem für mich war. Gestern nicht das Schwarze unter den Nägeln gehabt und heute reich. Na ja, nicht reich, aber schon vermögend. In D-Mark wäre ich aktuell Millionär.

Ich wusste nicht, wie es mit mir weitergehen würde. Was ich tun sollte. Deshalb betäubte ich mich und meine rotierenden Gedanken amtlich und fiel irgendwann dem gnädigen Saufkoma anheim.

Kapitel 9 - Frühsport

Ich bekam nicht mit, wie der Minivan abends vor dem Haus hielt und eine ganze, nicht gerade geräuscharme Familie ausspuckte. Es könnte sein, dass Butze den Kopf zu mir reinsteckte, wahrscheinlich um zu kontrollieren, ob ich noch atmete, aber sicher bin ich mir dessen nicht. Umso sicherer bin ich mir, dass mein Kumpel mich aber am nächsten Morgen aus meinem süßen Vergessen riss. Das tat er nämlich in einer recht unnachahmlichen und nicht gerade behutsamen Art und Weise. Die Tür zu meinem Gemach wurde mit Schmackes aufgepfeffert und knallte gegen die Wand, begleitet von einem lauten Schrei: „Bööööööööööller! Schluss mit Schonfrist!"

Jetzt wusste ich, wie *Röhrich* sich gefühlt hatte. Ich hatte auch den Eindruck, die Russen würden einmarschieren und die Lärmwelle explodierte in meinem verkaterten Kopf. Rein reflexmäßig richtete ich mich auf und versuchte, die Augen, trotz des grellen Lichts aufzubekommen, als mir auch schon etwas rundes, orangenes mit einem gezielten Brustpass frontal gegen den ohnehin schon schmerzenden Kopf prallte und mich erst mal wieder auf die Bretter schickte.

Der Ball kullerte zurück zum Passgeber, der mich mitleidig ansah: „Deine Reflexe war'n auch schomma besser", fasste er das Offensichtliche zusammen.

„Alter, hat deine Mudda dir nicht beigebracht, dass man im Haus kein Basketball spielt?", erwiderte ich leicht angesäuert.

„Doch, klar. Und deswegen geh'n wir ja jetzt auch vor die Tür. Du schuldest mir noch eine Revanche."

„Was hast du denn geraucht? Ich bin total alle."

Butzes Blick fiel auf die ganzen leeren Bierflaschen auf dem Tisch. Er nahm eine hoch, runzelte die Stirn und meinte lapidar: „Wer so komisches Bier hektoliterweise saufen kann, kann auch zocken."

Dem hatte ich jetzt wenig entgegenzusetzen, hatte aber trotzdem keinen Bock.

„Das ist kein komisches Bier. Dat is lecker Craft-Bier, probieren wir nächstes mal zusammen. Hab da ne geile Quelle aufgetan. Samma, musste nicht malochen oder sowat?"

„Jetzt hör endlich auf mitte Fissematenten, wir beide wissen, dass du dich jetzt noch'n paar Minuten zierst und dann ordentlich auf'n Arsch kriegst."

„In deinen Träumen. Das letzte Mal hab ich dir auch ne Packung auf deinen gottverdammten Arsch gegeben, *Flip*."

„Hier steht nicht *Flip*, mein lieber Böller und jetzt beweg endlich deinen Arsch", forderte er mich heraus.

Da ich mich noch immer nicht rührte, erklärte er, als ob er zu einem Kleinkind spräche: „Max und Julia sind in der Schule. Lea ist im Kindergarten. Silvia ist bis drei arbeiten und ich hab den Rest der Woche geplanten, gelben Sonderurlaub, weil ich den Garten auf Vordermann bringen will. Wobei du mir übrigens zur Hand gehen wirst. Du siehst, du kannst mir nicht entkommen, also hör auf, dich aufzuführen wie ein kleines Mädchen und erheb endlich deinen stinkenden Arsch!"

„Willste gar nicht wissen, wat in den letzten Tagen so alles passiert ist?", versuchte ich abzulenken.

„Doch, klar. Aber erst, nachdem du verloren hast."

„Ich bin dir dankbar für alles, aber wenne mir jetzt nich ausse Sonne gehst, hau ich dir aufs Maul."

„Ok. Wie du willst. Ich wollte das eigentlich nicht tun und eher an dein Ehrgefühl und deinen sportlichen Ehrgeiz appellieren, als so einen alten Trick aus dem Hut zu zaubern und deine unfassbar dummen Nerd-Reflexe auszunutzen, aber ..."

„Aber?", fragte ich verdutzt.

„Aber da du vernünftigen Argumenten nicht zugängig bist, bleibt mir keine andere Wahl."

Eine spannungsschwangere Kunstpause zelebrierend, verzog er das Gesicht, sah mich verächtlich an und sagte in der besten *Biff-Tannen*-Imitation, zu der er fähig war: „Du feige Sau!"

Dann drehte er sich um und begab sich schon mal auf den Platz. Und ich kämpfte innerlich mit mir, zerriss mich fast in dem Versuch, das Unmögliche möglich zu machen und dem dahingeworfenen Lederhandschuh zu widerstehen, es schlicht und ergreifend nicht zu sagen, weil ich dann aufstehen und Taten folgen lassen musste. Ich verlor natürlich und sagte leise vor mich hin: „Niemand nennt mich eine feige Sau. Niemand."

Also Basketball. Irgendwie hatte ich es wirklich irgendwann geschafft, meine fast leblose Hülle vor die Garage zu schleppen, wo Butze fröhlich pfeifend Sprungwürfe durch die Reuse drückte. Aus der Mini-Anlage, die er am Spielfeldrand aufgestellt hatte, dröhnte der gute alte *Warren G* und auch wenn es gerade keine klare schwarze Nacht mit einem strahlend weißen Mond war, passte das wie die Faust aufs Auge.

„*Above the rim*-Soundtrack?"

„Wat sonst?", empfing er mich breit grinsend.

„Deine Mudda", erwiderte ich und forderte die orangefarbene Pille.

„Dann wirf ma um Ball", flötete Butze und schickte das Leder mit einem Bodenpass auf die Reise.

Als ich den Ball diesmal auch tatsächlich gefangen hatte, ging ich demonstrativ noch zwei Meter nach hinten, ungefähre Dreierdistanz. Ich sah Butze abwertend an, der ungefähr an der Freiwurflinie stand, wenn dort eine Linie gewesen wäre, dribbelte einmal lässig und setzte meinerseits einen Sprungwurf ab. Den Arm ließ ich ausgestreckt stehen, das Handgelenk abgeschnappt und mein Blick folgte der rotierenden Kugel, bis diese sich mit einem der schönsten Geräusche der Welt, einem geschmeidigen „Swishhhhh" durch die Reuse senkte. Puh, das hätte auch schiefgehen können, verkatert wie ich war. Aber das wichtigste auf dem Feld ist immer Selbstvertrauen, ein gewisses Maß an Arroganz und die feste Überzeugung, dass man alles hinbekommt. Sonst braucht man nicht spielen. Spielen ist auch das falsche Wort, es ist immer Challenge, Schlacht und Krieg. Und wenn man den Gegner verunsicherte und einschüchterte, war das oft schon die halbe Miete. Und da ich noch fertiger war, als ich aussah, brauchte ich dringend jeden Vorteil, den ich kriegen konnte. Butze ließ sich nicht verunsichern, kannte er diese Weisheiten und Psychotricks doch genauso gut wie ich.

„Das war dein letzter Punkt, Pendecho", war seine ganze Reaktion. „Leg los."

„Winners oder Losers Ball?", fragte ich.

Das war eine berechtigte Frage, denn beim 1-on-1 musste man daran die Risikobereitschaft, was die eigene Finesse und Waghalsigkeit der Würfe angeht, anpassen. Vor allem, wenn der Gegner nicht verschlafen und verkatert, ein gutes Stück größer war und in meiner Abwesenheit vielleicht sogar kontinuierlich trainiert hatte.

„Losers Ball, sonst bekommste ja den Ball nicht mehr inne Flossen, wenn du deine nächste klägliche Sprungwurf-Imitation an den Ring gesetzt hast."

„Bis elf?"

„Wie immer."

„Ohne Linien keine Dreier?"

„Ich möchte nicht, dass du eine weitere Ausrede hast, also mit", antwortete mein Kumpel und ich sah, dass er sich vorbereitet hatte. Er zog ein Stück Malkreide hervor, verbunden durch eine Nylonschnur mit einem Stein. Und ich hätte mein Leben darauf verwettet, dass der Abstand zwischen Kreide und Stein genau 6,75 Meter betrug. Er legte den Stein mittig unter den Ring und zog eine nahezu perfekte Dreierlinie.

„Zufrieden?", fragte er, als er sich erhoben und die Utensilien beiseite geräumt hatte.

„Mehr als das", gab ich anerkennend zu.
„Best-of-7?"

„Na klar, wie immer."

„Zwei Punkte Unterschied?"

„Ja, verdammt noch eins, soll ich dir jetzt auch noch die Schrittfehlerregel erklären? Oder, dass jeder Korb einen Punkt zählt und hinter der Dreierlinie zwei Punkte?"

„Ne, lass loslegen, du Opfer", sprach ich aus, checkte mit meinem Gegner ab und begann zu dribbeln, als *2Pac* gerade von seinem Schmerz sang, passte ebenfalls, da mir alles wehtat.

Es wurde zu einer Schlacht, das erste Spiel gewann ich klar mit 11 zu 7. Das nächste mit 11 zu 9. 2 zu 0 für mich, das konnte doch eigentlich nicht mehr schiefgehen. Die nächsten beiden Spiele holte Butze sich mit jeweils 11 zu 5 zurück. Mein Körper fing an, mich im Stich zu lassen, der Trash Talk nahm zu, die spielerische Eleganz ab. Brachiale Korbverhinderungsaktionen, die eher mit Wrestling, denn mit Basketball zu tun hatten, fingen an, sich zu häufen. Das fünfte Spiel ging knapp an mich, das sechste an Butze und da waren wir wieder an dem gleichen Punkt, wie so oft zuvor. Siebtes und entscheidendes Spiel. Spielstand 10 zu 10. Nach etlichen Dreiern, Sprungwürfen, Korblegern, Rebounds, Blocks, Steals und Fouls. Nach insgesamt 127 erzielten Punkten und einer Spielzeit von gefühlten tausend Jahren, stand es im

Grunde genommen 0 zu 0. Wer jetzt zuerst zwei Punkte mehr hatte, als der Gegner, gewann das Spiel und damit die Serie. Und konnte den Anderen bis zum nächsten Match niedermachen. Genau das, was man wollte, worum es ging. Jeder Punkt wichtig, jeder Fehler konnte die Niederlage bedeuten. Ausgepowert wie wir waren, hielten wir uns nur noch zum Schein aufrecht. Statt *Michael* gegen *Dominique* spielten hier eher *Oliver Miller* gegen *Greg Ostertag*. Aber egal, fürs Schönspielen gab es keinen Preis. Nur fürs Siegen.

Ich hatte Ballbesitz und stand hinter der Dreierlinie. Der Ball musste einmal gecheckt werden, bevor ich loslegen durfte, das heißt, der Gegner muss ihn einmal berühren. Statt ihm den Ball aber zuzupassen, wie man es normalerweise machen würde, rollte ich ihm die Kugel entgegen, absichtlich ein wenig in die falsche Richtung, damit er sich danach strecken musste. Ich hatte keine Kraft mehr, um noch mal irgendwie an ihm vorbeizukommen. Alle schnellen Antritte, Körper- oder Wurffinten waren verbraucht, ein Crossover oder Ähnliches schien außerhalb meiner Möglichkeiten zu sein, ich wollte nicht mehr, die Muskeln brannten, die Krämpfe kündigten sich an. Ich war dehydriert. Also setzte ich alles auf eine Karte. Durch das schlechte Hinrollen des Balles musste Butze, der sich sonst immer so nah vor mir hielt, dass ich seinen Kaugummi-Atem riechen konnte und mir keinen unnötigen Zentimeter Platz ließ, bücken, ihn aufheben und sich wieder in Verteidigungsposition begeben, bevor er ihn mir übergab. Statt das zu tun, schaufelte er die Pille nur wieder hoch in meine Richtung. Vielleicht, weil auch er am Ende war, vielleicht war er unkonzentriert, vielleicht spekulierte er auch nur darauf, dass ich nicht treffen würde. Es war mir sowas von egal, den Platz nutzend, den er mir gelassen hatte, stieg ich ohne ein Dribbling hoch, ich weiß nicht ob da wirklich auch nur eine Zeitung drunter gepasst hätte, so hoch stieg ich. Und warf über Butze hinweg meinen letzten Wurf, ich wusste, es würde keinen Weiteren mehr geben. Ging der daneben, würde mein Gegner gewinnen. Wie in Zeitlupe segelte das Leder durch die Luft. Ich hatte noch nicht mal mehr die Muße den Arm oben stehen zu lassen, sondern sah meinem Wurf nur hinterher, wie auch Butze, der sich umgedreht hatte, um den Rebound einzusammeln. Der Ball prallte auf den vorderen Ring, sprang ans Brett, tanzte auf dem Ring, einmal, zweimal, und fiel dann durch selbigen hindurch und bescherte mir Spiel, Satz und Sieg, um eine Tennisanalogie zu nutzen.

Butze verließ wortlos das Spielfeld und kam kurz darauf mit zwei eisgekühlten Pilsken in der Hand zurückgedackelt. Ich saß genau an der Stelle, von der ich geworfen hatte und empfing meinen

Kontrahenten breit lächelnd mit einem: „Das war doch easy. Nächstes Mal spielste aber Verteidigung."

Er gab mir das Bier und stieß mit mir an.

„Du meinst, die Scheiße war zu leicht?"

„Nein, die Scheiße war zuuuu leicht?"

„Also war die Scheiße zuuuuuuuuu leicht?"

„Nein, die Scheiße war zuuuuuuuuuuuuu leicht!"

Wir lachten und in diesem Moment war die Welt in Ordnung. Und ich war absolut im Reinen mit mir und fühlte mich wie in der *Hood*, wie wir so da in der Einfahrt auf dem Boden saßen, die Schlacht geschlagen war, Bier trinkend und *The Five Stairsteps* hörten, die uns versicherten, dass alles gut werden würde. Wenigstens gab's hier keine Schießereien wie in der *Hood*.

Kapitel 10 - Männergespräche

Und wie wir so dasaßen, in der Wohnsiedlung vor dem Haus unter dem Korb, erschöpft, aber glücklich, konnte ich mir die Frage nicht verkneifen: „Geplanten, gelben Sonderurlaub?"

„Wat? Keine Schmähreden, keine vernichtenden Worte. Kein überhebliches Gerede aufgrund deines absolut glücklichen Sieges?"

„Nee. Hast dich ganz gut geschlagen. Wenn du den glücklichen Sieg zurücknimmst, erkenn ich deine Leistung an und wir belassen es für heute dabei."

„Dat is nicht der Böller, den ich kenne, aber ok, wir belassen es für heute dabei. Mein Chef ist ein Arsch. Ich bekomm' zu wenig Urlaub und diese Woche passiert im Büro nichts Spannendes. Monatsabschluss ist erst nächste Woche, also bot sich das einfach an. Dann ma raus mitte Sprache, was ist inne letzten Tage passiert, abgesehen davon, dasse dich gestern mit ner Alkoholvergiftung umbringen wolltest?"

„Ich hab geerbt. Eine halbe Million Euro."

Das musste auch mein guter alter Freund erst einmal verdauen.

„Und Oliver?"

„Die Summe setzt sich aus 500.000 € aus dem Hausverkauf und noch mal 500.000 € vonner Unfallversicherung meines alten Herrn zusammen. Brüderlich geteilt durch zwei, ergibt für jeden eine halbe Million."

„Das meinte ich zwar nicht, aber gut zu wissen. Schön für euch. Haste mit ihm geredet?"

Ich fuhr mir mit meinen dreckigen, verschwitzten Händen durchs Haar.

„Nein. Der Penner war nicht zu Hause. Ist auf den Malediven. Hat mir einen Zettel hinterlassen, dass ich meinen Kram aus der Mietgarage holen soll, sonst wird alles verschrottet. Ich habe ihm dann im Gegenzug auch einen Zettel dagelassen, der bestimmt einen nachhaltigen Eindruck erzeugen wird."

Butze sah mich fragend an, aber ich ließ ihn im Ungewissen.

„Das war jetzt ja keine Glanzleistung unter Brüdern. Schade, dass ihr nicht miteinander könnt. Gerade jetzt."

„Ja das war mal anders, aber das ist schon ewig her, da war'n wir noch Kinder und selbst da war'n wir uns nie wirklich grün. Ich glaub, da führt kein Weg mehr zusammen."

„Tote Pferde reitet man nicht", platitüdete mein Kumpel vor sich hin. „Schon ne Ahnung, wasse jetzt tun willst?"

„Das ist so viel Geld, ich hab echt keine Ahnung."

„Ich sprech' nicht von der Asche, die ist unwichtig. Ich rede von deinem Leben."

Ich warf die Arme in die Höhe, um meine Ratlosigkeit zu untermauern.

„Nein. Das geht mir alles zu schnell. Ich hab keinen Plan, was ich tun soll. Außer mit dir diese Woche deinen Garten zu verschönern und dir hier auf'm Feld den Arsch zu versohlen, weiß ich wirklich noch nicht weiter."

„Das is doch schomma nen Plan für diese Woche. *Step by Step.*"

„Ooh Baby... den Ohrwurm lehn' ich dankend ab. Müssen wa heute echt noch an den Garten?"

„Wat meinste, was Silvia mir erzählt, wenn ich nicht zumindest angefangen habe?"

„Wie groß ist denn der Pantoffel, mit dem deine Yoko dich dann erschlägt?", feixte ich.

„Der reicht für uns beide, mein Freund. Und du bis hier eh eine stark gefährdete Spezies, also bleib cool. Die Erbschaft behältste auch besser ma vorerst für dich", seufzte mein Bro.

„Sobald die Kohle da ist, bekommste deine Auslagen mit Zinseszinsen wieder. Und ich spendiere euch einen Urlaub, als Dank für alles", versicherte ich.

„Bleib entspannt, Krösus. Lass die Kohle erstma kommen. Und dann lässte sie schön liegen, wo sie ist und bekommst deine Karre aus'm Dreck."

„Ok. Du meinst, ich muss mir erstma wieder so etwas wie ein geregeltes Leben aufbauen."

„Meine Rede. Such dir nen Job. Komm in Tritt. Überleg dir, was du wirklich willst."

„Ja, Papa."

„Solange du deine Füße unter meinem Tisch... nein, im Ernst. Mir ist es lieber, du bleibst so lange hier, bis alles wieder vernünftig läuft, anstatt dir jetzt direkt eine teure Wohnung zu nehmen, deine Karre gegen wat Brauchbares einzutauschen und deinen neu gewonnenen Reichtum zum Fenster rauszuwerfen. Dann ziehste nämlich doch in einem Jahr oder so wieder hier ein."

„Wat haste denn gegen mein Auto?"

„Abgesehen davon, dass es meine Einfahrt mit Ölflecken verschandelt?"

„Oh sorry."

„Alles gut. Ich hab nix gegen deine Karre. Weisste noch, damals, die Party bei Heiko in Bövinghausen, als uns das Bier ausgegangen ist?"

„Allerdings. Mitten inne Nacht bisse besoffen mit meinem Auto zu dir nach Hause gefahren, um die Notfallkiste zu holen. Und dann bisse nicht wiedergekommen. Ich musste von Heiko bis zu dir laufen, um zu gucken, ob du nen Unfall gebaut hast."

„Hatte ich aber nicht."

„Nein, das nicht. Aber als ich bei dir ankam, stand mein Wagen offen und mit laufendem Motor mitten in Bövinghausen, diesem verkackten Stück Ghetto des Dortmunder Westens, auffe Straße und du hast mitte Nachbarstochter inne Laube gevögelt."

„Hätteste auch gemacht."

„Logisch, war ja auch ein scharfes Gerät. Aber ich hätte die Karre erst geparkt, dann abgeschlossen und das Mädel frühestens danach beglückt. Vor allem, da es mein Auto war und nicht deins."

„Mea culpa. Du hast Recht, aber ich wusste ja nicht, was sie von mir wollte, als sie mich zu sich winkte. Und dann ging alles so schnell."

„Jaja, kenn ich schon, fand ich nur sehr ungeil."

„Im Gegenteil, mein Bester. Das war extrem geil. Und hat sich auf jeden Fall gelohnt."

„Auch als ich dann allein zurück zur Party gefahren bin und du zu Fuß nachkommen musstest? Und wir deine Kiste Bier bereits ausgesoffen hatten?"

„Definitiv. Das war's wert."

Kapitel 11 - Sklavenarbeit

So verging die weitere Woche wie im Flug. Vormittags zockten wir und arbeiteten uns an der Korbanlage ab. Nachmittags kümmerten wir uns um den Garten. Der sah echt fies aus.

Erst mal mussten wir sämtliches Spielzeug, Bälle, den Fuhrpark der Kinder und sonstige Spielgeräte in den Schuppen verbannen, um überhaupt etwas vom Garten sehen zu können. Die Tür mussten wir anschließend mit Kette und Vorhängeschloss fixieren, sonst wäre uns alles wieder um die Ohren geflogen.

Mit den Ästen, die wir aufklaubten, duellierten wir uns dann auch amtlich, so viel Kind muss ein.

„Ich bin Darth Vader Ted und du Mülltonne bist nicht mein Vater", scholl mein Angriffsschrei meinem Gegner entgegen.

„Mülltonnen haben keine Kinder", war Butzes Antwort, begleitet von Hieben mit dem Ast.

Und im Chor zusammen schrien wir: „Doch, kleine Mülltonnen!"

Als man die Rasenfläche wieder betreten konnte, war klar, dass hier erst mal ein Rollkommando von Rasenmähern für einen Schnitt sorgen muss. Wir schafften es dann am ersten Tag auch allein, aber die braune Tonne war so schnell voll, dass wir quasi direkt anfangen mussten, das Gras in Müllsäcken zu verpacken, die sich dann am Rande des Gartens stapelten.

Am zweiten Tag war die Hecke dran, die wirklich das gesamte Grundstück umschloss. Es war glücklicherweise eine Kirschlorbeerhecke, was das Schneiden etwas vereinfachte, wobei wir unterschiedliche Ansichten über die Höhe und Breite einer solchen Hecke hatten. Das stellten wir fest, als wir uns ungefähr in der Mitte trafen, jeder bewaffnet mit einer Heckenschere und vollkommen fertig. Wir Neu-Landschaftsarchitekten hatten vom Haus ausgehend jeder in seiner Ecke angefangen und nicht wirklich darauf geachtet, wer seine Seite wie schneidet, und waren deshalb leicht verdutzt, als wir uns die Gegenseite ansahen. Einen Lachanfall und ein paar Pilsken später, einigten wir uns auf ein Mittelding und begannen noch mal von vorn. Damit war der Tag dann auch schnell vorbei, die Hecke etwas niedriger und dünner, als sie sein sollte, und wir bekamen die Arme kaum noch hoch. Kunststück, wenn man alles doppelt machen musste, Genies, die wir nun einmal waren. Keine guten Voraussetzungen für das unter Garantie stattfindende Match am Folgetag, aber was soll man machen. Der Säcke-Berg mit Grünzeug war inzwischen so groß, dass *Reinhold Messner* beim Besteigen seine reine Freude daran gehabt hätte. Und wenn wir so weiter machten, bräuchte man bald ein Sauerstoffgerät, wenn man dem Gipfel näherkam.

Yoko begutachtete dann abends unser Werk und lud mich sogar, nach einer Dusche versteht sich, zum Abendessen ins Haupthaus ein. Wir bestellten lecker türkische Teigtaschen bei unserem Lieblings-Döner-Dealer Enka und hatten im Anschluss eine Menge Spaß beim Spielen mit den Kids. Wir lachten viel und als die Brut im Bett war, verzogen Butze und ich uns noch mal für ein kleines 2K-Best-Of-3 in meine aktuelle Bleibe. An der Konsole gewann er immer, es war zwar oft knapp und ging ins Entscheidungsspiel, aber am Ende der Woche hatte ich hier insgesamt kein Land gesehen. Im Zweifelsfall nahm Butze immer die 2005er Suns und ballerte mich mit seiner 7-Seconds-Or-Less-Offensive einfach aus der Halle. Kein schöner Basketball, aber bei den ganzen Schützen wahnsinnig effektiv. Draußen hatte ich meistens das bessere Ende für mich, aber knapp war es auch.

Am dritten Tag waren die Beete hinter dem Haus dran, Unkraut jäten, verblühte und tote Gewächse ausgraben, den Boden umgraben und was weiß ich. Ich hasse Gartenarbeit, Dreck und Viehzeug und dieses ewige Bücken. Ich bin gerne draußen, in der Natur, Wandern, Rad fahren, Zelten, alles kein Ding, mache ich mit Vergnügen aber ich bin halt kein Maulwurf. Und als ich gerade dachte, wir wären fertig und der Garten sehe ganz gut aus, kam Yoko mit einer gefühlten LKW-Ladung winterhartem Grünzeug aus dem Gartencenter, die wir pflichtschuldig aus ihrem Auto ausluden und in das Gesamtkonzept einarbeiteten. Butze zuckte nur mit den Achseln und fügte sich, also wollte ich auch keinen Streik ausrufen.

Der Soundtrack dieser Woche war längst festgelegt und *Michael* rappte in meinem Kopf von Arbeit im 24/7 Rhythmus. Mehr als einmal im Verlaufe dieser Tage bot ich ihm an, sobald das Geld von der Bank da wäre, eine Gärtnereifirma zu beauftragen, die das Ganze dann an einem Tag für uns machen würde. Das brachte mir aber nur vernichtende Blicke ein, also beließ ich es bald dabei.

Zu guter Letzt holten wir noch Platten und verlegten einen neuen Weg von der Terrasse bis zum Schuppen am Ende des nun ganz passablen Grundstücks.

Freitagabend, als wir in meinen Augen mehr als fertig waren, sagte ich scherzhaft: „Bin ich froh, dass bald der Winter kommt, sonst hätte deine Olle wahrscheinlich noch Blumenwiesen und Gartenteiche mit Wasserfällen haben wollen."

Butze entgegnete nur trocken: „Na, dann rat ich dir, dein Leben auf die Kette zu kriegen und bis zum Frühling ausgezogen zu sein, denn dann kommt der Teich, ist schon besprochen."

Das trieb mir zwar wieder die Farbe aus den geröteten Wangen, aber ich erwiderte so lässig, wie ich konnte: „Ach Alter, egal wat dann is und wo ich dann wohne, der Teich ist unser. Das machen wa zusammen."

„So lob ich mir dat."

Und als Belohnung gab's zur Abwechslung mal wieder ein paar Bier und wir schmissen zum wahrscheinlich letzten Mal in diesem Jahr den Grill an. Gegessen haben wir zwar drin, aber als die anderen im Bett waren, verzogen wir uns noch mal dick eingemummelt auf die Terrasse und blickten stolz auf unser Wochenwerk, als ob wir Land erschlossen, besiedelt und nutzbar gemacht hätten, in einer neuen Welt, nach einer beschwerlichen Reise. Ob sich so die Pilger damals gefühlt hatten?

Kapitel 12 - Lohn der Arbeit

Samstag war dann ein großer Tag, in mehrfacher Hinsicht. Die Gartenarbeit war offiziell beendet, nachdem wir uns vormittags statt Basketball, wir wären da aber auch eh zu fertig für gewesen, aus dem Hellwegbaumarkt einen Hänger geliehen und die ganzen Säcke zum Recyclinghof an der Germaniastraße gebracht hatten. Der hatte nur bis 13:00 auf. Wir mussten drei Mal fahren und ich hatte den Eindruck, der Recycling-Hoschi war etwas genervt, weil Grünschnitt ja bekanntlich umsonst abgegeben werden darf und er mit uns kein Geschäft machen konnte. Dafür blockierten wir aber jedes Mal direkt mehrere Container aufgrund von Butzes Fahrkünsten mit Hänger. Etwas, was er nach eigenen Angaben auch noch nie gemacht hatte, und so sah es dann auch aus.

Nachdem wir den Hänger wieder abgegeben hatten, eröffnete die Frau des Hauses uns, dass sie uns für den Rest des Wochenendes freigeben würde. Sie nahm die Kinder und fuhr über Nacht zu ihrer Mutter, die sich wohl vernachlässigt fühlen würde.

„Dann könnt ihr euch nach eurer Maloche mal einen schönen Abend machen", sagte Yoko nonchalant und nahm mich sogar noch mal zur Seite und sprach mich direkt an, etwas, was sie bisher eher vermieden hatte: „Danke Justus, das hättest du nicht tun müssen."

„Kein Ding, nach allem, was ihr für mich getan habt, war das doch das Mindeste", erwiderte ich artig.

„Nein, ich meine das ernst. Vielleicht habe ich mich doch ein wenig in dir getäuscht", erklärte sie und ließ mich total verdattert stehen, stieg ins Auto, wo die Kids schon Theater machten und sich von ihrem Vater verabschiedeten und düste ab.

Butze wollte ein kurzes Mittags-Bubu machen und ich hatte nichts dagegen. Ich ging in mein Reich und schmiss meinen Laptop an. Ich hatte versucht, das die ganze Woche zu ignorieren. Aber nun wollte ich doch Gewissheit haben. Also loggte ich mich bei meiner Bank online ein und rief meinen Finanzstatus auf und das erste Mal seit langer Zeit, standen dort schwarze Zahlen. Und nicht gerade wenige: 469.103,52 €. Zunächst war ich total baff. Da würden die Säcke von der Sparkasse aber staunen. Wahrscheinlich schalteten sie direkt die Polizei ein und verdächtigten mich illegaler Machenschaften. Oder sie checkten drölfzigmillionen mal ihre Systeme, weil es sich ja nur um einen Fehler handeln konnte. Ich sah meinen Sachberater Heinz Schultz direkt rückwärts vom Stuhl kegeln, wenn er diese Zahlen sah. Doch dann schaute ich mir die Zahl genauer an und wollte wissen, wo die restliche Kohle geblieben waren. Google half, wie meistens und ich fand heraus, dass ich als Sohn einen Steuerfreibetrag von 400.000 € hatte, die restlichen 100.000 wurden mit 30% versteuert, der Staat wollte ja schließlich auch was vom Kuchen haben, also 30.000 futsch und die restliche Differenz war natürlich mein kurz vor der Streichung stehender Dispo gewesen. Blieben um die 470.000 € zu meiner Verwendung. Wahnsinn.

In einem Anflug von Größenwahn schrieb ich dem Schultz direkt eine E-Mail, in der ich ihn bat, mir die Ablösesumme für meinen Studienkredit mitzuteilen, damit ich ihm das am Montag direkt auf einen Schlag tilgen konnte. Das Gesicht würde ich nur zu gerne sehen. Ich hatte entsprechend meinem Karma genau zu der Zeit studiert, als es in Deutschland die Studiengebühren gab. Da ich mir das nicht leisten konnte, nahm ich ein Studiendarlehen auf. In Amerika ganz normal, in meinem Heimatland eigentlich ein Affront gegen die Bildung. Natürlich war das Ganze dann auch wieder abgeschafft worden, aber ich hatte bereits einen ansehnlichen Geldhaufen verbrannt. Momentan zahlte ich das mit monatlich etwa 200 €

zurück, nun konnte ich die Restsumme inklusive Vorfälligkeitsentschädigung ja quasi aus der Portokasse bezahlen. Ein geiles Gefühl. Nach meiner Schätzung blieben dann etwa 450.000 € übrig und ich war schuldenfrei.

Ich hörte den imaginären Butze, der mich ermahnte locker zu bleiben und das Geld so wenig wie möglich anzurühren, aber ich musste jetzt und hier sofort irgendwas kaufen, irgendwas machen. Und ich wollte Butze was Gutes tun. Das konnte er mir doch wohl nicht übelnehmen. Und wir hatten einen freien Abend. Einen Männerabend. Also schaute ich mir bei Eventim die abendlich stattfindenden Konzerte an und fand sehr zu meiner Freude heraus, dass abends eine gewisse Band aus Ibbenbüren ein Konzert im FZW geben würde. Die Karten waren natürlich schon lange restlos ausverkauft, aber bei eBay Kleinanzeigen wurde ich fündig. Statt 40 € kosteten die Tickets nun 100 € das Stück, aber das kratze mich wenig. Ich rief den Typen an, der mir erklärte, er habe sich von seiner Freundin getrennt und wolle nun nicht allein aufs Konzert gehen und außerdem sei er knapp bei Kasse. Wollte ich das wirklich hören? Wahrscheinlich war er so knapp bei Kasse, wie ich gestern noch gewesen war. Oder aber er log und war einer von den Typen, die Karten kauften, nur um sie dann mit fettem Aufschlag wieder zu verkaufen. Einer, der die Bands gar nicht mochte und dem ehrlichen, vielleicht auch unter Geldarmut leidenden Fans, zusätzlich die Plätze wegnahm und sie abzockte. Normalerweise wurde ich bei sowas sauer, aber ich hatte gerade einen spendablen Tag. Also sagte ich ihm, wenn er mir die Karten und eine Flasche Jimmy vorbeibringen würde, bekäme er sogar 300 € von mir bar auf die Kralle. Er sagte, er sei in einer Stunde da. Ich fuhr schnell zum Geldautomaten und hob 1000 € ab, ein Betrag, den ich mir so noch nie gezogen hatte. Ich hätte noch mehr abgehoben, aber mehr gab die Kiste mir nicht. Das Auszahlungslimit war mit diesem Betrag erreicht. Der Vogel kam dann auch relativ pünktlich und meine Abendgestaltung nahm konkretere Formen an.

Da Butze für seinen dienstäglichen Überfall mit dem Basketball noch einen bei mir gut hatte, wollte ich nun Gleiches mit Gleichem vergelten und schlich mich bewaffnet mit Ghettoblaster, Whiskey und den Konzertkarten in sein Schlafzimmer. Dort drehte ich die Musik auf und sang, so laut ich konnte mit *Ingo* im Duett über die glorreichen 80er Jahre. Zudem begann ich auf dem Bett und ehrlicherweise auch auf meinem Kumpel rum zu hüpfen, wobei ich nur noch halbwegs synchron zum Ghettoblaster eher schrie, als sang. Butze versuchte, meinem Getobe mit relativer Gelassenheit zu begegnen, scheiterte aber kläglich und fegte mir dann doch recht schnell die Beine unter dem Körper weg. Ich drückte ihm die Karten ins Gesicht und wir sangen die zweite Strophe gemeinsam und taten uns abwechselnd an der Flasche gütig.

„Dat klingt nach einem gelungenen Männerabend, dann haste das Geld bekommen?"

„Mehr oder weniger, aber nach Steuer etc. hab ich nun einen sehr beachtlichen Betrag auf dem Konto, ja."

„Aber du solltest die Kohle nicht raushauen."

„Tu ich nicht, aber einen schönen Abend bin ich dir schuldig für die letzten Jahre, für deine Hilfe und für deine Freundschaft. Und heute ist die Gelegenheit, denn heute spielen die einzig wahren *Donots* im FZW. Das können wa ja nicht vorbei ziehen lass'n. Du siehst, es ist Schicksal."

„Dem beuge ich mich natürlich. Der heutige Abend geht auf dich. Wir ham' wat zu feiern. Aber dann wirste wieder vernünftig, lässt die Kohle ruhen und besorgst dir einen Job und eine Perspektive!", sagte er in warnendem Ton.

„Klaro, so wird's gemacht, Papa. Aber heute denken wir nicht an morgen. Heute ist heute und heute wird gerockt!"

Kapitel 13 - Dortmund Rock City

Nachdem die Flasche geleert und damit das Vorglühen beendet war, schmissen wir uns in unsere Chucks und Jeans, suchten uns alte Band-Shirts raus, zogen unsere Caps auf und waren bereit, die Stadt unsicher zu machen. Da wir ja Oktober hatten, zogen wir schlussendlich doch noch zumindest unsere Collegejacken über und bestiegen das telefonisch bestellte Taxi. Schon witzig, dass man sich für ein Punk Konzert ähnlich in Uniform wirft, wie die Schlipsträger für eine Vernissage. Obwohl man als linksorientierter Musikfan ja eigentlich total gegen das Establishment und solche Konformitäten ist. Aber es ist halt, wie es ist.

Da wir schon mächtig angedudelt waren, ließen wir uns am Atlantico rausschmeißen, dem besten Mexikaner der Stadt und fraßen uns durch überbackene Nachos und fette Burger. Wir tranken dazu leckere Cocktails und knabberten immer wieder Erdnüsse, die überall auf Dekofässern bereitlagen, die Schalen durfte und sollte man einfach auf den Boden schmeißen, ein Markenzeichen der Lokalität.

Im Prinzip hätten wir da auch schon wieder nach Hause fahren und schlafen gehen können, so vollgefressen und besoffen, wie wir waren, aber das Hauptereignis sollte ja erst noch stattfinden.

Die nächste Taxifahrt brachte uns zum FZW und nachdem wir am Eingang etwas misstrauisch beäugt wurden, zwei besoffene Enddreißiger, die laut und falsch deutsches Liedgut von diversen Bands zum Besten gaben, wurden wir wie gewohnt angegrabscht und abgetastet und durften letztendlich die heiligen Hallen betreten.

Wir deckten uns am Merch-Stand mit dem aktuellen Tour-T-Shirt ein, Tradition. Und versorgten uns am Tresen erneut mit Bier. Dann torkelten wir Richtung Bühne, wo gerade die Vorband anfing zu spielen. Ein Volltreffer für uns, da gerade die Jungs von ZSK die Bühne geentert hatten, eine Band, die wir auch sehr zu schätzen wussten und wir machten uns alle gemeinsam warm und sangen davon, dass sich jede Wunde und jeder Hörsturz gelohnt haben und das wir weiter unseren Weg mit den richtigen Freunden gehen würden. So gottverdammt wahr! Das Set dauerte ungefähr 45 Minuten und wir waren amtlich warm gerockt, nassgeschwitzt und wieder etwas nüchterner. Die unweigerliche Umbaupause nutzten wir fürs Pinkeln, frisches T-Shirt anziehen und für die Flüssigkeitshaushaltsnachregulierung.

Als die *Donots* dann anfingen, taten sie das mit einem fetten Knall und großen Bums. *Ingo* und *Guido* rockten als Frontmänner wie gewohnt und rissen die Menge mit. Auch wenn wir nicht mehr taufrisch waren, nahmen wir doch das Gepoge und die Circle Pits mit und feierten fett ab. Die Jungs gaben sich wie immer viel Mühe und spielten ein buntes Set aus über 20 Jahren Band Geschichte. Da sie die ersten Jahre zunächst englische Texte vertont hatten, wechselten sich diese früheren Songs gut mit den, in den letzten drei Jahren entstandenen, deutschsprachigen Liedern ab. Wir kannten sie ohnehin alle, auch wenn bei den Songs vom neuen Album noch einige Textlücken bei Butze und mir bemerkbar waren. Das störte uns aber nicht.

Eine Punkrock-Show musste vor allem laut sein, nicht perfekt. Also machten wir das textuelle Manko auch einfach mit Lautstärke wett und mit noch wilderem Abgezappel. Und die Evergreens und die eine oder andere neu entstandene Hymne sangen wir aus dem Handgelenk, wir trafen nicht die Töne aber das tat dem Ganzen keinen Abbruch, diese Texte saßen und die Musik traf uns mitten ins Herz. Ich mochte die Jungs, wie eingangs erwähnt, schon immer, eine unglaublich geile Liveband.

Wie bei jeder Band, gibt es gewisse Rituale. Stücke, die nur akustisch gespielt werden, Songs, bei denen ein Circle of Death kreiert werden musste, Lieder für Laola-Wellen und natürlich Dinger, bei denen der Sänger oder gleich die ganze Band ins Publikum kamen. *Hansaring* mit Minimalinstrumentierung inmitten der sitzenden Fans erzeugte Gänsehaut pur. Und ja, es hatte sich tatsächlich die ganze Halle hingesetzt. Das klappt nicht immer. Zwischendurch gab es zu unserer Freude auch eine sehr geile Cover-Version der Sylt-Hymne von drei bekannten Berliner Musikern, da waren wir nach dem Frontmann, glaube ich die lautesten in der Halle. Zum krönenden Abschluss gab's noch *Ingos* Sprung von der Tribüne in die Menschenmenge bei dem selbsternannten Stadion-Rock-Song der Ibbenbürener, einer weiteren Cover-Version, nachdem er sich dann auf den ausgestreckten Armen der Meute wieder zur Bühne zurücktragen ließ.

Butze und ich wussten, was nun folgen würde, und nach zwei Stunden allerfeinstem Punkrock, erschollen die Klänge des sehr gelungenen Rausschmeißer-Songs, den die *Donots* mit *Frank Turner* seinerzeit aufgenommen hatten. Die meisten Bands haben sowas früher oder später, auch die *Die Ärzte*, die *Hosen* und die *Furys*. Allesamt mega. Die Band verabschiedete sich ausdauernd und nach all den Sound- und Lichteffekten ging dann das Helligkeits-Licht an, ein klares Signal, dass keine Zugabe mehr folgen würde. Musste sie auch nicht, die Show war nahezu perfekt gewesen, so wie sie war und drei Zugaben-Blöcke reichten auch.

Butze und ich waren selig, aber fürchterlich fertig. Wir schmissen uns in ein Taxi, ließen uns nach Hause bringen und nervten den armen Fahrer mit einer lauten und besoffenen Darbietung von *Dann ohne mich* vom Rücksitz aus.

Kapitel 14 - Alte Bekannte

Ich weiß nicht mehr, wie wir ins Bett gekommen sind, war aber trotzdem überrascht, als wir Sonntagmorgen im gleichen Nachtlager aufwachten. Wenn Yoko uns so sehen könnte. Ein Blick unter die Decke verriet mir, dass wir beide noch voll bekleidet waren. Naserümpfend stellte ich fest, dass wir nach Bier und Schweiß rochen, aber nicht nach Erbrochenem, wir hatten es also immer noch drauf. Konzert, Saufen, Filmriss, aber keine Kotze. Läuft.

Butze fing an aufzuwachen, und da ich ihm ja ein paar Sekunden voraus war und die Lage bereits gepeilt hatte, zog ich mir schnell das T-Shirt aus, ließ meine Decke bis zur Hüfte hinuntergleiten, und sah ihn so lasziv an, wie ich konnte, als er die Augen aufschlug.

Ich empfing seinen mehr oder weniger wachen Geist mit den Worten: „Na, du geile Sau, brennt dir der Arsch?"

Ich wollte, dass er sich fühlte wie *Christoph*, als dieser nach einer wegen Liebeskummer durchzechten Nacht, nackt im Bett des schwulen

Edgars aufgewacht war und sich nicht sicher sein konnte, was passiert ist.

Mein Freund wirkte auch sehr erschrocken und nahm die gleiche Bestandsaufnahme vor wie ich. Decke hoch. Klamotten waren noch da, Chance auf gleichgeschlechtlichen Sex eher null tendierend, wer machte sich schon die Mühe und zog sich hinterher wieder an?

„Moin, du Labertasche. Die Augen kaum auf und schon kommt aus deinem Schandmaul nur Dünnpfiff. Wenn du mich genagelt hättest, mit deiner mickrigen Karikatur eines männlichen Geschlechtsorgans, selbst trocken, hätt' ich weder gestern Nacht noch heute irgendwas gespürt."

Das traf mich dann doch. Gut gegeben. Respekt. Aber da ich natürlich irgendwie reagieren musste, machte ich ein verletztes Gesicht und stand mit einem weinerlichen Schluchzen auf, nur um ihm dabei einen Fausthieb in sein Gemächt zu verpassen. „Sackerln" hatten wir das in unserer Kindheit genannt. Sein aschfahles Gesicht, als er sich seine Nüsse hielt, sah ich schon gar nicht mehr, ich hörte nur sein schmerzvolles Stöhnen, als ich pinkeln gegangen war.

Als wir beide so weit waren, ging es wieder an den Korb. Gestern hatten wir unser tägliches Match ja ausfallen lassen und ab morgen musste Butze wieder arbeiten gehen und ich mir einen Job suchen. Daher heute noch mal genießen, auch wenn der Kater, dieses garstige Biest krampfhaft versuchte, uns einen Strich durch die Rechnung zu machen.

Nachdem wir etwa ein Stündchen gezockt hatten, fing nach einer missglückten Korbaktion meinerseits, hinter uns am Bordstein jemand an zu klatschen.

„Tach auch. Dat hasse aber auch schomma besser hinbekommen", ertönte eine schadenfrohe Stimme hinter uns.

Verdutzt drehten wir uns um und entdeckten den ollen Kalle, breit grinsend und feixend mit vor dem Körper verschränkten Armen.

Er betrat das Spielfeld, eigentlich ein No Go, weil unser Spiel ja noch lief, aber klar klatschten wir uns ab und einige High und Low Fives später, fragte er: „Böller, wat machst du denn hier. Bisse wieder inne Heimat?"

„Offensichtlich. Und du so?"

„Bin nie weg gewesen. Kann ich ne Runde mitzocken?"

Kalle hatte damals auch mit uns beim TV Westrich gespielt. Mit seinen leicht einschüchternden 2,10 m hatte er bei uns den Starting-Center gegeben. Er war auch nicht schlecht, nur halt ein Vollhorst. Auch er war älter geworden und schob einen gar nicht ganz so kleinen Bierbauch vor sich her. Kalle, eigentlich Christian Kallenberg, war immer schon ein lieber Kerl gewesen, ein wenig einfältig vielleicht, aber das mochte daran liegen, dass die Luft da oben bei ihm wohl etwas dünner war.

„Wat machst du denn hier?", mischte Butze sich ein.

„Ich wollte meine Mudda besuchen, die is hier umme Ecke im Altenheim."

„Am Volksgarten?"

„Yep. Ich lauf immer vom Busbahnhof bis dahin, dann krieg ich nen bisschen Bewegung. Aber wat ihr hier macht, da hätt' ich mehr Bock auf."

„Verständlich. Aber wir müssen erst unsere Serie zu Ende spielen", gab ich zurück.

„Wie steht's?"

„2 zu 2. Fünftes bei 6 zu 5. Best of 7."

„Dann kann das ja noch'n Moment dauern, wa?"

„So ist dem", sagte Butze und hatte den besten Einfall des Tages: „Besorg doch noch nen vierten Mann, dann können wir anschließend ne Runde 2 gegen 2 zocken."

Kalle murmelte ein „Mach ich", wandte sich um und fing an zu telefonieren.

Wir versuchten derweil, unser Match zu Ende zu bringen und als wir im siebten Spiel angekommen waren, hielt ein Volvo vor der Einfahrt und spuckte drei bekannte Gesichter aus.

„Soll das Basketball sein?", schrie Berg bereits beim Aussteigen. Wahrscheinlich hatte er die ganze Fahrt an dem Spruch gearbeitet. Jens Bergmann, für uns immer nur Berg, war auch

Center, entsprechend groß, entsprechend dumm, der Spitzname ergab sich bei ihm von selbst.

„Wie tun mir die Augen weh, wenn ich sonne Scheiße seh", stieg Schulz breit grinsend und singend aus dem Fond des schwedischen Gefährts. Und auch der Fahrer hatte einen Spruch übrig. Michael Kramp, für uns immer nur Krampe, schälte sich aus dem Fahrersitz, beäugte die Situation und sagte:

„So viele alte Männer auf einem Haufen. Vielleicht sollten wa direkt schomma nen Krankenwagen verständigen."

Butze und ich sahen den Neuankömmlingen kurz entgegen, ignorierten sie dann aber und ich sagte säuerlich: „Point Game" und checkte den Ball zu meinem Gegner.

Respektvoll warteten die Jungs, wussten sie doch, was das bedeutete. Auf Deutsch quasi „Nächster Punkt entscheidet".

Zu meinem Leidwesen tat Butze das dann auch, mit einer zugegebenermaßen schönen Kombination aus schnellem ersten Schritt Richtung Korb, gefolgt von einem Crossover, um mich aus der Balance zu bringen und dem abschließenden Step-Back. Den so gewonnen Platz nutzte er, um den entscheidenden Punkt mit einem Jump Shot einzunetzen.

Das brachte ihm auch den Applaus der Jungs ein. Butze sonnte sich jedoch nicht lange in seinem

Ruhm, sondern klatschte mit mir ab und die alten Männer kamen alle für einen kleinen Begrüßungs-Huddle zusammen.

„Ich hab's nicht geglaubt, als Kalle angerufen hat", sagte Krampe zu mir. „Seit wann bisse wieder inne Stadt?"

„Etwa ne Woche. Ist denn keiner von euch Spackos jemals hier rausgekommen?"

Keine Antwort war auch eine Antwort. Da Butze zumindest rudimentär mit den Anderen Kontakt gehalten hatte, blieb er von Fragen und Lebenslaufbeichten verschont. Als er merkte, dass ich auf gewisse Sachen nicht antworten konnte oder wollte und es ihm allmählich zu langweilig wurde, schnauzte er: „Wollt ihr jetzt labern oder Bier oder zocken oder wat?"

Dankbar erwiderte ich: „Erst zocken, dann Bier."

Da waren wir uns auch alle einig.

Krampe fing direkt an, sich zu dehnen, hatte er früher schon immer gemacht.

Ich entgegnete fröhlich: „Wat machst du denn da? Jane Fonda Aerobic für Rentner?" Das stieß seitens der Aufwärmenden auf einheitliches Unverständnis. Nur Butze verstand den Wink, grinste breit und stieg mit ein: „*Billy du Heuler*, mach hinne. Da wir euch nicht komplett demoralisieren wollen, spielen Böller und ich wohl ma besser nicht zusammen."

Als wir gerade Teams gebildet hatten, Kalle, Krampe und ich gegen den Rest, bog Yoko mit dem Minivan in die Straße ein. Demonstrativ fuhr sie zwischen uns durch und parkte mitten auf dem Spielfeld unter dem Korb.

Butze war zu entgeistert, um irgendwas zu sagen. Die Kinder sprangen aus dem Auto und Yoko stieg betont würdevoll aus der Karre.

„Ach Menno, wat soll das denn, Silvia?", fragte Kalle wenig diplomatisch, worauf er sich einen bösen Blick von Butze einfing.

„Wenn die werten Herren ihr Spiel fortsetzen wollen, macht es ihnen doch bestimmt nichts aus, zuerst den Wagen zu entladen. Mein Mann kann ja im Anschluss das Auto wegfahren, damit ihr mit eurem Rumgestupse weiter machen könnt."

„Aber natürlich nicht", versuchte Schultz, der olle Diplomat die Situation zu entschärfen.

Krampe ging sogar noch einen Schritt weiter mit:

„Liebste Silvia lange nicht gesehen. Es erfreut mein Herz, dass du nichts von deiner Durchsetzungskraft eingebüßt hast und auch nach drei Kindern noch immer so fabelhaft aussiehst."

Ich hielt mich mal lieber komplett geschlossen und Butze fing buchstäblich an zu schwitzen, doch Yoko würdigte diesen Affront keines Kommentares und schritt würdevoll von dannen.

Max, der kleine Rabauke fragte direkt, ob er mitspielen könne, worauf ich mich in die

Diskussion einbrachte und ihm erklärte, dass es bald dunkel werden würde und wir alten Säcke noch eben zu Ende spielen mussten.

„Wenn Du Lust hast, können wir beide aber gerne morgen, nach der Schule zusammen ein paar Körbe werfen."

Max war zwar nicht begeistert, beugte sich aber. Als wir anderen die Sachen reingebracht hatten und Butze mit seiner Frau gesprochen hatte, parkte er den Wagen am Straßenrand. War Yoko wirklich nur einen Tag weg gewesen? Mit den Klamotten hätte sie meiner Meinung nach auch ne Woche Urlaub bestreiten können, aber was weiß ich schon davon, wie das mit drei kleinen Kindern läuft.

„Keine Dunkings", stellte Butze mit Blick auf die Center-Riege noch klar. Als ob die noch so hoch springen können, dachte ich bei mir. Das Spielfeld war wieder bespielbar, die Mannschaften aufgeteilt, es konnte losgehen. Butze und ich hatten anscheinend durch die Woche 1 gegen 1 einen kleinen Vorteil, waren schon wieder ein bisschen mehr im Training als die anderen. Aber trotz Rost und Alter hatten wir eine Menge Spaß, man merkte, dass wir früher täglich zusammengespielt hatten. Es wurde eine schöne, enge Serie und wir lachten viel und forderten uns gegenseitig heraus. Es machte wirklich Laune und fühlte sich ein wenig wie früher an, in der guten alten Zeit. Mal abgesehen von unserem körperlichen Verfall, fühlten wir uns in eine bessere Zeit zurückversetzt. Als es langsam zu dunkel wurde, um den Korb zu sehen, schaltete Butze die Außenbeleuchtung an der Garage an.

Das war anscheinend wiederum das Signal für Yoko, den Kopf aus der Haustür zu strecken und zu fragen, ob wir wohl noch lange machen würden.

Butze sagte „Time Out" und besprach sich kurz mit seiner besseren Hälfte und kam irgendwie etwas kleiner zurück.

„Stunde könn' wa noch, dann is Schicht im Schacht, dann müssen die Blagen ins Bett."

„Sagt deine Mama dir auch wanne pinkeln musst?", fragte Krampe herausfordernd.

Da ich dieses Beziehungsgedödel ja bereits eine Woche genießen durfte, stand ich ihm bei und sagte: „Länger könnt ihr Luschen doch sowieso nicht mehr", was zu allgemeinem Gelächter führte. Wir spielten zwar weiter, aber eigentlich ging es nur noch darum, die Stunde zu überstehen und um mindestens fünf Minuten zu überziehen, um Yoko zu zeigen, wer hier das Sagen hatte. Es wurde auch weniger gespielt und mehr Wert darauf gelegt, seinem Gegenspieler besonders fiese „Deine Mudda-Sprüche" zu drücken.

Aus unserem Plan wurde jedoch nichts, da Yoko nach Ablauf des Ultimatums von innen den

Außenstrom ausstellte. Ich überlegte kurz laut, ob wir Autoscheinwerfer auf den Court richten sollten, sah aber ein, dass die Idee nicht so gut war. Ich musste hier schließlich noch wohnen.

Also bestellten wir bei Mr. Pizza leckere Pizzen für alle und verzogen uns in den Garten. Gott sei Dank war der Oktober bisher echt mild, sonst hätte das alles gar nicht funktioniert.

Zwei oder drei Stunden verbrachten wir dann mit Pizza, Bier und Anekdoten aus unserer gemeinsamen Schul- und Basketballlaufbahn, wobei wir *Campino* und seinem *Wort zum Sonntag* etwas Hohn sprachen. Er würde es uns bestimmt nicht übelnehmen, dafür war der Abend einfach zu perfekt. Und wir schmiedeten den Plan, das öfter zu machen, alle hatten das Zocken vermisst.

„Aber bald isset zu kalt dafür, dann müssen wir bis zum Frühling warten", warf Berg ein. Ein betretenes Schweigen machte sich breit, weil die Befürchtung im Raum stand, dass es bei diesem einen Abend bleiben könnte.

„Da hab ich ne bessere Idee. Wenn ihr Bock habt, und wenn Böller hierbleibt, organisiere ich uns für freitagabends eine Hallenzeit in der Holte", rettete Butze, wie ich es mittlerweile von ihm gewohnt war, die Stimmung.

„Ich bleibe. Lasst uns das durchziehen und amtlich begießen", antwortete ich.

Das war der Moment, in dem wir uns an der 1,5 Liter Hörnerwhisky-Flasche gütlich zu tun begangen. So wurde unsere alte Mannschaft wieder reaktiviert und ein wenig fühlte ich mich wie *John Belushi*, der den heiligen Auftrag von Gott erhalten hatte, die Band wieder zusammen zu bringen.

Und von da an trafen wir uns immer freitags zum Zocken in der Holte-Grundschule, wie auch immer Butze das hinbekommen hatte, und dachten bald darüber nach, unsere Mannschaft noch ein wenig zu verstärken, die restlichen Jungs von damals zusammenzutrommeln und für den Spielbetrieb in der Kreisliga anzumelden. Aber so weit waren wir an diesem Abend noch nicht. Nur die Idee war schon geboren worden.

Kapitel 15 - Herausforderungen

Aber der Reihe nach. Der nächste Morgen kam. Butze musste ja wieder arbeiten, genau wie seine Frau Yoko, weswegen ich schon unter der Woche angeboten hatte, die Kinder zur Schule und zum Kindergarten zu fahren. Ich hatte ja schließlich Zeit dafür. Ein Angebot, das ich schnell bereute, was mir aber auch einen anerkennenden Blick und ein Schulterklopfen von Yoko einbrachte. So viel Zuneigung war ich von ihr nicht gewohnt. Um dies in die Tat umzusetzen, musste ich verdammt früh aufstehen. Sie machte die Kinder so weit fertig, mit Waschen, Anziehen, Rucksack packen und so weiter.

Gemeinsam verluden wir die Kids in den Minivan, Butze nahm dann meinen Wagen und Yoko den Corsa. Etwas kompliziert, aber im Endeffekt am einfachsten, da alle Kinder ja in Kindersitze mussten und die in meinem Golf zu verbauen wäre ein Ding der Unmöglichkeit gewesen. Als alle Kinder angeschnallt waren, was eine ganz schöne Tortur war, für Kindersitze brauchte man anscheinend ein Hochschuldiplom, oder aber man musste die Kinder vorher betäuben, fuhren wir dem ersten Etappenziel entgegen, dem Kindergarten von Lea. Sie würde hier von 7:30 bis 15 Uhr bleiben. Ganz schön hart, als Kleinkind schon quasi einen Arbeitstag außer Haus. Wobei sie natürlich den ganzen Tag spielen und bespaßt werden würde, aber trotzdem. Oliver und ich waren damals nicht in den Kindergarten gegangen, wir waren zu Hause bei unserer Mutter geblieben. Papa war Alleinverdiener und er verdiente nicht schlecht. Er arbeitete bei der Deutschen Bank, war damals schon Abteilungsleiter gewesen, einer der jüngsten und hatte sich von der Pike auf dort hochgearbeitet. Heute hätte man sein Leben mit Kindern wahrscheinlich selbst mit dem Gehalt nicht mehr finanzieren können und wenn ich an Butzes Haus dachte, war mir klar, warum beide arbeiten mussten und ich die kleine Lea nun zu ihrer Erzieherin brachte.

Der Kindergarten war sehr farbenfroh, von außen wie von innen und befand sich direkt am Marktplatz schräg gegenüber von Enzo. Lea wusste genau, wo es lang ging und als ich sie ordnungsgemäß in die Obhut des hoffentlich qualifizierten Personals gegeben hatte, winkte sie mich noch mal mit ihrem kleinen süßen Zeigefinger zu sich heran. Dann musste ich mich bücken und sie flüsterte mir zu: „Danke, Onkel Justus."

Dann gab sie mir noch ein Küsschen auf die Wange. Das berührte mein Gemüt dann doch ganz außerordentlich und ich nahm das kleine Mädchen zum Abschied noch mal in den Arm. Die Erzieherin, laut Klebezettel auf ihrer schicken Strickweste hieß sie Frau Jahn, machte den Moment dann ein wenig zur Nichte, indem sie mich von oben bis unten musterte und meinen Aufzug in meinem Jogger, Basketballschuhen und meinem Cap der New York Knicks wohl nicht ganz so geil fand und deswegen auch leicht schnippisch sagte: „Sie sind also dieser Onkel Justus. Frau Butze hatte mich letzte Woche ja bereits informiert, aber irgendwie hatte ich sie mir anders vorgestellt."

„Eben jener. Aber falls es sie tröstet, meinem Idealbild einer Kindergartentante entsprechen sie auch nicht gerade", kam es aus meinem Mund, bevor ich es zu Ende gedacht hatte. Und zack, wieder Freunde gemacht. So früh morgens konnte ich mich anscheinend noch nicht kontrollieren. Wortlos drehte sich die verhärmt wirkende Mittfünfzigerin mit Lea an der Hand um und ging in den Gruppenraum, wo bereits einige andere Kinder warteten. Und so was sollte fremde Kinder erziehen. Kopfschüttelnd kehrte ich zum Minivan zurück, um die restliche Fracht abzuliefern.

Max und Julia stritten sich mal wieder, diesmal über Musik und die Frage, ob *Lena* oder *Ariana*

Grande cooler sei. Na ja, cool sind die beide nicht und Musik würde ich das auch nicht zwingend nennen, aber von der Bettkante schubsen würde ich die Beiden auch nicht. Das sagte ich natürlich nicht, sondern schob wortlos eine CD ein. Ich war schließlich vorbereitet. Und als *Billy Joe* und ich lauthals die Frage stellten, ob wir paranoid oder stoned waren, schauten mich aus dem Rückspiegel vier große Augen an.

„Das ist Musik, meine Lieben", fasste ich das Offensichtliche zusammen.

Julia brachte ich dann zur Mörike-Grundschule, hier war ich auch gewesen. Eine süße kleine Grundschule in Somborn, nahe der Grenze zu Bochum Langendreer. Wie schon bei meinem Radausflug festgestellt, hatte sich hier wenig bis gar nichts verändert und ich fand es cool, dass die Kleine auch hier hinging. Ich hielt vor dem Schulgebäude, unerlaubterweise nicht in Fahrtrichtung und half dem Mädchen beim Abschnallen. Ich konnte gar nicht so schnell gucken, wie die Kleine Richtung Schule verschwand, mir über die Schulter ein „Danke, Onkel Justus" zu werfend. Wohlerzogen waren die Kinder ja, da konnte man nicht meckern.

Zu guter Letzt war Max an der Reihe, den fuhr ich zum Schulzentrum Kirchlinde, wo er genau wie sein Vater und ich, aufs Bert-Brecht-Gymnasium ging. Er befreite sich selbst aus dem Kindersitz und von ihm bekam ich die Ghetto-Faust zum Abschied und ein „See ya". Gut getaktet, das Ganze. Kindergarten um 7:30, Grundschule um 7:45 und Gymnasium um 8:00. Nicht schlecht.

Auf dem Rückweg besorgte ich mir im Dorf beim Bäcker ein kleines Frühstück, bestehend aus drei Wurst- und einem Schokobrötchen. Ich hatte heute auch noch viel vor und musste mich vorher schließlich etwas stärken. Einen halben Liter Kakao nahm ich bei der Gelegenheit auch noch mit und begab mich mit meiner Jagdbeute zu Hause angekommen, direkt an meinen Laptop.

Heute war Lebenslauf schreiben angesagt, sowie hochladen in allen gängigen Portalen wie Stepstone, Monster, LinkedIn und allem, worauf ich sonst noch so stoßen würde. Mein Lebenslauf war natürlich eine Katastrophe, bis zum Zivildienst war es noch ok, auch wenn ich eine Klasse wiederholen musste, aber dann 13 Jahre Studium ohne Abschluss, begleitet von ständig wechselnden Minijobs. Und zu guter Letzt fünf Jahre als Filialleiter einer Videothek. Zwar lückenlos, aber lückenlos kacke. Abi, aber keine Ausbildung, keinen Studienabschluss. Nichts vorzuweisen. Als was sollte ich mich also bewerben? Was wollte ich machen? Wer würde mich nehmen? Ich hatte absolut keine Ahnung und sah mir deshalb querbeet mal diverse Stellenanzeigen aus Dortmund und Bochum an. Vertrieb? Nicht so mein Ding, aber hier konnte man gut quereinsteigen. Bürojobs, Verwaltung? Die wollten alle eine abgeschlossene kaufmännische Berufsausbildung haben. Für die Bullerei war ich zu alt und hatte da auch keinen Bock drauf. Die Müllabfuhr sollte ganz gut bezahlen. Vielleicht eine Option. Hausmeisterei oder auf neudeutsch Facility Management, bei dem Gedanken an den alten Müller wurde mir schlecht.

Karriere würde ich mit 39 Jahren wohl eh nicht mehr starten. Also einen Job finden, der mir keine Bauchschmerzen machte und von dem ich leben konnte. Zumindest erst mal, um wieder auf die Beine zu kommen. Arbeit war für mich sowieso eher Broterwerb als Berufung. Ich wusste wirklich nicht, was ich den Rest meines Lebens arbeiten wollte, und bewarb mich deshalb auf diverse Stellen, bei denen ich annahm, zumindest eine Chance zu haben. Viele davon liefen über Zeitarbeit, was für mich eigentlich auch nur moderne Sklaverei war, aber um irgendwo einen Fuß in die Tür zu kriegen, musste ich wahrscheinlich in den sauren Apfel beißen. Immer noch besser als nicht oder nur wenig bezahlte Praktika, wobei ich das aufgrund meines aktuellen Kontostandes natürlich auch ausprobieren konnte.

Nachmittags riefen schon die ersten Zeitarbeitsfirmen an. Alle vereinbarten mit mir einen Gesprächstermin, mal in Düsseldorf, mal in

Bochum, mal in Essen. Die nächsten Tage verbrachte ich damit, diese Termine wahrzunehmen, wobei sich herausstellte, dass diese Termine erst mal gar nichts mit den Stellen zu tun hatten, auf die ich mich beworben hatte, sondern reine Kennenlerngespräche waren, um mich in die jeweils hauseigene Datenbank aufnehmen zu können. Und dafür fuhr ich viele Kilometer und vergeudete meiner Ansicht nach auch viel Zeit. Den Businessdress für diese Gespräche lieh mir der gute alte Butze, war mir zwar etwas groß, ging aber noch als ok durch. Butze wusste meinen Einsatz sehr zu würdigen und half mir, wie immer, nur allzu gerne aus. Zu richtigen Bewerbungsgesprächen wurde ich aber nicht eingeladen. Was mich sehr wurmte, aber auch nicht groß überraschte. Ich würde mich auch nicht einstellen.

Die Woche verlief also relativ frustrierend, der Anfangselan verschwand zunehmend. Bei den abendlichen Runden mit Butze und der Fußhupe diskutierten wir meine, sich nicht einstellen wollenden Fortschritte.

„Wat kannse denn? Wat willse denn?", fragte mich mein Freund bei einer dieser Gelegenheiten.

„Wenn ich das nur wüsste. Ich liebe Musik, bin aber nicht musikalisch und Roadie oder Manager wird man auch nicht einfach so. Ich liebe Basketball, bin aber zu alt, um selber noch erfolgreich zu spielen, und hab auch keinen Trainerschein, geschweige denn Erfahrung als Coach. Ich liebe Filme, aber die Videotheken sterben gerade einen langsamen Tod. Die Kinos sind wahrscheinlich die nächsten, weil jeder einen riesigen Fernseher zu Hause hat, inklusive Dolby und Netflix. Zu Hause ist gemütlicher. Und sonst kann ich nichts", monologisierte ich vor mich hin.

„Mach doch noch ma Uni oder FH, wenigstens Bachelor."

„Nee, der Zug ist abgefahren, keine Büffelei oder Vorlesungen mehr für mich."

„Mach ne Ausbildung."

„Als was und wer bildet 39-Jährige aus?"

„Aber irgendwas musste doch machen."

„Schon klar, aber was?"

Das einzige, was mich in diesen Wochen aufrecht hielt, war mein Sozialdienst für die Familie Butze mit Hol- und Bringedienst für die Kinder, Einkaufen gehen und kleinere Hausarbeiten erledigen und die freitägliche Basketballsession mit den Jungs. Ich hatte sogar einen Abend gekocht, aber die Resonanz war eher bescheiden. Yoko fragte mich, ob ich das schon jemals gemacht hätte oder ob ich sie einfach nur vergiften wollte. Auch mit Ketchup war das Ganze nicht zu retten und so gab es Butterbrote, was zumindest alle satt machte und vor einer Familienvollversammlung auf dem Klo bewahrte.

Mit den Jungs wurde es immer besser, alle waren eifrig dabei, ein paar alte Gesichter stießen noch hinzu und auch einige Gegner aus vergangenen Tagen, mit denen uns damals eine Blutfehde verband, schlossen sich uns an. Bald waren wir zu zwölft und da es immer besser lief und wir spielerisch auch wieder besser wurden, kamen wir auf die glorreiche Idee ein Freundschaftsspiel zu machen. Krampe trainierte eine Herrenmannschaft in Barop, wobei diese eigentlich nur existierte, weil es im Kreis keine U-18 und keine U-20 Mannschaften gab. Vereinssport war wohl bei der Jugend aus der Mode gekommen. Also hatte Krampe aus der Not eine Tugend gemacht und die Jungs zwischen 16 und 20 in der Kreisliga angemeldet. Wir dachten, wir hätten leichtes Spiel, auch wenn uns verständlicherweise ein Mann fehlen würde, da er ja das Coaching des Gegners übernahm.

Aber weit gefehlt. Die Jungs mochten vielleicht nicht so erfahren und abgezockt sein, wie wir alten Säcke, aber sie hatten gute Basics und waren vor allem eins, nämlich schnell. Sie rannten uns in Grund und Boden. Da konnten wir nicht ansatzweise mithalten. Die zusätzliche Laufarbeit kostete uns natürlich viel Kraft und wir waren offensiv nicht so effizient, wie wir das gerne gehabt hätten. Zudem wurden wir hautnah gedeckt, teilweise pressten diese Bälger uns sogar über das ganze Feld. Das Ergebnis war entsprechend etwas ernüchternd. Wir erlebten zwar keinen Blow Out, verloren aber trotzdem mit 20 Punkten Unterschied. Und es wären mehr gewesen, wenn Krampe im letzten Viertel nicht die minder begabten Jungs aufs Feld gelassen hätte, da machten wir dann wieder etwas Boden gut.

Krampe, der von uns allen die beste Fitness hatte, zog uns noch wochenlang damit auf. Und wir entschieden, nicht mehr nur zu zocken, sondern auch Konditionstraining zu machen. Er wurde dabei so etwas wie der Fitness Coach, Taktik und das normale Coaching übernahmen Butze und ich. Wir hatten den Plan, uns zu revanchieren, und wollten im nächsten Jahr unsere Mannschaft für den Spielbetrieb anmelden. So hatten wir noch genügend Zeit uns fit zu machen. Das Konditionstraining führte allerdings zu vielen Ermüdungserscheinungen, vor allem dicke Knie und Rückenschmerzen, die jeder für sich mit Eisbeuteln und Ähnlichem behandeln musste und sich dann wahrscheinlich in den Schlaf weinte. Ich auf jeden Fall. Manchmal humpelte ich fast die ganze Woche, bis zum nächsten Training. Aber es lohnte sich und wir wurden auch hier wieder besser. Nicht die alte Topform früherer Tage aber für Enddreißiger schon passabel.

Weil sich an der Jobfront noch immer nichts tat, fing ich an, Klinken zu putzen, und schrieb

Initiativbewerbungen. Aber alles, was dabei rumkam, waren Jobangebote, für die sogar ich zu stolz war und ich hatte eigentlich nichts, auf das ich stolz sein konnte. Wahrscheinlich war mein gefülltes Konto dafür der Grund. Hätte ich diese Rücklagen nicht gehabt, hätte ich auch keine Wahl gehabt, aber unter diesen Umständen. Ich lebte aber trotzdem sehr sparsam, gab, wie Butze es mir geraten hatte, so wenig wie möglich aus und verbrachte meinen Jobsuchen-, Familien- und Basketballfreie Zeit zumeist vor dem Fernseher und schaute mich durch meine recht umfangreiche Filmsammlung. Das könnte ich wohl auch noch ein paar Jahre machen, so viele hatten sich angehäuft, auf Silberlinge gebrannt oder auf Festplatten gespeichert. Butze gab mir seine Zugangsdaten für Netflix und meinte, ich könne mir ja mal was Aktuelles anschauen, aber ich wollte dieses Teufelszeug nicht anrühren. Für neue Filme ging man ins Kino, den Rest holte man sich aus der Videothek, wenn man denn noch eine fand, oder sah sie sich dann später im Fernsehen an. Wobei man TV heute eigentlich auch vergessen konnte, da ein Film mindestens siebenmal von Werbung unterbrochen wurde und das den ganzen Charme nahm.

Eine Videothek hatte ich noch in Werne gefunden, ein letztes Überbleibsel aus einer alten Zeit. Früher hatten die Betreiber, mit denen ich mich schnell duzte und gut verstand, mehrere Filialen in Dortmund und Bochum gehabt. Aber mittlerweile hatten sie nur noch diese eine und das auch mehr aus Liebhaberei. Das Ganze trug sich einfach kaum noch. In Werne ging es noch, weil hier viele Stammkunden lebten, die ähnlich wie ich das neue Streaming verabscheuten. Aber auch die wurden weniger und im Vertrauen sagte mir die Inhaberin, dass, wenn sie wirklich nicht mehr kostendeckend arbeiten konnten, sie diese letzte Bastion des gepflegten Films auch aufgeben würden. Taufrisch waren die Beiden auch nicht mehr und sie hatten genug Geld über die goldenen Jahre der 80er und 90er beiseitegelegt, um ihr Leben ausklingen lassen zu können. Sie wollten ihre Ersparnisse nicht verbrennen, nur um an ihrem Traum festzuhalten, und das konnte ich verstehen. Hier war also auch kein Job für mich drin.

Kapitel 16 - Stalking Justus

Trotz der Ernüchterung an der Jobfront aktuell, hatte ich seit meiner Rückkehr einiges für mich persönlich erreicht und in meinem Leben entscheidend verbessert. Ich hatte meinen besten Freund zurück und quasi obendrein eine Familie dazugewonnen. Mit den Kids verstand ich mich prächtig und sogar mit Silvia...ähm...wie ist das denn jetzt passiert? Fing ich etwa an, sie ein klitzebischen zu mögen, weil wir uns in letzter Zeit besser verstanden? Mit Yoko, meine ich, wurde es allmählich besser. Wir hatten jetzt ein besseres Verhältnis als je zuvor. Ich war wieder in meiner Heimat und hatte ein wenig von meinem alten Selbst zurückgewonnen. Ich hatte meine Jungs wieder und meinen Sport. Aber ich wollte noch einiges mehr erreichen und da das mit der beruflichen Zukunft gerade noch nicht lief, beschloss ich mich, dem anderen Teil meiner Mission zu widmen.

Sandra Steinert. Ich hatte in den letzten paar Jahren nicht mehr so viel an sie gedacht, obwohl sie mir nach der Schulzeit noch einige Jahre im Kopf und tiefer liegenden Regionen herumgespukt hatte. Ich verglich jede Frau, die ich kennenlernte automatisch mit ihr und obwohl das natürlich bescheuert und nicht fair war, hatte ich auch oft an sie gedacht, wenn ich mit meinen Bekanntschaften im Bett war. Kein feiner Zug von mir, aber da war ich ein bisschen wie *Keith*, der so in *Amanda* verknallt war, dass er keine Augen für alle Anderen hatte. Ich war von der siebten Klasse bis zum Abitur rettungslos verliebt in sie und konnte das auch noch einige Jahre danach nicht ganz abschütteln. Und ich hatte deshalb wahrscheinlich auch in dieser Zeit wenige, nur oberflächliche Beziehungen zu anderen Mädchen gehabt. Vielleicht hatte ich meine Seelenverwandte in dieser Zeit bereits an mir vorbeiziehen lassen, weil ich nur die Eine wollte. Ich redete mir ein, dass Sandra meine Seelenverwandte sei.

In der Schule war ich zwar kein Außenseiter, aber ich hatte mich aufgrund meiner Basketballleidenschaft etwas vom normalen Schulleben distanziert. Ich hatte dort auch Kumpels und wurde zu Partys eingeladen, aber das eigentliche Leben fand in der Halle statt und wenn ich feiern ging, dann halt meistens auch mit meinen Jungs. Ich lief also irgendwie in der Schule mit, war weder ganz draußen noch drin und als ich die Siebte wiederholen musste, wurde es natürlich nochmal etwas schwieriger in den neuen Klassenverband reinzukommen. Also hatte ich meine Sportfreunde, meine alten Klassenfreunde und musste mich mit den neuen Leuten arrangieren, was mir aber einigermaßen gelang.

Sandra hingegen war nicht nur in meinen Augen das schönste Mädchen der Schule. Sie war sportlich, hatte lange Beine, eine Oberweite und ein Popöchen, das perfekt zu ihrer Gesamtfigur passte. Wallende blonde Haare, blaue Augen und ein Lächeln, das sogar Eiswürfel entflammen konnte. Sie war der Mittelpunkt, überall wo sie auftauchte. Klar war sie entsprechend auch ein wenig oberflächlich, aber sie war nicht dumm. Hatte man es bis zu ihr an ihren zahlreichen Freundinnen und Verehrern vorbei geschafft, konnte man interessante Gespräche mit ihr führen. Sie hatte einen feinen Sinn für Humor, war lustig und positiv. Es hatte einfach Klick gemacht, schon am ersten Tag, als ich meine neue Klasse betrat. Der Klassenlehrer Herr Schulz, ich weiß bis heute nicht, wie der mit Vornamen hieß, war alte Schule. Knöchern, diszipliniert und streng. Er ließ es sich auch nicht nehmen, mich vor der ganzen Klasse vorzustellen, wobei ich selbst etwas über mich erzählen sollte. Ich hatte selten was Peinlicheres und Bloßstellenderes erlebt.

Aber Sandra schien sehr interessiert zu sein, als ich vor mich hin stammelte, wer ich sei und was ich so machte. Sie schenkte mir ein Lächeln und von da an hatte sie mich in ihren Bann gezogen. Sie war der Typ Ballkönigin und ich war aufgrund des Sitzenbleibens so ein wenig ein Rebell, zumindest bildete ich mir das damals ein. Da ich mit Obrigkeiten noch nie was anfangen konnte, hatte ich des Öfteren relativ heftige Auseinandersetzungen mit dem Lehrkörper im Allgemeinen. Mein Soundtrack zu dieser Zeit? Na ratet doch mal. Ein Lied aus Berlin. Und genau wie der Sänger war auch ich gegen alles, schon aus Prinzip. Ob es ums Zuspätkommen ging, das Rauchen auf dem Schulhof oder das völlige Unverständnis meinerseits mit dem Konzept Hausaufgaben. Ich glaube, ich habe in meinem ganzen Leben noch keine Hausaufgaben gemacht. Das führte natürlich zu schlechter Benotung und Einträgen ins Klassenbuch. Was mich auch irgendwann dazu veranlasste, das Selbiges in Flammen aufgehen zu lassen. Was wiederum in einer Schulkonferenz, die einem Tribunal gleich kam, gipfelte.

Wir hatten so ein krankes Rotationsprinzip, dass jeder mal für das Klassenbuch verantwortlich war und es von Stunde zu Stunde und Klassenraum zu Klassenraum mitnehmen musste. In der einen Woche war ich dann halt dran und weil ich zuvor wieder Theater mit Schulz, dem alten Nazi hatte, errichtete ich in der großen Pause hinter den Mülltonnen einen Mini-Scheiterhaufen und ließ es in Rauch aufgehen. Einige Mitschüler waren dabei und hielten mich nicht ab, den anderen war es egal. Aber hier muss ich für meine neue Klasse eine Lanze brechen, alle hielten dicht und alle hielten zusammen. Da ich beim persönlichen Gespräch mit unserm Direx, Dr. Nollenhofer, keine Ahnung was für einen Doktor der hatte, aussagte, das Ding im Klassenraum liegen gelassen zu haben und ihm suggerierte, dass Herr Schulz wohl vergessen hatte, diesen abzuschließen, musste er ja irgendwie reagieren. Und das tat er mit der Klassenkonferenz. Auf der einen Seite saß die 7b, sowieso als Problemklasse verschrien, an der ein Exempel statuiert werden sollte, auf der anderen Seite, die Eltern die keine Entschuldigung gefunden hatten, ihr Erscheinen zu verhindern. Am Kopfende saßen unser Klassenlehrer, der Direx und die Schulpsychologin. Wenn Schulz ein Nazi war, war Direx Nollenhofer der Führer. Unterm Strich war die Aktion aber ein Eigentor, weil die Eltern gesammelt zurückschossen und die Schuld letztendlich an unserem Pauker haften blieb. Von da an mussten die Räume nach Verlassen zwingend abgeschlossen werden und blieben nur in den 5-Minuten-Pausen offen.

Die Aktion war natürlich auch nicht schlecht für meinen Ruf unter den Mitschülern. Sandra interessierte sich für mich, fand, dass ich anders war als die Anderen. Obwohl ich mich weigerte, im Unterricht zu kooperieren und wenn ich was sagte, eher heftige Diskussionen führte oder Streitgespräche vom Zaun schlug, wurde ich immer versetzt, bis auf dieses eine Mal halt. Das war dumm gelaufen. Ich war clever genug, meine mündlich mehrheitlich als mangelhaft bewerteten Leistungen durch die Klausuren oder das ein oder andere Referat auszugleichen. Ich war ja schließlich nicht dumm, nur stinkend faul. Und mündlich 5 plus schriftlich 1 ergibt im Mittel eine 3 und das reichte mir.

Sandra fand meine ablehnende Haltung gegenüber Schule und Cliquenbildung in den Klassenverbänden cool und meine basketballerischen Ambitionen spannend. Wir konnten gut miteinander und begannen uns bald zu verabreden. So richtig gegangen sind wir aber nie miteinander. Zum einen, weil das Exklusivrecht nicht gut für ihr Image gewesen wäre, aber auch weil sie sich nicht festlegen wollte und andere Typen auch spannend fand. Wobei sie mit den anderen Kerlen auch nicht ins Bett sprang, sie war keine Schlampe. Mit mir aber zu meinem Leidwesen auch nicht. Wir trafen uns immer mal wieder, knutschten, fummelten und machten viele andere schöne Dinge. Aber wir haben halt nie wirklich miteinander geschlafen. Für sie war das alles Spaß und Abenteuer, ich verliebte mich unsterblich in sie.

So toll ich das am Anfang fand, umso mehr machte mich das im Laufe der Zeit fertig. Ich wollte sie für mich alleine haben, sie sollte zwar nicht die Mutter meiner Kinder werden, aber doch ihr Leben ausschließlich und exklusiv mit mir verbringen. Ich wollte sie als Erster und Letzter haben. Aber wie gesagt, das wollten andere auch und sie sonnte sich in diesem ganzen Werben und Bemühen um ihre Person, fand Gefallen an ihrer Beliebtheit. So lief das über mehrere Jahre, sie ging mit vielen Typen aus, nahm immer mal wen anders auf Partys mit, oft auch ältere Typen, das ging so bis zum Abiball. Und wir führten diese merkwürdige, geheime On-Off Beziehung.

Als wir mit der Schule fertig waren und ich meinen Zivildienst antrat, ging sie direkt nach Süddeutschland, um dort zu studieren, und seitdem hatte ich sie nie wiedergesehen. Am Abend des Abiballs hatte sie auch so einen komischen Kerl dabei, was sie aber nicht daran hinderte, mit mir in einen leeren Raum zu gehen und dort einen letzten Pettingexzess durchzuziehen. Sie schrieb mir noch auf mein potthässliches Abi Shirt mit dem Abillenium-Motto eine Entschuldigung, ließ mich einfach stehen und verschwand aus meinem Leben. Ich wollte ihr entgegenschreien, ganz genau wie *Farin* in dem einen Song, dass sie nicht gehen dürfe, bei mir bleiben solle und dass ich sie liebe.

Aber dafür war es damals zu spät. Doch nun hatte ich ja eine Mission, ich wollte haben, was meiner Meinung nach mir gehörte. Keine Ahnung, ob sie noch lebte, verheiratet war, zehn Kinder hatte oder drogenabhängig auf dem Bahnhof schlief. Ob sie noch so unsagbar schön war wie damals oder nicht. Ob sie mich heute wollen würde, was sie damals nicht tat. Aber ich würde es herausfinden.

Ich sprang über meinen Schatten und meldete mich trotz meiner, wie Butze gesagt hatte, Social-Media-Phobie, bei Facebook an, erstellte einen Account und versuchte, einen bestmöglichen Eindruck zu hinterlassen. Ein paar nette Fotos, einige Likes und Interessen hier und da und irgendwann hatte ich ein ansprechendes Profil entworfen, das zwar nicht viel Inhalt hatte und verriet, aber es gab mich nun in der digitalen Welt.

Ich suchte nach Sandra und hatte Glück, ganz so viele Accounts mit dem Namen gab es nicht und sie hatte sich auch keinen Fake-Namen zugelegt. Das Glück blieb mir hold, da sie ihr Profil nicht groß eingeschränkt hatte, alles, was sie hochlud und postete, war öffentlich sichtbar. Facebook gibt es in Deutschland seit 2008 und Sandra war dem Kackportal ebenfalls in diesem Jahr beigetreten. So wie ich sie einschätzte mit ihrer Geltungssucht, hatte sie bestimmt fast ihr ganzes Leben hier öffentlich zur Schau gestellt, also begann ich zu lesen und mich zu informieren.

Sie hatte etliche Freunde, unternahm viel und wenn natürlich auch sie den Gesetzen der Natur unterworfen war, alterte sie doch äußerst würdevoll und sah noch immer klasse aus. Laut Beziehungsstatus war sie solo und hatte sich auch in den zehn Jahren anscheinend niemals einfangen oder binden lassen. Sie musste irgendwo in der näheren Umgebung wohnen, weil sie sehr viele Fotos von sich und ihrer Mischlingshündin Betty im Revierpark Wischlingen postete. Vielleicht hatte sie tatsächlich auch ihr Elternhaus übernommen? Das konnte ich hier aber nicht herausfinden, genauso wenig wie ihre E-Mail-Adresse oder Telefonnummer. Ich hätte ihr eine Freundschaftsanfrage oder eine Nachricht über den Messenger schicken können. Das wollte ich aber nicht, ich wollte sie zufällig wieder treffen, es spontan aussehen lassen. Mich nicht lächerlich machen und den noch immer verliebten Jüngling geben, der ihr hoffnungslos verfallen war und sie gerade stalkte. Denn nichts anderes war das hier.

Ich wollte sie erobern, ihr altmodisch den Hof machen und sie endlich ins Bett bekommen. Sollten wir uns nicht lieben lernen können, dann wenigstens das. So als Minimalziel. Nur so halb romantisch, ich weiß, aber es war nun einmal so, wie es war.

Doch so weit war es noch nicht, ich brauchte erst einen vernünftigen Job, eine eigene Wohnung und ein geregeltes, vorzeigbares Leben. Ich wollte nicht *Joey Tribiani* sein, der bei *Monica* und *Chandler* über der Garage wohnt, zumindest wäre es so gewesen, wenn es eine elfte *Friends*-Staffel gegeben hätte. Nein, ich wollte erst noch so einiges auf die Reihe bekommen, bevor ich mich ihr näherte. Aber durch dieses blöde Facebook konnte ich schon mal aus der Ferne etwas an ihrem Leben teilhaben.

Kapitel 17 - Es weihnachtet schwer

Bei drei kleinen Kindern im Haus war Weihnachten natürlich ein großes Ereignis in der Casa del Butze.

In diesen wenigen Tagen, in denen die Menschen generell ein kleines bisschen netter zueinander sind, als im Rest des Jahres, wurde mehr Zuneigung gezeigt, man hatte mehr Zeit für seine Liebsten und verbrachte wirkliche Quality Time mit ihnen. Außer im Einzelhandel, die waren alle so genervt und frustriert, dass ich mich fragte, wie die den Schalter dann zu Hause umlegen wollten.

Bei Butze und seiner Familie war, was die noble Gesinnung und den familiären Zusammenhalt anging, eh das ganze Jahr Weihnachten. Jetzt kamen halt nur ein Baum, Verwandte und Geschenke hinzu.

Auch ich ließ mich vom Weihnachtszauber anstecken, sah mir teilweise alleine, teilweise mit Max und Julia in der Vorweihnachtszeit viele Weihnachtsfilme an und half, das Haus zu schmücken, besorgte Geschenke für alle, nichts außergewöhnlich teures, das hätte mir Butze am

Weihnachtsabend um die Ohren gehauen, aber doch kleine Aufmerksamkeiten.

Die ganze Zeit ging mir dabei ein Lied von *Thorsten und Kai* nicht aus dem Kopf, in dem die Kinderaugen heller als der Baum leuchten und der einfach eine grandiose Weihnachtsstimmung erzeugt.

Genauso fühlte ich mich auch. Wie ein kleiner Junge. Voller Vorfreude auf die Weihnachtstage. Ich hatte zwar selbst keine Familie mehr, aber Butze hatte mich anscheinend doch irgendwie adoptiert. Ich war der leicht schräge, missratene Onkel, der einfach neuerdings dazugehörte. Ich freute mich diebisch auf die Reaktionen der Kinder, auf den Baum, auf die Geschenke, Lieder singen, Spiele spielen.

Mein Kumpel kam mir in der Vorweihnachtszeit ein wenig vor, wie *Chevy Chase* im besten aller Weihnachtsfilme.

Wobei Butze dankbarerweise seinem Naturell entsprechend etwas tiefenentspannter war, nicht ganz so viel schief ging und die Verwandten etwas erträglicher waren. Aber er wollte doch schon auch, dass alles perfekt war, das Haus lichterloh leuchtete und alle eine gute Zeit zusammen hatten.

Cineastisches Pflichtprogramm: kein Weihnachten ohne *Clark Griswold*, den doppelten *John McClane*, *Francis Xavier Cross* und *George Bailey*. Wat mut, dat mut, wie sollte man denn sonst in dem ganzen Trubel in Weihnachtsstimmung kommen?

Am Abend vor dem Heiligen Abend, als ich gerade die Geschenke einpackte, platzte die *Chevy Chase*-Kopie in mein Refugium.

„Wenne meinst, du könntest dich jetzt drei Tage vollfressen und rum chillen, mein Lieber, dann möchte ich dir dazu Folgendes mit auf den Weg geben: Das kannste dir vonne Backe putzen!"

Ich hatte wirklich keine Ahnung, was er damit meinte, und sah meine Felle schon davon schwimmen und mich in der Einliegerwohnung am Fenster stehen und sehnsüchtig auf das Fest der Butzes hinüber starren. Alleine einen Weihnachtsfilm nach dem anderen ansehen und mir Tiefkühlpizza zubereiten. Butze fing breit an zu grinsen, als er meinen erschrockenen Gesichtsausdruck sah und hob beschwichtigend die Hände.

„Du bist dieses Weihnachten das Allerwichtigste."

„Ähhmmm… ich hatte mein Weihnachtswunder doch schon im Oktober, als du mich aufgenommen hast."

„Ganz genau. Und jetzt bescherste meinen Kindern eines."

„Sehr gern. Und wat schwebt dir da vor, in deinem spießbürgerlichen Kleinhirn?"

Ohne zu antworten, griff er hinter sich und schmiss mir mal wieder was an den Kopf. Diesmal einen großen Jutesack. Mir schwante was und meine Befürchtungen wurden bestätigt, als ich Selbigen öffnete und nur rot sah. Und weiß.

„In echt?"

„In echt! Du verabschiedest dich morgen Mittag von den Kids, sagst, du fährst über Weihnachten zu deinem Bruder oder irgend so was, parkst dann deine Schrottkarre ..."

„Hey!"

„...deinen mehr oder weniger fahrbaren Untersatz ein paar Straßen weiter. Kommst ungesehen zurück, ziehst dich um und erscheinst fröhlich mit viel HoHoHo und Glockengeläut pünktlich zur Bescherung wieder. Spielst ne Stunde den Weihnachtsmann und machst dann die Runde wieder rückwärts. Erzählst bei deiner Rückkehr wat davon, dass du doch lieber mit uns feiern wolltest und kannst dann in deinem normalen abgefuckten Aufzug am Abendessen teilnehmen und die Tage mit uns verbringen."

„Und du meinst, die Kids raffen das nicht?"

„Max schon. Julia vielleicht, aber Lea auf keinen Fall. Zwei von drei ist doch eine gute Quote."

„Besser als deine 3er-Quote."

„Ja ja."

„Ist das komplett auf deinen Mist gewachsen?"

„Yep."

„Nimmst aber guten Dünger."

„Yep. Deal?"

„Klar. Ich freu mich drauf. Danke für die verantwortungsvolle Aufgabe. Ich geb' mein Bestes."

„Wir wissen beide, dass das nicht gerade viel ist, aber du machst das schon."

„Penner."

„Schmock."

Und so wurde ich Weihnachtsmann. Das Kostüm kratzte, der Bart war eine Qual, die Stiefel unbequem, der Geschenkesack verdammt schwer, aber es war trotz allem eine sehr coole Aktion. Die Augen von Julia und Lea leuchteten, als ich an die Tür geklopft und mit einem lauten „Hohoho" das Wohnzimmer geentert hatte. Das Timing war ausgezeichnet. Sie hatten gerade den Baum bewundert, gleichzeitig aber auch verwundert festgestellt, dass sich unter Selbigem keine Geschenke befanden. Ich fuhr den riesigen Jutesack mit sämtlichen Geschenken unter Zuhilfenahme der großen Gartenschubkarre bis direkt vor den Baum und setzte mich in den daneben bereitstehenden Ohrensessel. Dann trank ich einen Schluck Milch und aß einen Keks vom Beistelltisch und wandte mich an Max.

„Warst du auch schön brav?"

Während Max sich in Bewegung setzte, um auf meinem Schoß Platz zu nehmen, giftete Oma Pachulke, Yokos Mutter, leicht lallend von ihrer Couchecke:

„Seit wann hat der Weihnachtsmann denn eine Schubkarre?"

Butze hatte die Gefahr erkannt, setzte sich neben sie und rief sie, ihr ins Ohr flüsternd, zur Ordnung. Klar, dass der alte Opa Pachulke so früh das Zeitliche gesegnet hatte, dachte ich so bei mir, wie die Tochter so die Mutter oder andersrum. Hoffentlich würde mein Freund sich von seiner Frau nicht so fertig machen lassen.

Max hatte mittlerweile gelassen Platz genommen und grinste mich an.

Er sagte sehr laut: „Klar war ich brav, der Bravste überhaupt."

So leise, dass nur ich das hören konnte, fügte er hinzu: „Weißt du doch, Onkel Justus."

„Spiel die Komödie deinen Schwestern zu Liebe einfach mit", flüsterte ich ihm zu.

„Mach ich. Dafür zocken wir dann aber nachher 2K, oder?"

„Was tuschelt der Weihnachtsmann denn da mit Max?", machte sich nun Julia bemerkbar, die auch auf meinen Schoß wollte und langsam ungeduldig wurde, weil es nicht weiterging.

„Logisch", beendete ich die Diskussion, räusperte mich und sagte laut: „Das freut mich zu hören und meine Wichtel..."

„Elfen!", flüsterte Max.

Oma Pachulke gab ein Schnauben von sich.

„…und meine Elfen haben mir das Gleiche berichtet. Von daher habe ich hier was für dich."

Ich kramte in dem Sack und fand ein großes Paket mit seinem Namensanhänger drauf. Als ich es ihm reichte, erwiderte er etwas bedrückt: „Nur ein Paket?"

„Von mir bekommt jeder nur ein Paket, den Rest lege ich gleich unter den Baum. Ich habe heute noch viel zu tun, ich muss noch um die ganze Welt fliegen und den braven Kindern ihre Geschenke bringen."

„Dann ist ja gut", sprach der kleine Querulant und hüpfte mit seinem Paket von meinem Schoß, um es irgendwo im Zimmer aufzureißen.

Julia kam schon angerannt, prallte gegen meine entzündeten Knie, was mir ein leichtes Wimmern entlockte und nahm dann Platz.

„Bist du auch schön brav gewesen, kleine Julia?"

„Woher weißt du denn meinen Namen? Kannst du dir die Namen aller Millionen Kinder auf der Welt merken? Bist du sowas wie *Monk*? Hast du ein fotografisches Gedächtnis?"

Diese Kinder heutzutage, vorlaut und altklug.

„Das liegt an dem Weihnachtszauber, mein Kleines", gab ich mit tiefer Stimme zurück. „Das ich in einer Nacht mit meinen Rentieren und einem Schlitten um die ganze Welt fliegen kann und alle Geschenke in diesen einen Sack passen, gehört alles zur Magie der Weihnacht."

„Und woher kommt diese Magie? Von Gott? Oder bist du so ein *David Copperfield*?"

Und kritisch sind sie auch noch.

„Die verleiht ihr Kinder mir, indem ihr an mich glaubt."

„Und wenn keiner mehr an dich glaubt, stirbst du dann?"

Es war doch einfach nicht zu glauben.

Butze wollte schon verbal eingreifen, aber ich hob die Hand und antwortete: „Nein, mein Mädchen. Es wird immer Kinder geben, die an mich glauben. Und wenn das doch einmal nicht mehr der Fall sein sollte, dann schnappe ich mir meine liebe Ehefrau, die momentan daheim das Essen für mich und die Elfen kocht und den Tisch deckt und wir ziehen auf die Bahamas. Da ist es immer warm und wunderschön und wir genießen dort unseren Lebensabend."

So krank meine spontane Antwort war, schien sie die kleine Julia doch zufriedenzustellen.

„Ok. Aber was macht ihr alle den Rest des Jahres? Urlaub?"

Jetzt reichte es aber doch langsam.

„Diese eine Frage will ich dir noch beantworten, mein neugieriges Schätzchen, aber dann wird es Zeit für deine Schwester und dass ich weiterkomme."

Ich fing so langsam in der Kutte auch an zu schwitzen und der Bart machte mich wahnsinnig.

Familie Butze war leicht bekleidet, klar, die Heizung war ja auch bis zum Anschlag aufgedreht.

„Das ganze Jahr über beobachten wir euch, ob ihr auch wirklich brav seid. Wir öffnen eure ganzen Briefe mit den Wünschen und stellen dann die Geschenke in der großen Weihnachtsfabrik am Nordpol her."

„Dann seid ihr also Stalker, Detektive, Postbeamte und Fabrikarbeiter?", fasste Julia zusammen.

„Nun, wenn du das so formulierst…"

„Kann ich jetzt auch mein Geschenk haben, bitte?", fragte sie zwar sehr höflich, aber doch, so als ob ich sie mit tausend Fragen gelöchert hätte. Stattdessen hatte sie das Ganze doch künstlich hinausgezögert. Als ich ihr ein Geschenk gegeben hatte, beugte sie sich nochmal zu mir vor und flüsterte: „Hast dich gut geschlagen, bis gleich, Onkel Justus."

Einfach unfuckingfassbar.

Als Letztes war nun die kleine Lea an der Reihe, die sich aber nicht traute. Als Yoko sie mir auf den Schoß setzen wollte, fing die Kleine jämmerlich an zu weinen. Es war zwecklos.

Ich hatte bei drei von dreien versagt, 100 % Quote. Die beiden Älteren hatten mich durchschaut, nicht ernst genommen, erpresst und sogar noch verarscht. Und die Jüngste hatte Angst vor mir. Nein, erfolgreiche Aktionen sehen anders aus. Trotzdem war es im Nachhinein betrachtet, auch sehr witzig.

Also legte ich ein Geschenk auf den Sessel, auf dem ich gerade noch gesessen hatte, kippte die restliche Milch in einem Zug runter, stopfte mir die restlichen zwei Kekse in den Mund und verteilte die Pakete unter dem Weihnachtsbaum. Wenn ich nicht bald aus dieser Kutte herauskäme, wäre ich in Schweiß mariniert und müsste noch mal duschen gehen, bevor ich an den Festivitäten teilnehmen konnte.

Ich verabschiedete mich dann von der Familie, Oma Pachulke schien ganz woanders zu sein und stierte durch die Gegend. Mama und Papa bedankten sich artig beim Weihnachtsmann fürs persönliche Erscheinen und die Kids nahmen natürlich keine Notiz von meinem Abgang, waren zu beschäftigt mit ihren Geschenken.

Als ich mit der Schubkarre aus dem überhitzten Wohnzimmer heraus war, fror ich augenblicklich. Der Dezember war doch noch recht kalt geworden. Schnee gab es zwar keinen, aber es wehte ein rauer Wind. Ich stellte das Behelfsmittel hinter die Garage und beeilte mich, zu meinem Auto zu kommen, dass ich ein paar Straßen weiter geparkt hatte. Dann zog ich mich bibbernd mitten auf der Straße um.

Nur starten wollte der Golf dann aber leider nicht und nachdem ich es zehn Minuten versucht hatte, gab ich es auf. Ich hätte unter die Motorhaube schauen können, aber das wäre für mich das Gleiche gewesen, wie im Operationssaal vor einem geöffneten Schädel zu stehen und ein Gehirn zu operieren. Ich konnte nur mehr schaden als helfen. Also lief ich zu Fuß wieder zurück und feierte Weihnachten mit Familie Butze. Und als Oma Pachulke ins Ehebett verfrachtet worden war, um ihren Rausch auszuschlafen, wurde es auch ein sehr gemütlicher Abend.

Auch die beiden Weihnachtsfeiertage waren angefüllt mit Spaß, Freude und Kinderlachen. Wir spielten viele Gesellschaftsspiele, bei denen alle außer Oma Pachulke ihre Freude hatten, beschäftigten uns mit den zahlreichen Geschenken und die Jungs zockten auch schon mal an der X-Box. Alle, bis auf die besagte Oma waren zufrieden, sogar Yoko war handzahm und wirkte annähernd glücklich.

Kapitel 18 - Aus alt wird neu

Nachdem Weihnachten vollzogen und ich bestimmt fünf Kilo schwerer war, wollte ich mich dann doch mal um mein Auto kümmern. Der Arme stand seit ein paar Tagen in der Seitenstraße und wartete auf ärztliche Hilfe.

Butze hatte zwischen den Feiertagen frei und so versuchten wir, morgens die Karre in Gang zu bekommen.

Zuerst befahl er mir: „Schieb mal an, das Moped", setzte sich hinters Steuer und legte den 2. Gang ein.

„Wieso muss ich schieben?"

„Weil das dein sogenanntes Auto ist."

„Hey, wat heißt hier sogenannt? Das ist mein Auto, mein Freund, mein Wegbegleiter, eines der wenigen Dinge, die ich noch besitze."

„Nimm das Pathos aus der Stimme. Wenn du die Karre vermenschlichen willst, dann gestehste dir ein, dass das ein uralter, von Krebs zerfressener, organversagender, nur noch nicht umgefallener Hospizpatient ist, dessen Lebenserwartung längst abgelaufen ist."

„Nicht nett."

„Du verträgst nur einfach die Wahrheit nicht."

„Wat soll ich denn jetzt bloß machen?"

„Schieb."

Und ich schob. Butze ließ immer wieder die Kupplung kommen, aber nichts geschah.

„Dat klappt nicht", sagte ich nach gefühlten 10 Kilometern total außer Puste.

Mein Kumpel trat hart auf die Bremse, ich prallte gegen das Heck meines Wagens und landete auf dem Hosenboden.

Er stieg aus und sagte kichernd: „Dat weiß ich schon seit dem zweiten Versuch. Ich wollte nur ma sehen, wie sehr du deine Karre wirklich liebst und wie lange du das mitmachst."

„Also hätten wir uns die anderen 10 Versuche sparen können?"

„Locker."

Langsam wurde ich etwas missmutig.

„Und nü?"

„Da du den Golf ja, quasi bis vor unsere Haustür geschoben hast, bin ich mal so frei und wir überbrücken ihn."

„Hätten wir das nicht als Erstes machen können?"

„Klar, aber wo wär' dann der Spaß?", lachte er.

Auch nicht nett.

Als er seinen Minivan mit laufendem Motor vor meinem Wagen abgestellt hatte, öffnete er die Motorhaube und klemmte das Kabel an. Als er sich umdrehte und ich noch immer untätig mit den

Händen in der Hosentasche dastand, fragte er:
„Willste nu oder nicht?"
„Ja doch."
Ich zog den Hebel neben dem Fahrersitz und die Motorhaube kam ein Stück hoch. Mit den Fingern versuchte ich den Hebel zu ertasten, um sie komplett zu entriegeln. Amüsiert sah Butze mir dabei zu.
„Wird das heute noch wat?"
„Ja ja. Ich arbeite dran."
Und irgendwann bekam ich es auch hin. Ich fixierte die Motorhaube und ließ Butze die Kabel an die Batterie anklemmen.
„Machste wohl nicht so oft, wa?"
Beim Blick in meinen Motorraum machte er ein Gesicht, als ob ich ihm aufs Essen gekotzt hätte.
„Ich dachte, du liebst dieses Scheißding?"
„Tu ich auch."
„Und warum lässte es dann so elendig verrecken? Das ist schon tot. Guck dir das Elend hier ma an."
„Wieso Elend? Das ist ein Motor."
„Das ist die Karikatur eines Motors. Hier ist alles verölt, verrostet, korrodiert, ausgefranst und kaputt. Wie hasse es denn damit von diesem ominösen Bielefeld bis hierher geschafft? Und du hast mich die letzten Wochen tatsächlich damit fahren lassen?"
„Hatta doch alles brav mitgemacht."

„Aber ich fürchte, jetzt macht der gar nichts mehr. Steig trotzdem mal ein und starte."

Gesagt, getan. Doch der Motor machte tatsächlich gar nichts. Nicht mal der Anlasser machte irgendwas. Es schien, als wäre mein geliebter Golf einfach über Nacht sanft entschlafen.

„Ich klingel mal bei Kurt an. Der ist Kfz-Mechaniker", sagte mein Kumpel kopfschüttelnd und ging drei Häuser weiter.

Kurt war auch schnell da, machte aber ein ähnliches Gesicht, wie Butze, als er sich das Elend besah. Es war sehr nett von ihm, mal schnell rauszukommen, aber als er den Mund aufmachte, hätte ich ihm die Zähne einschlagen können.

„Samma ehrlich, ist der vor Weihnachten wirklich noch gelaufen?"

„Jaaa", sagte ich mit Nachdruck.

„Jetzt hatta es jedenfalls hinter sich, würde ich sagen. Ende im Gelände."

„Wieso?", fragte ich geschockt.

„Alter, hier ist echt alles durch. Der sieht aus, als ob er 10 Jahre irgendwo vor sich hin gerostet wäre, ohne bewegt zu werden. Schicht im Schacht. Wenne das alles machen lassen willst, wat hier dringend gemacht werden muss, kannste dir besser nen neuen Wagen kaufen. Wirtschaftlicher Totalschaden ist hier die Untertreibung des Jahrhunderts. Wen haste denn beim TÜV geschmiert, damit der seine Plakette bekommt?"

158

Als ich ganz still wurde, warf er einen Blick auf die Plaketten:

„Alter, der TÜV ist abgelaufen, seit 3 Jahren."

„Man Böller. Mit sonner Scheiße, lässte echt deinen besten Kumpel durch die Gegend gurken?"

„Ja, sorry, ich hab nicht nachgedacht."

„Also, auch wenne hier Batterie und Anlasser austauscht, Zündkabel, Zündkerzen, das ganze Gedöns eben und falls er dann tatsächlich wieder anspringt, ein großes falls, dann kriegste die Karre trotzdem nicht über'n TÜV. Da musste locker 5000 € reinstecken und wert ist das Ding keine 50. Da kannste froh sein, wenn der Schrottplatz dir den umsonst abnimmt und du für die Verschrottung nicht auch noch blechen musst. Einen guten Rutsch wünsch ich", sprach der Kurt und ging wieder nach Hause.

Butze schüttelte nur mit dem Kopf.

„Und nü?", fragte ich.

„Wir schleppen dieses Scheißding jetzt zum Schrottplatz und dann isser weg."

Er fing meinen nachdenklichen und ganz leicht wehmütigen Blick auf.

„Du denkst doch nicht wirklich daran, da auch nur noch einen Euro reinzustecken, oder?"

„Nein, natürlich nicht."

Tat ich wohl. Ich mochte mein Auto, ich wollte es nicht sterben und in der Schrottpresse zerquetscht sehen.

„Also auf. Ich hol das Abschleppseil und los geht's."

Auf der Fahrt waren wir uns nicht immer ganz einig, was bremsen und beschleunigen anging. Außerdem, ohne Servo war das Lenken schon leicht schwierig und die Bremse war auch geringfügig schwergängig. Irgendwie kamen wir dann aber doch irgendwann in der Steinhammer Straße an. Der Schrott-Hoschi knöpfte mir tatsächlich 50 € fürs Verschrotten ab, und als der Gabelstapler meinen geliebten nicht mehr fahrbaren Untersatz hochhob und auf zwei andere Autos hievte, tat mir das sehr weh.

„Das ist so würdelos", quengelte ich.

„Sollen wa ihn lieber im Wald beerdigen?"

„Nein, so ein *Thelma & Louise* Ende wäre doch cool. Auf den Abhang zurasen und den Wagen ins nächste Leben schicken."

„Würdeste dann auch drin sitzen bleiben?"

„Ich bin ja nicht bescheuert, ich würd' natürlich kurz vorher rausspringen."

„Mmmh… klar … den Stunt würd' ich gerne sehen. Vielleicht bauen wa vorher noch nen Schleudersitz ein, wie bei *Kitt*?"

„Jaaa. Mega. Dann würd ich den Turbo Boost direkt vorm Abhang zünden."

„Jetzt mach aber ma halb lang."

„Und wat mach ich jetzt ohne meinen treuen Golf?"

160

„Wir können ja ma zum Autohaus rübergehen und gucken, ob der da wat Brauchbares stehen hat", schlug Butze vor und zog mich widerwillig mit sich.

„Ich konnte mich gar nicht richtig verabschieden."

„Schluss jetzt."

Wir verließen also den Schrottplatz Pabst und gingen quer über die Straße zum Autohaus Pabst. Die hatte es hier auch schon in meiner Kindheit gegeben. Vom Schrottplatz hatte ich mir immer Ersatzteile wie Fensterheber oder Ähnliches geholt, die mir dann natürlich jemand anderes einbauen musste. Aber so hatte ich damals Geld gespart. Und tatsächlich stand da ein ganz manierlicher Golf 6 und wartete auf mich.

Butze sah meinen Blick und sagte direkt und ohne Umschweife: „Vergiss es. Nix Tiefergelegtes. Nix Verbautes. Ein gutes, solides Auto."

Ich zuckte hilflos mit den Schultern und erwiderte: „Und was schwebt dir da vor?"

„Guck mal da, der Cactus."

„Samma, hasse nich mehr alle Latten am Zaun? Der Designer gehört erschossen, geviertteilt und in die Luft gesprengt. Nicht unbedingt in der Reihenfolge."

Daraufhin lehnte jeder abwechselnd die Vorschläge des Anderen ab, bis wir bei einem Passat Kombi stehen blieben.

„Kompromiss?", fragte Butze, der langsam keinen Bock mehr hatte.

„Wenigstens nen VW. Und ich kann die Kids damit fahren und ihr könnt wieder eure eigenen Autos nehmen."

„Du kaufst das Auto nicht für meine Kinder, sondern für dich, aber ich find die Karre gut."

Wir machten also eine Probefahrt und auch wenn ich nicht begeistert war, war das doch ein schönes Auto. In Gedanken hatte ich mir schon einen neuen Golf R32 vorgestellt, da konnte der Kombi natürlich nicht mithalten, aber zwei Jahre alt und 30.000 auf dem Tacho bei 20.000 € war schon ok. Der Opi, dem der Wagen vorher gehört hatte, war wohl damit nur zum Einkaufen gefahren. Ausstattung ganz nett, scheckheftgepflegt, mitternachtsblau. Kein Traum für schlaflose Nächte, aber es gab wirklich nichts auszusetzen.

Also verhandelten wir mit dem Verkäufer-Hoschi und für 19.000 in bar, war der Wagen mein. Ich ließ mir noch Allwetterreifen draufmachen, da ich für den Reifenwechsel zu faul war, und konnte ihn dann nachmittags angemeldet abholen. Da ging er hin, mein Golf. Und ich war um 19.000 € ärmer.

Kapitel 19 - Mit dem U-Boot ins neue Jahr

Am Silvesterabend hatten Butze und Yoko eine bunte Truppe zum Feiern eingeladen. Ab acht fanden sich Freunde, Arbeitskollegen, Basketballer, Yoko's Mädels vom Yoga, in der Casa del Butze ein und gaben sich ein feucht fröhliches Stelldichein.

Alle hatten ihren Spaß und trotz der Inhomogenität der Gruppe oder vielleicht auch gerade deswegen, fanden viele interessante Gespräche statt und alle feierten gemeinsam den Übergang.

So gegen 22:00 war mir der Alkoholpegel etwas zu niedrig für das anstehende Ereignis und so holte ich meinen vorbereiteten Wäschekorb voller Party-noch-mehr–in-Schwung-Bring-Utensilien.

Die Basketballer waren direkt Feuer und Flamme, als ich anfing Biergläser, Pinchen, Bier, Cola und Genever und natürlich die obligatorische Küchenrolle auf dem Wohnzimmertisch auszubreiten. Jetzt wurde ge-u-bootet!

Klassisch werden U-Boote eher mit Bier und Korn gemacht, ich habe keine Ahnung mehr, woher das kam, aber unsere Variante war halt Krefelder mit Genever.

Die erste Rutsche war schnell fertig und so hoben Berg, Schultz, Krampe, Kalle, Butze und ich unsere Biergläser, angefüllt mit dem feinen Cola-Bier-Mischerzeugnis und ließen das Pinchen Genever hineingleiten. Jetzt schäumte das Ganze natürlich wie Sau, weswegen wir die Küchenrolle stets bereitliegen hatten, um hinterher aufzuwischen. Die Gläser wurden also schnell an den Mund geführt und das ganze Gesöff ge-ext. Feine Sache das. Man musste nur aufpassen, dass man sich mit dem Pinchen nicht die Zähne einschlug.

Butze war wie immer als Erster fertig, rülpste herzhaft, was ihm einen von Yokos Todesblicken einbrachte und knallte das Glas auf den Tisch. Wir taten es ihm in unterschiedlichen Tempi nach und der Raum war erfüllt von dem Klang von Rülpsern und dem Geruch von Genever.

Da man auf einem Bein nicht stehen konnte, machte sich Butze direkt dran, die nächste Runde vorzubereiten. Da einige andere Gäste sehr neugierig und interessiert waren, das auch einmal auszuprobieren, wurden mehr Gläser herangeschafft und die Runde verdoppelte sich schnell von 6 auf 12. Nur die Damen wollten bei dem Treiben nicht wirklich mitmachen und distanzierten sich auch räumlich etwas davon.

Es kam, wie es kommen musste, die einzige Frau, die dann doch mitmachte, Helene, eine Yoga-Kumpanin schlug sich direkt ein Stück ihres linken Schneidezahnes aus. Anschließend übergab sie sich wahrscheinlich aufgrund des Schocks und des tatsächlich etwas gewöhnungsbedürftigen Geschmacks sowie der schieren Menge an Alkohol, quer über den Tisch. Exen war sie ja bestimmt auch nicht gewohnt. Yoko war leicht außer sich. Das wir geübten U-Boot-Matrosen das Schauspiel mit Beifall und Pfeifen abfeierten, war wohl auch nicht zuträglich.

Sie geleitete Helena, die die ganze Zeit irgendwas zwischen: „Tut mir wooo leid" und „Mein Fahn, mein armer Fahn" von sich gab, ins Badezimmer. Anschließend zwang sie Butze, den Schlamassel aufzuwischen. Wir feierten einfach weiter und die Stimmung war famos, die nächsten Runden sollten aber auch nur noch von den alteingesessenen Seebären draußen auf der Terrasse genossen werden, strikte Anweisung von Yoko, die irgendwann mit der kreidebleichen Helena zurückkam. Für die war der Abend wohl gelaufen. Irgendwann muss sie sich auch heimlich raus-geschlichen haben, denn ich bekam sie nicht mehr zu Gesicht.

Ich packte also meine Utensilien zusammen, brachte alles auf die Terrasse und genoss erst mal ein Zigarettchen. Gut, dass ich so viel Alk geholt hatte, das ging ja hier weg wie Wasser. Mir war auch schon leicht schummrig und es war erst halb elf.

Gegen Viertel vor Zwölf weckten wir die Kids und begaben uns alle in den Garten, um uns das Feuerwerk anzuschauen.

Butze und ich machten uns nicht so viel aus Knallern, aber der arme einfältige Berg umso mehr. Da wir doch schon ziemlich voll waren, dachten wir uns auch nicht sonderlich viel dabei, als dieser seine Batterien, Böller und Raketen aufbaute.

Ein kleiner Stich der Besorgnis flammte in uns auf, als er voll wie eine Haubitze, Butzes aktuelle Fernsehzeitung zu einer Rolle drehte, mit Feuerzeugbenzin übergoss und anzündete, aber so schnell konnten wir nicht mehr reagieren, wie uns schon alles um die Ohren flog und der Schuppen brannte.

Wirkte in etwa so, wie als das Dach des *Nakatomi-Gebäudes* in die Luft ging. Epochal halt.

Ein ganz klein wenig ernüchtert evakuierten wir den Garten und brachten die Gäste in Sicherheit. Berg kam etwas reumütig und mit angesengten Haaren ins Wohnzimmer gedackelt, als Butze und ich schon wieder todesmutig raus eilten, um mit dem Wasserschlauch das Schlimmste zu verhindern. Es gelang und es war doch erstaunlich wenig Schaden entstanden, was Butze aber nicht

aufhielt, den armen Berg, der ihn um mindestens einen Kopf überragte, am Kragen zu schütteln und zu sagen:„Ich hoffe, du hast ne gute Haftpflicht."
Das gelallte „habbisch" war dann der Ausgangspunkt für die nächste Runde U-Boot. Nach dem Schreck waren wir schließlich wieder viel zu nüchtern geworden.
„Frohes Neues", sag ich da nur.

Kapitel 20 - Fußhupe regelt das

Erstens kommt es anders und zweitens als gedacht. Das Leben lacht sich halt kaputt, wenn man Pläne macht. Oh, das war ein Reim.

Meine Idee war ja, in irgendwas total erfolgreich zu sein und dann frisch geschniegelt und gestylt, meinem Jugendschwarm Avancen zu machen.

Und was passiert? Butze hatte zu viel Kater, um mit der Fußhupe seine Runde zu drehen, und da ich das dann netterweise übernommen habe, rennt mir wer bei Schloss Dellwig in die Arme?

Genau, die Sandra. Traum meiner schlaflosen Nächte. Onanie-Phantasie für Jahrzehnte. Meine absolute Traumfrau. Vollkommen verkatert und übernächtigt, unrasiert und ungeduscht stand ich von einer Sekunde zur anderen meiner Traumfrau gegenüber. Na ja, genauer genommen kläffte die Fußhupe Sandras Mischlingshund an, typisch Wadenbeißer. Ihr Hund hätte meinen mit einem Haps verspeisen können. Und als wir dann die Köter getrennt hatten, erkannten wir uns. Sie sah toll aus. Atemberaubend.

„Mensch Just, was machst du denn hier?"

Ihre Stimme war weich wie Seide und sehr angenehm, wie lange hatte ich drauf gewartet, dass sie meinen Namen laut aussprach. Sie war die Einzige, die mich Just nannte. Für alle anderen war ich Böller. Aber wonach sah das denn bitte hier aus? Da ich zu überrascht von der Situation war, um meine waffenscheinpflichtige Ironie einzusetzen, entgegnete ich:

„Na ich geh mit dem Hund. So wie du auch, würde ich meinen."

„Ist das dein Hund?"

„Nein, der Hund meiner Patentochter."

Mehr oder weniger, aber so war es einfacher zu erklären.

„Du hast ein Patenkind?"

„So in etwa. Erinnerst du dich noch an Butze?"

„Klar, der gute alte Jan. Was treibt der denn so?"

„Verheiratet, drei Kinder, Haus in einer Wohnsiedlung."

Ich wusste bereits, was jetzt kommen würde.

„Und du so?"

„Nichts Besonderes. Ich leb mein Singleleben so vor mich hin", wich ich aus. „Und du?"

„Ich habe das Haus meiner Eltern in Huckarde übernommen, nachdem die sich haben scheiden lassen und hab mich selbstständig gemacht."

Gute Idee, eigentlich. Wenn mich keiner anstellen wollte, sollte ich mich auch selbstständig machen. Aber als was?

Ich erwiderte: „Das mit deinen Eltern tut mir leid. Und was für ein Unternehmen hast du gegründet?"

„Ach, alles gut, ich war da ja schon erwachsen und die beiden wie Hund und Katze, besser so für alle. Ich bin Heilpraktikerin."

Oha. Globuli für alle und gegen oder für alles. Das konnte wirklich jeder machen und die armen Menschen damit noch kränker machen als vorher, aber meine Meinung behielt ich natürlich für mich.

„Schön, und wie läuft das Geschäft so?"

„Sehr gut. Danke der Nachfrage. Mensch, wie lange ist das jetzt her, dass wir uns gesehen haben?"

Das konnte ich ihr ganz genau sagen, der Abend des Abiballs, dem 15. Mai 1999. Also vor knapp 20 Jahren.

„Weiß nicht. Seit der Schule."

„Ja, stimmt. Du bist dann weggezogen."

Und du hast dich das Jahr, dass ich noch hier war auch nicht bei mir gemeldet. Aber auch das sagte ich natürlich nicht.

„Genau, aber ich bin seit Oktober wieder in Dortmund."

„Das ist ja schön. Vielleicht laufen wir uns mal wieder über den Weg."

Das war mir zu formlos, zu vakant. Ich wollte den Tag mit ihr verbringen. Und die Nacht. Und alle, die da noch kommen mögen. Ich war verzweifelt, aber vielleicht konnte Fußhupe mich retten.

„Oder wir gehen nächste Woche mal zusammen mit den Hunden?", fragte ich vorsichtig, all meinen Mut zusammennehmend, versuchend locker zu klingen.

„Klar, können wir machen. Am Sonntag?"

Mein Herz machte einen Sprung, das war quasi ein Date. Ein Hundedate, aber wen juckte das, wenn ich ihr nah sein konnte?

„Gern. 15:00 Uhr im Revierpark? An der Eishalle, wo wir früher immer zu den Schlittschuh-Partys gegangen sind?"

„Ok. Machen wir so. Dann bis Sonntag", flötete sie und ging mit ihrem Hund davon.

Sie sah noch immer toll aus. Nicht mehr wie 19, aber auch nicht wie 39. Schlank, sportlich und von dieser ganz besonderen Aura umgeben, die nur wenige Menschen haben. Oder die diesen Menschen angedichtet wird, weil man in sie verknallt ist, was Außenstehende dann oft nicht nachvollziehen können. Lange Beine, ein süßer Po. Vorne und hinten genau richtig. Und dieses Lächeln. Und dieser Augenaufschlag. Ich schmolz dahin. Als sie außer Sicht war, stellte ich fest, dass ich noch genauso dastand wie fünf Minuten zuvor und ihr hinterher gaffte. Ich war froh, dass sie sich nicht noch mal umgedreht hatte und auch wieder nicht. Noch ein Blick, ein Lächeln wäre auch toll gewesen. Aber dann hätte sie meinen geistlosen Gesichtsausdruck gesehen. Sabberte ich? Nein, das nicht.

Sandra Steinert, eine menschgewordene Göttin, auf die Erde geschickt um mir den Verstand zu rauben und mich vor Verlangen selbst zu zerreißen. Und wir hatten ein Date. Und es war so unglaublich einfach gewesen. *Bono* sang in meinem Kopf dazu, dass wir wieder zusammen sein würden und wie ruhig die Welt am Neujahrstag doch war. Und ich summte mit.

Fußhupe sah mich an, als ob ich nicht mehr alle Tassen im Schrank hätte.

Kapitel 21 - LüDo Swish

Zwei Tage vor diesem glorreichen Date, konnten wir endlich wieder in die Halle. Sporthallen sind in den Schulferien immer geschlossen, sehr zum Unmut der Hallensportler. Aber es gibt so Dinge, die man einfach nicht ändern kann.

Butze rief uns zu Beginn des Trainings zusammen, wie in einem schlechten Film, im Mittelkreis und offenbarte uns, dass der Verein die Hallenzeit für eine andere Sportmannschaft haben wollte, Volleyball oder irgend so ein Scheiß.

Das war mal ein Pfund. Gerade hatte sich, im wahrsten Sinne des Wortes, alles so schön eingespielt. Jeden Freitag Basketball mit meinen Jungs. Das durfte nicht vorbei sein.

„Sorry Jungs, aber der Verein will die Hallenzeit nicht verschwenden, wenn wir uns nicht offiziell anmelden, eine eigene Abteilung gründen und am Spielbetrieb teilnehmen."

Betretenes Schweigen. Ich dachte kurz nach, sah in die enttäuschten Gesichter der Jungs und fragte, bevor ich wirklich darüber nachgedacht hatte:

„Und wenn wir dat einfach machen?"

Alle sahen sich an und grinsten in die Gegend.

„Zeigen wir es denen doch noch mal", warf Krampe ein.

Berg, mit noch immer angekokelten Haaren, er hatte seit dem Silvester Vorfall Hausverbot bei Butzes, stieg mit ein.

„Au ja. Lasst uns denen zeigen, dass man auch alte Männer nicht unterschätzen darf."

„Aber eins muss klar sein. Wenn wir eine Basketballabteilung gründen, mit Trikots und allem Schnick Schnack, der so dazu gehört, dann holen wir uns auch die Kreismeisterschaft!", sagte Butze bestimmt. „Dann wird nicht nur rumgezockt und nach jedem Training oder Spiel eine Kiste Bier leer gemacht. Und schon gar nicht währenddessen." Er sah Kalle direkt an, der dann auch den Blick schuldbewusst senkte und seine Schuhe auf einmal wahnsinnig interessant fand.

„Nein. Ganz oder gar nicht", erwiderte ich. „Ich will nicht nochmal so'n Debakel erleben, wie beim letzten Freundschaftsspiel."

„Das geht auch gar nicht und das ist der zweite Punkt auffe Tagesordnung", gab Butze zurück.

„Bitte?"

Er wandte sich Krampe zu, der dann erklärte:

„Ja, also die Mannschaft meines Sohnes hat sich aufgelöst. Gegen die können wir zukünftig weder gewinnen, noch verlieren."

„Eine Sorge weniger", gab ich zurück.

„Butze und ich hatten eigentlich überlegt, den Kern der Jungs zu uns zu holen, das würde frisches Blut bringen und mehr Wettbewerb. Außerdem weiß mein Frank nicht, wo er sonst spielen soll. Und die Kids können sich von uns alten Hasen ja noch ein bisschen was abgucken", schlug Krampe vor.

Ich erwiderte: „Mir solls gleich sein, können wir doch machen. So Mentoring und so."

„Dann brauch'n wir aber auch nen Coach und mindestens zwei Schiedsrichter", warf Butze dazwischen.

„Das könnt ihr vergessen, ich hasse Schiedsrichter! Ich hab in meiner Laufbahn einfach zu viele angepöbelt und bin zu oft aus der Halle geflogen. Wenn ich Schiedsrichter machen würde, hätt ich nach fünf Minuten bestimmt drei Spieler der Halle verwiesen. Das ist nicht gesund", sagte ich.

„Deswegen hat Krampe sich auch bereit erklärt Schiri zu machen und ich würd mich auch opfern", sagte Butze mal so nebenbei.

„Daher weht der Wind. Und ich soll wohl hier den Coach machen, wa? Die alten Männer auf Kurs bringen? Die Neuen integrieren und uns alle ins gelobte Land führen, oder wat?", gab ich zurück.

„Yep", gab Butze verschmitzt zu.

„Fein habt ihr euch das ausgedacht. Aber gut, wenn ihr das so wollt, ihr werdet es bereuen. Ab heute keinen Alk und keine Fluppen mehr!"

„Ähm… Böller, du bist der einzige Raucher hier", warf Butze ein.

„Scheiß drauf. Jeder muss Opfer bringen", ereiferte ich mich.

Die Jungs lachten sich kaputt.

„Und wat das Saufen angeht…", setzte ich an.

Alle sahen mich mit großen Augen an.

„Jaja, ich schluck wahrscheinlich nach Kalle am meisten", gab ich zu.

„Hey", warf Kalle empört ein.

Ich wollte eine Ansage machen. Scheiß drauf. Also antwortete ich: „Echt jetzt? Ab morgen Verbot für alle!"

„Und heute?"

„Heute besaufen wir nach dem letzten lockeren Zock unsern neuen Verein und machen ne Marketingstrategie. Wir brauch'n Sponsoren für die Ausrüstung, Trikots, Bälle und so weiter."

Und das taten wir dann auch, erst wurde gezockt und dann gingen wir anschließend geschlossen ins Piano, einem kleinen, sehr schönen Musik-Café mit Tradition an der Lütgendortmunder Straße. Eine perfekte Location für ein lecker Pilsken oder kleinere Konzerte. Hier wollten wir uns bei Bier und Billard einen Namen überlegen und die weitere Vorgehensweise zu besprechen.

Butze wollte sich um die Sponsoren kümmern.

Berg und Schultz kümmerten sich um ein Logo.

Kalle und ich soffen wie die Löcher.

Die alten Herren wollten es noch mal wissen, die „LüDo Swish" waren geboren. Und *Kurtis Blow* sang dazu in meinem Kopf vom besten Hallensport der Welt.

Kapitel 22 - Hundedate

Am Sonntag war ich so nervös, dass ich keinen Bissen runter bekam. Wenn ich schon nicht frühstücken konnte, wollte ich wenigstens rauchen. Aber das durfte ich ja nicht mehr. Scheiß Spiel.

Butze hatte sich halb totgelacht, als ich ihm von meinem Date erzählt hatte.

„Haste es echt hingekriegt, dich mit der nochma zu treffen?"

„Wie sprichst du denn von meiner zukünftigen Ehefrau?"

„Oh Mann. Haste das noch immer nicht hinter dir, alter Freund?"

„Niemals."

„Dann sieh zu, dass du diesmal die ganze Meile gehst."

„Das ist der Plan."

„Ich bin gespannt und ich will alle schmutzigen Details hören."

„Ich kann ja ne versteckte Kamera tragen."

„Noch besser."

„Und einen Live-Stream aus dem Schlafzimmer einrichten."

„Am besten. Aber ins Schlafzimmer, dieses geheiligte Land der Wünsche und Sehnsüchte, musste erstma kommen."

Butze wusste natürlich, dass ich bei Sandra nie zum Schuss gekommen war und es wenig gab, was ich mir sehnlicher wünschte.

„Das krieg ich schon hin. Diesmal ist sie mein."

„Dann bring die Kamera aber so an, dass ich mir nicht die ganze Zeit deinen Arsch angucken muss."

„Ich mach das so, dass du ihren Arsch und mein zufriedenes Grinsen gleichzeitig sehen kannst."

„Bin gespannt."

„Weiß Yoko, eigentlich, was du für ein Perverser bist?"

„Silvia kann nicht klagen, in keiner Beziehung."

„Vögelt ihr noch regelmäßig?"

„Willste mich verarschen?"

„Na ja, drei Kinder und so."

„Aber wo du gerade davon sprichst, du könntest mit den Kids nächstes Wochenende mal nen paar Stunden in den Zoo gehen oder so, ich hätt' mal wieder Bock auf schöne ausdauernde Zweisamkeit. Und nicht die kleine Nummer, nachdem Lea eingeschlafen ist und dann kurz darauf aus ihrem Kinderbett krabbelt und wieder bei uns steht."

„Eklig. Haste öfter Koitus Interruptus?"

„Auf jeden Fall öfter, als ich es zu Ende bringen kann."

„Armer Kerl. Deine Eier sind also ständig blau?", frotzelte ich.

„Mach dir mal nur um deine eigenen verschrumpelten Nüsse Gedanken. Meinen geht's gut. Man passt sich an. Und da wir ja jetzt ne Nanny haben, wird das immer besser."

„Ihr habt jedes Mal gevögelt, wenn ich was mit den Kids gemacht hab?"

„Was sonst?"

„Gruselig. Jetzt muss ich im Zoo bestimmt ständig daran denken."

„Zoo ist nächste Woche. Heute versuchste erstmal auf deine Kosten zu kommen."

Eine Ghetto-Faust später war er auch schon wieder verschwunden und ich bereitete mich akribisch auf meine Verabredung vor. Ausgiebiges Enthaaren, an manchen Stellen gar nicht so einfach, Dusche, Styling und anständige Klamotten. Schick, aber nicht overdressed. Ich entschied mich für Bluejeans mit Chucks, schwarzes T-Shirt und Sportsakko. Meine Haare brachten mich wie immer um den Verstand, aber irgendwann hatte ich einen ziemlich okayen Look hinbekommen. Mit Hundeleckerlies und Fußhupe bewaffnet fuhr ich zur Eishalle.

Diese liegt am Rande des Revierparks Wischlingen, einem nett angelegten Park und Ausflugsziel zwischen Marten und Huckarde. Hier gab es auch ein Schwimmbad und eine der geilsten Saunalandschaften Deutschlands.

Aber heute war ja Hundedate, also wahrscheinlich eher durch den Park marschieren und um den See scharwenzeln. Mir war alles recht. Hauptsache ich konnte bei Sandra sein.

Natürlich war ich zu früh und stand mittlerweile etwas blau angelaufen in der Kälte, die Fußhupe neben mir rumschnüffelnd.

Sandra kam die obligatorische Viertelstunde zu spät, einige Dinge änderten sich nie. Akademisches Viertel hieß das an der Uni.

Sie legte einen wirklich filmreifen Auftritt hin. Blockierte mit ihrem riesigen weißen SUV zwei Parkplätze und stieg äußerst elegant aus, inklusive der typischen Kopfdrehung, um die wallende Mähne aus dem Gesicht zu schütteln. Fehlte nur noch die passende Musik zum Auftritt, aber die lief ja in meinem Gehörgang sowieso immer mit, diesmal war es *Chesney*, der davon sang, dass er der einzig Wahre sei.

Sie war sportlich gekleidet. Turnschuhe, Leggins und eine Winterjacke. Die Leggins verbarg aber auch weniger, als sie zeigte. Taubstummen-Hosen hatten wir das früher genannt, weil man da so schön von den Lippen lesen konnte. Aber das ging bei Sandra nicht, Schoß und Gesäß blieben meinen gierigen Blicken leider verborgen. Traumfrau und Hund gesellten sich zu Nulpe und Fußhupe.

Sie nahm mich zur Begrüßung in die Arme und ich wollte sie niemals wieder loslassen. Sie roch so gut. Sie schien so griffig. Sie würde mir gehören.

„Mein Schatz", dröhnte *Gollum* in meinem Schädel. Aber ich musste sie ja wieder loslassen und so schlug ich vor, loszugehen, mir war vom Rumstehen echt kalt geworden. Eine dickere Jacke wäre wohl besser gewesen, obwohl es eigentlich gar nicht so kalt war, aber windig und grau. Einmal durch den Park, am Naturschutzgebiet Hallerey vorbei und um den See wieder zurück zur Eishalle. Gesagt, getan.

Wir marschierten los und sprachen über alles Mögliche und wer wen noch von früher sah. Wer bereits verstorben war, wer ausgewandert war. Wir sprachen über alles Mögliche, nur nicht über uns. Über unsere direkt miteinander verbrachte Vergangenheit und ich schnitt das Thema auch nicht an. Versuchte mich lässig und cool zu geben. Als ob sie nur irgendeine Schulfreundin wäre, die ich zufällig wiedergetroffen hatte.

Da ich so einiges bin, nur nicht wirklich cool, machte ich mich natürlich voll zum Affen und zwar als wir am Ufer des Sees standen. Eigentlich eine romantische Situation, aber in dem Moment, als sie mir kurz die Leine ihrer Mischlingstöle in die Hand drückte, weil sie sich die Nase putzen wollte, passierte, was aufgrund Gottes Sinn für Humor passieren musste. Fußhupe kläffte die

Enten auf der linken Seite des Stegs an und zog an ihrer Leine. Sandras Hündin Betty beschloss, spontan jenen gefiederten Freunden am Ufer nachzujagen und zog mich in die entgegengesetzte Richtung. Ich verlor gleichzeitig mein Gleichgewicht und meine Würde und fiel in den Kacksee.

Jetzt war mir wirklich kalt und ich schämte mich. Blöd gelaufen, aber eigentlich hätte mir klar sein sollen, dass dies oder etwas ähnlich Gelagertes passieren würde. Sandra reagierte anders, als ich gedacht hätte, lachte mich nicht aus, sondern machte ein extrem bestürztes Gesicht und half mir mit der Frage: „Hast du dir was getan?" aus dem Wasser.

Meine Zähne schlugen vor Zittern so heftig zusammen, dass ich zunächst nicht antworten konnte. Ich schüttelte aber den Kopf, für sie die Aufforderung, erst mal die Pfiffies wieder unter Kontrolle zu bringen. Mit den Vierbeinern machten wir uns schleunigst auf den Weg zu den Autos. Dort angekommen, wickelte sie mich in eine der vielen Decken, die im Kofferraum lagen.

„Sorry, riecht wahrscheinlich etwas nach Hund, aber besser als sich den Tod zu holen."

„D-dd—dddanke", stammelte ich.

„So kannst du nicht nach Hause fahren", sagte Sandra, sperrte die Hunde in den Kofferraum und verfrachtete mich auf den Beifahrersitz, noch bevor ich protestieren konnte. Als ich merkte, dass die Sitzheizung lief und der Wagen generell sehr schnell warm wurde, interessierte mich ohnehin nichts anderes mehr und ich war fürs Erste zufrieden.

So fuhren wir also nach Huckarde. Ich freute mich, trotz meines desolaten Zustands zu Sandra nach Hause zu fahren.

Als wir das Haus betraten, war ich überrascht, was sich alles verändert hatte. Sie hatte wirklich so gut wie alle Erinnerungen an ihre Eltern getilgt. Ich erkannte tatsächlich kein einziges Möbelstück wieder. Zumindest nicht auf dem Weg in den ersten Stock und ins Badezimmer.

„Stell dich unter die Dusche. Deine Sachen kannst du in den Flur schmeißen, ich wasch die schnell durch und pack die in den Trockner. Handtücher sind im Schrank rechts neben dem Waschbecken. Ich besorg dir für die Zwischenzeit was zum Anziehen. Hier müsste irgendwo noch was von meinem Ex rumliegen."

Von ihrem Ex? Na, wie toll. Mir war aber nach wie vor zu kalt, um den Zwergenaufstand zu proben und ich fand die Idee einer heißen Dusche und anschließend trockener Klamotten tatsächlich sehr reizvoll. Also hielt ich mich an ihren Plan. Ich blieb ewig unter der Dusche. Auch noch einige Zeit, nachdem mir wieder warm war. Wahrscheinlich hoffte ich, sie würde sich zu mir gesellen und wir würden unsere Liebe endlich vollständig körperlich vollziehen, aber so was passiert anscheinend nur im Film. Das warme Wasser prasselte auf meinen unterkühlten Körper und ich wusch mich mit dem Zitronen-Limetten-Verwöhnduschgel, das in dem Regal neben einem riesigen Schwamm stand. Das roch tatsächlich sehr gut, nach Frühling und Sonne und weckte meine Lebensgeister.

Ich trocknete mich ab, das Handtuch roch nach Lavendel, dies war bestimmt dem Weichspüler geschuldet, den sie benutzte. Ich stellte fest, saubere und vor allem trockene Klamotten hatte Sandra bereits vor die Tür gelegt. Nachdem ich mich ordentlich abgetrocknet hatte, war ich froh, diese anziehen zu können. Obwohl ich den Aufzug etwas schick fand. Anzug und Hemd? Hatte sie nicht etwas Bequemeres finden können? Das hatte wirklich ihr Ex mal eben so hier vergessen?

Auf dem Weg nach unten ins Wohnzimmer kam ich an ihrem alten Kinderzimmer vorbei und war einfach zu neugierig, um nicht einen Blick hinein zu werfen. Ich stieß die Tür auf und staunte nicht schlecht. Dieser Raum sah tatsächlich noch genauso aus, wie bei meinem letzten Besuch vor mittlerweile knapp 20 Jahren. Die gleichen Poster von *Take That* an den Wänden, das gleiche Himmel-Bett, die gleichen Möbel, als ob ich im Delorean in die 90er zurückgereist wäre.

Ein Schrein für die Teenager-Sandra, wie in einem Museum. Anscheinend hatte sie das ganze Haus modernisiert und umgestaltet, nur diesen Raum nicht. Warum nicht? Um einen Teil ihrer Kindheit und Jugend für immer zu bewahren? Um einen Rückzugsort zu haben, eine Zeitkapsel, in der sie sich verkriechen konnte?

„Das war meine beste Phase. Meine Sturm-und-Drang-Zeit. Alles, was danach kam, fühlt sich weniger wirklich und weniger real an", erklärte Sandra, die wie aus dem Nichts hinter mir stand.

„Sorry, ich wollte nicht…"

„Doch, wolltest du. Und eigentlich willst du auch nicht mich, sondern die Sandra von vor 20 Jahren, aber das ist okay für mich."

Ich war total baff und bemerkte auch erst beim zweiten Hinschauen, dass sie sich ebenfalls umgezogen hatte. Ich kannte dieses Kleid. Das war ihr Abiball-Kleid. Hatte sie das geplant?

„Also, wenn du mit mir schläfst, dann nur in diesem Zimmer."

Sie stellte die Kompaktanlage an und setzte sich auf das Bett. Ich fand das alles irgendwie etwas strange und begriff, dass sie diese Situation vorbereitet hatte. Es wirkte irgendwie, als wären wir nach unserem Abiball gemeinsam in ein Hotelzimmer gefahren, wie in amerikanischen High School-Filmen.

Ich konnte es trotzdem kaum erwarten, schob die negativen Gedanken von mir und war mega nervös. Sandra und ich alleine hier in ihrem Kinderzimmer, als ob die Zeit zurückgedreht worden wäre und wir wieder 18 wären. Nun endlich würde es passieren. Wir würden miteinander vögeln.

Mein Herz klopfte laut, ich hatte einen Kloß im Hals, aber als sie mich in die Arme schloss, eine Hand in meinem Nacken und anfing, mich zu küssen, gab es kein Halten mehr. Meine Hände flogen nur so über ihren Körper, jeden Zentimeter dieser wundervollen Frau wollte ich berühren, streicheln, küssen und liebkosen. Noch waren wir angezogen, doch das würde bestimmt nicht mehr lange so bleiben.

Wir küssten uns eine geraume Zeit, erst langsam, vorsichtig und zärtlich, dann immer fordernder, mit immer mehr Einsatz und immer heftiger. Vielleicht sogar etwas verbissen. Aber das fiel mir am Anfang noch nicht auf. Meine Hand streichelte erst ihren Rücken, dann schob ich etwas ungelenk die Träger ihres Kleides über ihre Schultern. Sie trug keinen BH, weshalb mich ihre Brüste mit den keck aufgerichteten Brustwarzen direkt wie zwei alte Bekannte begrüßten. Ich hatte die beiden echt vermisst. Also erwiderte ich die Begrüßung, indem ich sie mit meinen Händen zu umschließen versuchte. In meinem Kopf hörte ich *Gary* sagen, dass mehr als ne Hand voll eh nur einen verstauchten Finger gibt.

Dummerweise musste ich deshalb etwas kichern, was Sandra zwar mit einem komischen Blick quittierte, die ganze Aktion aber dennoch nicht abbrach. Also massierte ich weiter ihre Brüste und spielte mit ihren Brustwarzen.

Ein kleines „Au" ihrerseits zeigte mir an, wann ich zu feste daran herumzwirbelte. Na ja, ich gab mein Bestes, bin aber nicht zwingend der König von Vorspielhausen.

Als es ihr zu blöd wurde, fuhr sie mit ihrer Hand meinen Oberschenkel hinauf und öffnete meinen Reißverschluss. Ich stöhnte auf und als sie mich meiner Hose und ich sie ihres Kleides entledigt hatte, streichelten wir uns gegenseitig unsere intimsten, nun freigelegten Körperstellen.

Ich tat dies etwas plump und uninspiriert, sie hingegen legte eine ausgesprochene Finesse an den Tag. Als ich das Gefühl hatte, gleich zu explodieren, schob ich sie lieber sanft auf das Bett, auf dessen Kante wir noch immer saßen, auch um das unvermeidliche Ende etwas hinauszuzögern. Ich wollte ja nicht wie in dem Song enden, in dem *Farins* Alter Ego, die ganze Nacht auf der Suche nach Sex war und endlich bei seiner Traumfrau angekommen, fertig war, bevor es wirklich angefangen hatte.

Ich drehte sie also auf den Bauch, damit sie und ihre professionellen Hände erstmal aus dem Spiel waren und begann, jeden Zentimeter ihres wundervollen Körpers zu streicheln und zu küssen. Zumindest war das der Plan, aber irgendwie hatte ich im Nacken zwar ganz nett angefangen, den Rücken aber doch ziemlich vernachlässigt und war bei ihrem ausgesprochen hübschen Hintern gelandet. Auch mit fast 40 hätte sie damit wahrscheinlich noch Nüsse knacken können. Es schien ihr aber nicht so gut zu gefallen, wie mir, da sie mir recht unwirsch mit Selbigem den Kopf wegdrückte, so dass ich beinahe vom Bett gefallen wäre. Ihr Gesichtsausdruck sagte etwas anderes, aber ihr Mund raunte mir zu: „Ich halte es nicht mehr aus."

Sie schien das selbst bemerkt zu haben, denn daraufhin schaute sie etwas schlafzimmermäßiger, versuchte Leidenschaft in ihre Stimme zu legen: „Nimm mich endlich."

Eigentlich wollte ich das Ganze nicht so schnell geschehen lassen. Sandra ließ mir aber nicht wirklich eine Wahl. Sie stieß mich in eine liegende Position und setzte sich auf mich. Das wurde irgendwie immer merkwürdiger, gar nicht so wie in meiner Vorstellung. Klar war es ein toller Anblick, aber ich gewann zunehmend den Eindruck, meine Sexualpartnerin wollte vor allem ihren Stiefel durchziehen und eine gute Figur abgeben.

Wahrscheinlich wollte sie die 18-jährige Sexgöttin sein und ich sollte die Rolle des unerfahrenen Nerds geben, dem sie einen Gefallen tat, weil er so weit unter ihrer Würde war.

Dass ihr das nur bedingt gelang, merkte sie spätestens, als sie versuchte, mir ein Gummi überzuziehen und uns zu vereinen. Wir hatten wohl beide die gleiche Assoziation von einem Gummibaum oder einem schlabbrigen Würstchen im Kopf. Das lag aber nicht an meinen Steher-Qualitäten, sondern an ihrem komischen Gehabe. Dies sollte die beste Nacht meines Lebens werden und geriet immer mehr zur Farce. Ich war auch kurz davor, das Ganze abzubrechen, aber da hatte ich die Rechnung ohne die Dame des Hauses gemacht. Mit professioneller Fingerfertigkeit beseitigte sie das Problem und ich glitt tatsächlich ins gelobte Land. Nur dass ich mich gar nicht mehr wirklich darüber freute.

Zuerst fühlte es sich ja auch wahnsinnig gut an, das muss ich zugeben, doch mit jedem Stoß kam mir das Ganze immer seltsamer vor. Schon das Vorspiel hatte etwas Verbissenes, Verkrampftes gehabt, als ob sie mit aller Kraft die Zeit zurückdrehen und wieder eine Jugendliche sein wollte. Wir waren überhaupt nicht aufeinander eingegangen und hatten nicht die Bedürfnisse des Anderen ausgelotet.

Das alles hier wurde immer surrealer. Sandra hatte die Augen fest zusammengekniffen, einen sehr konzentrierten Ausdruck auf dem Gesicht. Wo war die Lockerheit, wo der Spaß? Warum war das Ganze so angestrengt? Wirkte so bemüht?

Immer und immer wieder ließ sie ihren Schoß auf mein Becken herabfallen. Mechanisch, ohne Gefühl. Und irgendwann konnte ich mir ihren Gesichtsausdruck nicht mehr antun. Sie sah aus, als ob sie ganz weit weg wäre, nicht hier bei mir, sondern eher 1999, irgendwo mit irgendwem. Vielleicht auch nur mit sich selbst. Aber sie schien nicht mit mir im gleichen Moment gefangen zu sein. Das elendige Plärren aus der Anlage machte alles noch schlimmer, in voller Lautstärke trällerte eine bekannte Boyband, die mich ja auch von dem Poster an der Wand aus beäugte, irgendwas von wegen, das Feuer wieder entfachen.

Geht's noch? Schrecklich abturnend. Ich schlief hier zwar gerade mit meiner Göttin, aber ich hatte festgestellt, dass die Wirklichkeit mit Träumen offenbar doch nur wenig zu tun hatte und war ehrlich gesagt froh, als es vorbei war.

Es war endlich passiert. Wir hatten etwas lange Überfälliges vollzogen, doch war es wirklich schön gewesen? Nein. Mir kam das Ganze unfreiwillig komisch vor. Und nicht im Sinne von witzig, sondern eher *David-Lynch*-komisch. Leicht surreal und befremdlich.

Ich hatte zwar eins meiner, aus meinem Traum geborenen Ziele erreicht und war von meiner Traumfrau nach allen Regeln der Kunst durchgenommen worden, aber es fühlte sich einfach falsch an. Nicht wie ein Anfang, sondern wie ein Ende. Als ob man etwas erledigt hätte, was einfach sein musste.

Hätte ich das tatsächlich für Butze gefilmt, ich weiß nicht, ob er wirklich seine Freude daran gehabt hätte.

Wir wussten beide nicht, was wir sagen sollten, und so legten wir uns nebeneinander ins zerwühlte, schweißnasse Bett. Aber wir kuschelten nicht, sondern lagen einfach nebeneinander und hingen unseren Gedanken nach.

Mich erinnerte die Situation ein wenig an diesen Film mit *Topher Grace* und *Teresa Palmer*, in dem er ebenfalls seinen Schulschwarm viele Jahre später flachlegt, aber unter Vorspiegelung falscher Tatsachen. Gelogen hatte ich zwar nicht und ihr auch nichts vorgespielt, aber wir würden mit Sicherheit auch kein Paar werden, wie die beiden im Film, nachdem sie durch den Storytwist gegangen waren.

Als sie irgendwann fragte: „Hast du es dir so vorgestellt?", tat ich so, als ob ich schliefe, woraufhin sie sich umdrehte. Ich reagierte auch nicht, als sie irgendwann leise zu weinen anfing. Ich konnte damit nicht umgehen. Sie hatte mich genauso benutzt, wie ich sie wahrscheinlich auch. Ich wollte meinen Teenager-Schwarm endlich vögeln, musste aber heute Nacht einsehen, dass das nicht möglich war. Die Frau, die neben mir lag, war nicht die Sandra aus meiner Schulzeit und schon gar nicht die aus meinen Träumen. Nur eine Enddreißigerin, die auf ihr Leben nicht klar kam und krampfhaft versuchte, die Zeit zurückzudrehen. Da waren wir uns zwar gar nicht so unähnlich, aber traurig war es trotzdem.

Meine Vorstellungen waren einfach anders gewesen, vielleicht auch zu groß für diesen einen Moment. Wie wenn man sich jahrelang auf eine *Star-Wars*-Fortsetzung freut und der fertige Film einfach nicht mit den Erwartungen mithalten kann und einem dann auch noch *Jaja Bings* präsentiert wird. Der war zwar nicht im Zimmer, aber unwirklicher hätte es das Ganze auch nicht gemacht.

Sobald sie eingeschlafen war, zog ich mich an und machte, dass ich da wegkam. Nicht die feine Art, aber ich wollte uns die Peinlichkeit des nächsten Morgens ersparen.

Kapitel 23 - Wenn die Scheiße einen einholt

Mein nächtliches Ziel war klar. Desillusioniert und etwas durch den Wind, verließ ich, nachdem ich wieder meine eigenen Klamotten angezogen und mir ein Weg-Bier aus ihrem Kühlschrank stibitzt hatte, mit Fußhupe Sandras Haus.

Wir machten uns zu Fuß zu meinem Auto auf. Mein Bedarf an Zwischenmenschlichkeit und absurden Situationen war gerade etwas gedeckt. So liefen wir also durch die Wohnsiedlung und suchten diese Brücke, an die ich mich noch aus meiner Jugend erinnerte, denn über diese konnte man direkt wieder in den Revierpark gelangen. Sie führte über die Mallinckrodtstraße und war eine enorme Abkürzung, zumindest für Fußgänger und Radfahrer. Mit dem Auto hätte man einmal quer um den Pudding fahren müssen.

Aber wo war sie bloß? Ich hatte keinen Bock, groß durch die Nacht zu laufen, sondern wollte schnellstmöglich zu meinem Auto und dann schnellstmöglich in die Heia. Mit der Brücke konnte ich mir locker ne Stunde Umherlaufen sparen, denn diese führte direkt hinter den See, in dem ich ein paar Stunden zuvor unfreiwillig plantschen gegangen war. Von da aus ein paar hundert Meter nach links und ich wäre wieder am Parkplatz an der Eishalle. In der Theorie so einfach, in der Praxis aber leider nicht.

Geringfügig genervt schmiss ich die leere Bierflasche auf den Boden, was dann doch in der nächtlichen Stille etwas lauter war, als ich gedacht hatte. Auch Fußhube beschwerte sich mit wildem Gekläffe bei mir, das eher nach einem heiseren Kinderhusten klang als nach echtem Gebell. Darüber dachte ich noch nach, als mir schon jemand auf die Schulter tippte. Erschrocken fuhr ich herum und direkt vor mir schienen sich zwei Polizisten aus dem Nichts zu materialisieren. Vielleicht waren sie auch eben aus dem Boden gewachsen. Natürlich nicht wirklich, aber mir war schleierhaft, wo die auf einmal so schnell hergekommen waren.

Derjenige, der mich angetippt hatte, war ein großer breiter Schrank mit ordentlichem Wohlstandsbauch, der die Nähte seiner blauen Uniformhose und seines Uniformhemdes ordentlich strapazierte. Wahrscheinlich trug dieser Fleischberg einen Gürtel und Hosenträger. Als ob das alles nicht schon schlimm genug war, trug diese Gestalt auch noch einen wunderschönen Schnörres, einen Pornobalken par excellence, der *Magnum* vor Neid hätte erblassen lassen. Dunkel, dicht und duschig. Buschig, meine ich, Alliterationen sind nicht so mein Ding. Doch! Dunkel, dicht und dick. Na, ja. Ok. Er hatte also einen riesigen Schnurrbart. Ist ja auch egal. Auch wenn Schnurrbärte seit allerspätestens der 80 Jahre des vergangenen Jahrtausends out sind.

Bis dahin hätte ich es ja noch verkraftet, aber hinter diesem Berg von Mensch, schälte sich noch ein kleinerer Mensch aus dessen Windschatten. Auch in Blau gekleidet, aber höchstens 12. Vielleicht auch schon 14, denn dieses Exemplar ließ sich gerade etwas Flaum oberhalb seiner sehr dünnen Oberlippe stehen. Aus Verehrung für das größere Exemplar?

Ich musste an *Big* und *Little Enos Burdette* denken, wie sie vor *Bandit* aufgetaucht waren und ihm eine Wette angeboten hatten. Das war einfach zu viel. Ich konnte mich leider nicht zurückhalten und fing schallend an zu lachen, so schallend, dass in den ersten Fenstern das Licht anging und Gesichter auf die Straße herabschauten.

„Was ist denn so lustig, junger Mann?", fragte der Mini-Polizist.

Daraufhin musste ich noch mehr lachen und bekam Bauchkrämpfe. Junger Mann? Gut, wenn er wirklich Polizist war, musste er ja zwangsweise volljährig sein, oder? Aber mich so zu nennen, war doch echt albern, ich war locker doppelt so alt, auch wenn ich mich nicht so kleidete, konnte man das doch wohl nicht übersehen.

„Nichts", presste ich wenig glaubwürdig hervor und ging sogar in die Knie, weil ich keine Luft mehr bekam. Zu den Bauchkrämpfen und der Atemnot gesellten sich nun auch noch fette Tränen, die mir die Sicht nahmen, aber ich konnte trotzdem nicht aufhören zu lachen. Fußhupe sah mich mittlerweile leicht besorgt von der Seite aus an und leckte mir über die Hand, die ihre Leine hielt.

Gerade als ich das Gefühl hatte, ich könnte es etwas unter Kontrolle bekommen und mich langsam beruhigen, dröhnte der Maxi-Polizist: „Können sie sich irgendwie ausweisen?"

Ich konnte vor Lachen nicht antworten, was nicht unbedingt das Geschickteste war und auf gar keinen Fall zur Verbesserung meiner aktuellen Situation beitrug. Was es sogar noch schlimmer machte, war, dass mir einfiel, dass meine Geldbörse im Handschuhfach meines Autos lag. Ich hatte sie da hineingelegt, weil ich das so unbequem fand, das Ding in der Hecktasche meiner Jeans mit mir rum zu tragen. Das war anscheinend mein erster Fehler, der Zweite war, hier nachts Bierflaschen auf der Straße zu zerdeppern und der Dritte, dass ich diese beiden Figuren vor mir nicht ernst nehmen konnte.

Von weiteren Lachsalven unterbrochen und geschüttelt, erklärte ich dem Sondereinsatzkommando vor mir, wo mein Ausweis sich befand. Die beiden wechselten einen Blick und baten mich, mich doch mal auf der Motorhaube des nächsten Autos abzustützen, wobei der kleinere Polizist mich einer äußerst vorschriftsmäßigen Leibesvisitation unterzog und Fußhupe seine kleinen spitzen Zähne zeigte und begleitet von einem niedlichen Knurren die Lefzen zurückzog.

„Haben Sie Drogen genommen?"

„Heute nicht", flutsche mir heraus, bevor ich es zurückhalten konnte und fing wieder an zu gackern. Allerdings wieder alleine, denn die beiden Uniformierten konnten meinem Witz gar nichts abgewinnen.

„Haben Sie getrunken?", dröhnte der Größere.

Unser beider Blick fiel zeitgleich auf die zerbrochene Bierflasche im Rinnstein. Jetzt war Leugnen ja auch relativ zwecklos: „Nicht mehr als sonst."

Da ich nichts tat, um die Lage zu entschärfen, dachte sich meine kleine Weggefährtin wohl, dann braucht sie das auch nicht zu tun. Sie pinkelte dem kleineren Uniformierten auf seine auf Hochglanz polierten Bullentreter, was dieser aber gar nicht mitbekam. Aber bei mir hatte die kleine Fußhupe jetzt echt Boden gut gemacht und ich entwickelte

198

ein wenig Sympathie aufgrund dieser Kameradschaftsbezeugung und Ablehnung gegen das Establishment.

„Da sie so unkooperativ sind, nehmen wir sie jetzt mit zur Wache, wo wir ihre Personalien feststellen werden."

„Können wir nicht eben zu meinem Auto fahren? Dann kann ich mich ausweisen."

„Mein lieber Freund, wir sind kein Taxiunternehmen und da sie der Ausweispflicht nicht nachgekommen sind und hier öffentlich Ärgernis erregen, kassieren wir sie jetzt vorübergehend ein", sagte der *Mini-Me* selbstzufrieden. Zu selbstzufrieden für meinen Geschmack. Das Lachen war mir mittlerweile vergangen.

„Haben sie nicht irgendwas Wichtigeres zu tun, als hier unbescholtene Bürger zu drangsalieren? Terroristen laufen lassen oder Ausländer verprügeln, oder so?", entgegnete ich entrüstet. War aber wohl auch keine bessere Taktik, denn der Große drehte mir mit gekonnter Bewegung, das musste ich ihm lassen, meinen linken Arm auf den Rücken und schob mich Richtung Streifenwagen.

„Ich will sofort ihre Dienstmarken sehen, das ist unnötige Gewaltanwendung!", rief ich aus vollem Halse, was noch mehr Lichter in den umliegenden Häusern angehen ließ.

„In Deutschland gibt es keine Dienstmarken. Sie sehen zu viele schlechte amerikanische Filme."

Da hatte der massige Polizist natürlich recht, aber deswegen musste der Kleine ja nicht so gehässig lachen.

„Das mag ja vielleicht sein, aber trotzdem müssen sie sich ja irgendwie legitimieren können."

„Unsere Dienstnummern finden sie nebst Namen auf dem Protokoll, dass wir gleich anfertigen werden. Natürlich haben Sie das Recht, sich zu beschweren, dabei wünsche ich ihnen viel Erfolg!", sagte die Miniaturausgabe sehr herablassend.

Da konnte ich meine Schnauze natürlich wieder nicht halten: „Also nach zwei Doppel-Nullen steht dann da *Laurel* und *Hardy*?"

Etwas Würde wieder hergestellt, aber das Grinsen über meinen äußerst flachen Gag verging mir direkt wieder, als ich unsanft auf den Rücksitz des Einsatzfahrzeugs verfrachtet wurde. Meine neue beste Freundin, die Fußhupe, sprang auf meinen Schoß und bellte die beiden Witzfiguren an, so energisch und laut, wie es ihr mit ihrem kleinen Körper möglich war. Ja, solch schikanöse Begebenheiten schweißen zusammen.

„Soso. Kein Ausweis, offensichtlich angetrunken, öffentliches Ärgernis erregt, nächtliche Ruhestörung, Widerstand gegen die Staatsgewalt und dann auch noch Beamtenbeleidigung. Das wird teuer, mein Freund oder dachten sie, ich wüsste nicht wie *Dick und Doof* mit bürgerlichem Namen hießen?"

Auf der Wache angekommen, gesellte sich dann noch mal einiges zu meinem Fehlverhalten hinzu. Die Scheiße, die ich vor dem Haus meines Bruders so künstlerisch arrangiert hatte, holte mich ein, da sie ihrerseits zu einer Anzeige geführt hatte, aber leider nicht gegen „Unbekannt". Eine Nachbarin konnte mich sehr gut beschreiben und hatte sich mein Autokennzeichen notiert. Also gab es einen Haftbefehl gegen mich, da man mich unter meiner Meldeadresse ja nicht auffinden konnte. Kunststück, ich hatte mich noch nicht mal in Bielefeld angemeldet, in meinem Ausweis stand noch immer die Adresse meines Elternhauses. Aber jetzt hatten sie mich ja gefunden. Super Ermittlungsarbeit! In einem amerikanischen Film, wäre ich jetzt wahrscheinlich über Nacht eingesperrt, vergewaltigt und am nächsten Tag dem Haftrichter vorgeführt worden, der mich zu 1000 Stunden Sozialarbeit verurteilt hätte.

In der Realität rettete mich Butze, den ich von der Polizeiwache aus anrufen durfte, mit seinem Anwaltskumpel vor der Inhaftierung.

Butze holte auf dem Weg meine Papiere aus meinem Auto, bezeugte meine Identität und ich bekam lediglich zur Auflage mich direkt am nächsten Tag umzumelden. Meine restlichen Verfehlungen würden mir dann irgendwann in Form von Anzeigen und Vorladungen ins Haus flattern, aber das war an diesem Abend noch nicht wichtig. Das hätte auch anders ausgehen können. Butze war ein bisschen angesäuert, als er mich auslöste, lachte dann aber auch relativ schnell wieder: „Wie kann man sich nur von *Asterix und Obelix* festnehmen lassen?"

„Hab ich gar nicht. Ich wurde von *Laurel und Hardy* festgenommen."

„Auch nicht schlecht. Macht's aber auch nicht zwangsläufig besser", sagte er, als er mich an meinem Auto absetzte.

Ich dankte ihm und wollte meine Karre gerade aufschließen, als er merkwürdig langsam anfuhr. Er ließ dabei das Fahrerfenster herunter und hielt irgendwas glitzerndes hinaus. Als mir klar wurde, was das war, spurtete ich hinterher, aber in dem Moment, als meine Finger den Schlüssel fast berührten, gab Fußhupe, die bei meinem sogenannten Kumpel auf dem Schoß saß, ein Bellen von sich, was mich erschreckte und aus dem Takt brachte. Zusätzlich gab Butze Gas und ich fiel auf die Nase. So viel zum Thema Freundschaft.

Also musste ich jetzt doch noch nach Hause laufen. Butze würde das wohl unter erzieherischer Maßnahme verbuchen. Ich konnte seine Stimme förmlich hören: „Strafe muss sein."

Kapitel 24 - Bock auf Kino

Am darauffolgenden Tag versuchte ich mich mal wieder an einer kleinen Bestandsaufnahme. Seit ich wieder in Dortmund war, hatte ich fett geerbt, eine Familie gewonnen, auch wenn es eigentlich Butzes war, war wieder dick beim Basketball eingestiegen, als Spieler und Coach und ich hatte meinen Jugendschwarm, die vermeintliche Liebe meines Lebens, durchgevögelt.

Ich muss zugeben, ich war schon relativ zufrieden mit mir. Aber um meine Mission zu vollenden und wieder komplett im Leben anzukommen, musste ich endlich einen Job finden. Immer nur Freizeit, abgesehen vom Hol- und Bringedienst für die Kinder, und Auslebung meiner Hobbys waren in den letzten Monaten zwar sehr schön gewesen, aber irgendwie musste ich ja auch eine berufliche Perspektive haben. Das Geld würde auch nicht bis an mein Lebensende reichen.

Da Basketball erst wieder am Freitag stattfand und es draußen zu kalt war, beschloss ich abends mal wieder ins Kino zu gehen. Keine Ahnung was gerade lief, ich würde mich einfach überraschen lassen und mal wieder nach Castrop in die Kurbel fahren. Die Kurbel, an der Oberen Münsterstraße gelegen, war ein kleines Programmkino mit sage und schreibe zwei Kinosälen, einem nach heutigen Maßstäben mittelgroßen und einem Minikinosaal, den wir immer Wohnzimmerkino genannt haben. Und tatsächlich sind die heutigen Smart TVs annähernd so groß wie die Leinwand dort. 46 Personen konnten sich dort berieseln lassen, im großen Saal 240. Da lachen die anonymen Multiplex Kinos heute drüber.

Aber es war ein Stück Geschichte. Viele Generationen hatten hier ihren Spaß und ich war froh, dass es dieses Kino noch gab, indem ich damals meinen allerersten Film gesehen hatte, vor der Eröffnung des UCI in Bochum und des Cine Star in Dortmund.

Basil, der Mäusedetektiv hatte 1986 meine Liebe zum Film und zum Kino entflammt. Ich war begeistert von der gewaltigen Leinwand, dem Geruch nach Popcorn und den Film Memorabilien überall.

Die Kurbel war ursprünglich 1937 als Gloria-Theater mit dem *Hans-Albers*-Film *Flüchtlinge* eröffnet worden. 1945 wurden durch einen Bombenteppich die Bühne und die vorderen Besucherplätze bis auf die Grundmauern zerstört. Der Wiederaufbau dauerte bis 1949. Ab 1963 erhielt es den Namen "Kurbel". Anfang der 90er kam das kleine Filmstudio als zweiter Saal dazu.

Hier war ich mit *Marty McFly* in den Wilden Westen gereist, hatte mich mit dem peitschenschwingenden Hutträger auf Abenteuer begeben, mit dem Karnickel die *Toon-Stadt* gerettet und hunderte andere Filme gesehen. Mal schauen, was mich heute erwartete.

Ich parkte wie gewohnt auf der Thomasstraße, neben den Bahngleisen. Da das Kino bei meiner Ankunft noch geschlossen war, schlenderte ich noch ein wenig durch Castrop und sog die Vergangenheit in mich auf. Direkt neben dem Kino gab es nun den Efes-Grill. Wie praktisch, um vorher oder nachher noch etwas zu schnabulieren, das nicht aus geröstetem Mais bestand.

Wer es etwas gehobener mochte, konnte sich ein paar Meter weiter in der Trattoria Puglia niederlassen. Und schräg gegenüber gab es nun eine Kuhbar für den leckeren Nachtisch. Ich schlenderte also die Obere Münsterstraße entlang und begab mich mit einem Eis bewaffnet in die Altstadt, um etwas Zeit totzuschlagen.

Die Kuhbars waren in den letzten Jahren aus dem Boden geschossen, taten so, als wären sie Eisdielen, machten das Eis aber nicht frisch vor Ort, sondern wurden in Franchise betrieben und von der Zentrale beliefert. Das Eis schmeckte trotzdem sehr gut, war relativ günstig und es gab immer nicht ganz so alltägliche Sorten zu probieren, wie Pfirsich-Kuh-ark,

Erdnuss-Scho-Kuh, Kuh-kie oder halt in diesem Moment Tirami-kuh. Abgefahren.

Castrop, war wie Bochum für die im westlichen Dortmund lebenden sehr nah und es war manchmal einfacher und besser gewesen, dorthin zu fahren, als in die Dortmunder Innenstadt. Das Shoppen im Ruhrpark habe ich immer als angenehmer empfunden als in der City. Und auch ins Kino bin ich immer lieber ins Bochumer UCI oder eben in die Kurbel gefahren, als ins Cinestar am Dortmunder Hauptbahnhof.

Castrop hat an sich eine ganz schöne Altstadt mit einem kleinen Einkaufszentrum am Widumer Platz. In meinen sportlichen Hochtagen sind wir hier auch ins Fitnessstudio gegangen und haben des Öfteren im Forum Tennis oder Badminton gespielt.

Nachdem ich mich genug herumgetrieben hatte, ging ich durch die tunnelähnliche Passage ins nun geöffnete Foyer des kleinen Kinos. Es war ziemlich tote Hose, aber es war ja auch Montag und gerade mal 16:45 Uhr.

In den Schaukästen der Passage waren die aktuellen Filme angeschlagen gewesen, keine großen Erleuchtungen dabei. Das einzig sehbare wäre wahrscheinlich *The Possesion of Hannah Grace* gewesen, eine moderne Variante der mittlerweile doch sehr abgeschmackten Exorzismus-Filme mit Potential, mal was Neues zu zeigen, aber der lief nur noch in der Spätvorstellungen um 23:00. So lange wollte ich verständlicherweise nicht warten.

Dann blieb nur noch *100 Dinge*, der neue Film von und mit *Florian David Fitz*. Aktuell der Einzige aus der deutschen Filmemacher-Riege, bei dem was ganz Gutes rauskommen konnte.

Schweiger und seinen Klon konnte ich mir allmählich nicht mehr ziehen und auch wenn *Schweighöfer* hier mitspielte, stammten Drehbuch und Regie von *Fitz*, der auch gleichzeitig der Hauptdarsteller war. Das ließ hoffen. *Vincent will Meer* war schließlich auch grandios gewesen. Einer der besten deutschen Filme überhaupt. Und auch der Film, in dem er radelnd seinem Freitod entgegenfuhr, hatte mich begeistern können. Beides eher anrührende Dramen, aber mir war heute auch nach Komödie.

Da niemand hinter dem kleinen Schalter zum Kartenverkauf saß, schlenderte ich drei Meter weiter und sah mir schon mal die Knabbertheke an. Das übliche Angebot, aber auch hier niemand zu sehen.

Nach einer gefühlten Ewigkeit schlenderte eine Frau aus irgendeiner versteckten Tür in den Vorraum und erschrak leicht aufgrund meiner Anwesenheit.

„Kundschaft", plärrte ich ihr entgegen und konnte es mir nicht nehmen lassen zu fragen: „Na, hat die Fluppe geschmeckt?"

Die Dame schlenderte an mir vorbei und nahm in dem Mini-Kassenhäuschen Platz und sah mich mit unergründlicher Miene an.

„War nur ein Witz", versuchte ich die angespannte Situation zu entschärfen.

„Aber ein schlechter", war die einsilbige Antwort.

„Ich wollte sie nicht ärgern", sagte ich leicht zerknirscht.

„Schon gut. Ich freue mich ja über jeden zahlenden Kunden. Oder bist du von den Zeugen Jehovas und willst mir was von Gott erzählen?"

Da sie mich duzte, tat ich das natürlich auch.

„Findest du wirklich, ich sehe so aus?"

Ich sah an mir herunter, Chucks, Jeans, sportliche Winterjacke.

„Man sieht den Leuten das nicht zwingend an", war die Erwiderung. „Selbst der AFD-Abschaum zieht sich weltlich an und marschiert nicht in Uniform auf."

Hoppla, war sie mit dem falschen Fuß aufgestanden? Und ich hatte sie dann auch noch geärgert? Würde sie mich gleich mit einem Messer erstechen, zersägen und in ihrem Blumenbeet vergraben? Und würde das wenigstens jemand Gehbehindertes mit einem Fernglas beobachten und die Polizei rufen? Ich musste bei diesem Gedanken schmunzeln, was von meinem Gegenüber natürlich falsch aufgefasst wurde.

„Was ist daran so lustig?", fragte sie nicht minder gereizt.

„Also erstens finde ich den Vergleich zwischen den Zeugen Jehovas und der AFD etwas gewagt, wobei mir tatsächlich beide Randgruppen gestohlen bleiben können und zweitens, habe ich überlegt, ob jemand durch ein Fernglas beobachten könnte, wenn du mich mit deiner Stimmung gleich abstichst und begräbst."

Daraufhin entspannten sich ihre Gesichtszüge gleich etwas und der Raum wurde ein paar Grad wärmer, als sie mich anstrahlte und fragte:

„Hitchcock-Fan, wie?"

„Wer ist das nicht?"

„Touche. Aber wenn ich dich abmurksen würde, gäbe es keine Zeugen und keine Beweise. Da du dich gerade aber als nicht komplettes Arschloch geoutet hast, was bei dem ersten Satz, der aus deinem Mund gekommen ist, durchaus hätte sein können, verrate ich dir, dass ich Nichtraucherin bin."

„Und was will mir das jetzt?"

„Na, dass ich nicht rauchen war, als du mit der Hundekacke an deinen Schuhen in mein Kino gelatscht bist."

Erschrocken sah ich herunter auf meine Schuhe, konnte aber nichts entdecken.

„Da ist doch gar nichts dran", antwortete ich entrüstet, wobei sie endgültig anfing zu lachen.

Sie war hübsch. Mitte bis Ende 30, braune schulterlange Haare, braune Augen und ein schönes entwaffnendes Lächeln. Wenn sie denn lächelte. Ich konnte nicht anders und lachte mit.

„Dein Kino?"

„Ja, mein Kino. Habs vor ein paar Jahren mit meinen Ersparnissen und einem dicken Bankkredit gekauft und hielt es für eine tolle Idee, mein Hobby zum Beruf zu machen. Aber das war vor Netflix und Co. Und jetzt bin ich hier Kartenverkäuferin, Erfrischungserfüllungsgehilfin, Filmvorführerin und Putzfrau in Personalunion."

„Klingt anstrengend."

„Sollte man meinen, aber eigentlich ist es eine sehr langweilige und tieftraurige Art, seine Tage zu verbringen und seinen Traum den Bach runtergehen zu sehen", sagte sie mit einer Bitternis und einer Offenheit, die mich sehr überraschte.

„Läuft es wirklich so schlecht?"

„Als kleines Kino hattest du es seit der Eröffnung der Multiplexkinos noch nie leicht, aber seit jeder einen Beamer oder Monsterfernseher zu Hause hat und jetzt zu allem Überfluss die Filme teilweise auch noch direkt auf den Streamingportalen erscheinen, statt wie üblich zuerst ins Kino zu kommen… was soll ich sagen, es ist wie es ist. Und bald ist Ende im Gelände."

„Das tut mir wirklich leid. Ich habe dieses Kino immer geliebt, hier habe ich meinen ersten Film gesehen."

Sie sah mich abschätzend an.

„Das Karnickel, das auf *Jessica* scharf war?"

„Nicht schlecht. Der mäuserische *Sherlock Holmes* war's. Du hast dich um zwei Jahre verschätzt. Aber das Karnickel hab ich auch hier gesehen."

„Bei mir war's die *rothaarige Meerjungfrau*. 1989, denke ich."

„Ja, der gute alte *Onkel Walt*", erwiderte ich und wir beide lachten erneut.

„Und was kann mein kleines Kino heute für dich tun?"

„Ich würde mir den *Florian David* mal versuchen anzutun."

„*Fitz* ohne Tourette?"

„Lohnt nicht?"

„Flach, aber nicht die schlechteste Idee. Leben entschlacken und auf die wichtigen Dinge besinnen. *Fitz* ist gut, aber *Schweighöfer* versaut's ein wenig."

So oder so ähnlich hatte ich das auch erwartet.

„Was solls, ich hab gerade nichts Besseres vor. Bin ich denn dein einziger Gast?"

„Scheint so. Da ich den Film in fünf Minuten starten soll und ich hier außer deiner abgerissenen Erscheinung niemanden sehe…"

„Abgerissen hab ich jetzt mal überhört. Wenn du keine Kundschaft hast, gesellst du dich dann zu mir?", fragte ich verschmitzt.

„Und mein Imperium unbeaufsichtigt lassen?"

„Ok. Klar. Nicht nachgedacht. Dann einmal den *Fitz* bitte", sagte ich und öffnete meine Geldbörse.

„Lass mal stecken. Pass auf, ich such meine nichtsnutzige Aushilfe und dann lad ich dich ein."

„Coole Sache. Bekomm ich auch Popcorn und ne Coke? Ich geh aber nicht anschließend mit dir ins Bett. So billig bin ich nicht zu haben", frotzelte ich herum.

„Ist das echt deine Art Danke zu sagen, *Parker*?"

Ich fühlte mich gerade so cool und eloquent und mit nur einer Bemerkung zerschmetterte sie mich am Boden. Und sie kannte *Parker Lewis*. Unglaublich. Sie bemerkte meine gerade aufgetretene Unsicherheit und antwortete, während sie das Kassenhäuschen verließ: „Erst mal die Nulpe finden, sonst wird das eh nix. Bleib locker. Film und Snacks gehen auf mich, mir ist eh langweilig. Und deine Jungfräulichkeit kannste im Anschluss behalten."

„Witzig. Aber ich hasse Leute, die während eines Films in einer Tour quatschen, also pssst."

„Du bist echt ne Nummer, was?"

„Der einzig wahre Justus. Ein Qualitätsunikat made in Germany."

„*Justus Jonas*?"

„Nur besser in Form. Aber genauso intelligent."

„Ok ich bin Elke. Freut mich."

Ich konnte nicht anders und fing an, den unsterblichen *Die Ärzte*-Klassiker mit ihrem Namen zu intonieren.

Ich bekam daraufhin einen überraschend heftigen Schlag in die Magengrube.

„Deine Eltern hätten dich wohl lieber *Farin* nennen sollen!"

Verletzt schaute ich sie mit einem Hundeblick an.

„Den hattest du verdient. Also Filmfan und guten Musikgeschmack. Wenn meine Eltern nicht so weit weg wohnen würden, würde ich in Erwägung ziehen, dich ihnen vorzustellen. Komm jetzt", sagte sie und zog mich Richtung der Innereien dieses Etablissements.

Echt ne coole Frau, dachte ich mir, als ich den Schlag noch verdaute. So suchten wir also nach dieser ominösen Aushilfe. Und fündig wurden wir nach Begehung der Kinosäle, Toiletten und aller sonstigen Räume und Abstellkammern am Hinterausgang, wo besagter Kollege einen durchzog.

„Sag mal, spinnst du eigentlich?", fuhr Elke ihn leicht aufgebracht an.

„Sorry...", stotterte er ertappt und warf die Tüte so lässig wie möglich weg. Ein 18-jähriger Bengel, der wahrscheinlich noch nie den Film, in dem es kein Bootsunfall war, sondern nur Marvel-

Verfilmungen gesehen hatte und somit komplett falsch an einem Ort wie diesem war, wo der cineastischen Kultur gefrönt wurde.

„Wer bist du? Motherfuckin' *Jay*?", grummelte sie ihn an, wobei sie aufgrund seines blassen Gesichtsausdrucks aber auch schon wieder lächeln musste.

„Wer?", murmelte der Ahnungslose verständnislos und unterwürfig. „Ich bin doch Paul."

„Bist du außerdem auch noch Bademeister?", fragte ich, um die Situation zu entkrampfen, und verkrampfte selbst ein wenig, als Paule mich daraufhin noch verständnisloser ansah, falls das überhaupt möglich war.

Elke und ich tauschten einen vielsagenden Blick.

„Verdammt, ich sollte heute noch nicht mal hier sein und du kiffst hinter dem Kino?"

Ich fing laut an zu lachen, die Ironie war zu schön. Elke sah mich böse an, doch dann fing sie auch an zu lachen.

Als wir uns wieder eingekriegt hatten und der liebe Paul ein Guiness-Buch verdächtiges Gesicht der Verständnislosigkeit zur Schau trug, klärte Elke ihn zwar nicht auf, was wir daran genau so komisch fanden, aber als sie wieder Luft bekam, feuerte sie ihn.

„Hast du noch Klamotten drin?"

„Nein", antwortete er kleinlaut.

„Dann kannste ja gleich hier hinten rum gehen."

„Und was ist mit meinem Geld für diesen Monat?"

„Heute ist deine erste Schicht in diesem Monat und davon hast du jetzt genau eine Stunde gearbeitet. Na ja eigentlich hast du dich hier vor der Arbeit versteckt und einen durchgezogen."

„Also kein Geld?"

„Ääähhmmm... nö."

„Na dann...", sagte er, drehte sich um und ging von dannen.

„War das nicht ein bisschen hart?", mischte ich mich ein.

„Nööö, der hat eh nicht gearbeitet, das ganze Popcorn aufgefressen und sich immer versteckt", gab sie zur Antwort und als der Junge um die Ecke verschwunden war, hob sie den Joint auf und wir teilten brüderlich.

Kapitel 25 - Ein perfektes Date

Als wir fertig waren, gingen wir wieder rein, leicht angeduselt und guter Stimmung.

„Jetzt muss ich mir den Film wohl doch alleine ansehen."

„Weit gefehlt. Wenn jetzt immer noch kein anderer Kunde da ist und es wird keiner da sein, dann mach ich dicht. Lohnt sich eh nicht."

Gesagt, getan. Die Lobby empfing uns in gähnender Leere und Elke hängte kurzer Hand ein Schild vor die Tür, das krankheitsbedingt heute geschlossen sei. Dieses lag vorbereitet hinter der Eingangstür und war sauber mit Edding auf weißen Karton geschrieben worden.

„Bist besser vorbereitet als *Dante*", witzelte ich, noch immer sehr überrascht von den aktuellen Geschehnissen.

„Klärchen. Und ich rieche im Anschluss auch nicht nach Schuhcreme und versaue mir ein Bettlaken", gab sie zurück. Eine Frau mit cineastischem Wissen und gutem Geschmack. Ich war echt beeindruckt.

„Und nü?", fragte ich ehrlich neugierig.

„Jetzt machen wir uns frisches Popcorn, bewaffnen uns mit Bier und schauen uns einen Film an", erklärte sie resolut.

„Klingt nach einem Plan", antwortete ich erfreut.

Es war wirklich cool. Wir setzten uns mit unseren Snacks bewaffnet auf die besten Plätze in Saal 1 und hatten das Kino ganz allein für uns. Elke machte irgendwo an einem Schaltpult auf der rechten Seite den Film an und gesellte sich wieder zu mir. Ich hatte irgendwie das Gefühl sie schon ewig zu kennen und fühlte mich sehr wohl neben dieser völlig fremden, leicht durchgeknallten Frau. Ich hatte sie während dieses Gedankengangs wohl von der Seite angesehen, was sie anscheinend gespürt hatte und mich nun fragend ansah.

Ich versuchte, meine aufkeimenden Gefühle zu überspielen und sagte leichthin: „Wenn du jetzt während der Vorfilme so faul auf deinem Hintern hier rumsitzt, wer verkauft mir denn dann mein Eiskonfekt, bevor der Hauptfilm anfängt?"

„Echt jetzt. Eiskonfekt? Wenn du so Bock drauf hast, kannst du ja nochmal rauslaufen und dir eins aus der Truhe hinter der Theke nehmen. Und wenn du schon dabei bist, bring mir ein Ben & Jerrys mit."

„Soll ich?"

„Nur wenn du sowieso aufstehst."

Mit Blick auf das vor mir stehende Popcorn und die Nachos antwortete ich: „Vielleicht später. Oder möchtest du jetzt ein Eis, dann gehe ich natürlich."

„Nee, lass mal. Alles gut."

Der Hauptfilm fing an und Elke hatte Recht gehabt, Fitz war cool, Schweighöfer war peinlich. Aber trotz aller Absurditäten und aller Flachheit war die Idee gut und ich fühlte mich gut unterhalten. Was aber wohl am meisten an meiner Gastgeberin lag. Wir lachten an den gleichen Stellen. Und wir buhten ebenfalls an den gleichen Stellen.

„Wenn es nicht mein Kino wäre, würde ich jetzt mein Popcorn Richtung Leinwand schmeißen", sagte sie an einer besonders albernen Stelle.

Ich sah sie an und schmiss meinen halb vollen Becher. Erst schaute sie verdutzt, dann lachte sie aus vollem Hals, was für ein bezauberndes Geräusch. Und dann sagte sie im vollen Brustton der Überzeugung: „Ich mach das nicht weg, aber ich zeig dir gleich, wo Eimer und Kehrblech sind."

„Das war's wert", gab ich mit einem breiten Grinsen zurück.

„Definitiv", erwiderte sie und schmiss ihren Becher in die gleiche Richtung und wir kicherten wie Schulmädchen bei einem Schwanz-Witz. Fast erwartete ich, dass sich *Florian* und *Matthias* auf der Leinwand zu uns umdrehten und sagen: „Jetzt reichts aber, die schlechten Witze machen wir hier."

Wie gesagt, wir amüsierten uns königlich, was Elke beim Abspann mit den Worten zusammenfasste: „So viel Spaß hatte ich schon lange nicht mehr. Und das bei so einem Film. Was passiert denn, wenn wir einen richtig Guten anschauen?"

„Dann amüsieren wir uns wahrscheinlich zu Tode."

„Nicht der schlechteste Tod."

„Beileibe nicht. Was hast du denn noch im Angebot?"

„Das war leider schon der Beste, den ich aktuell anzubieten habe."

„Ein Jammer. Ich hab noch keinen Bock nach Hause zu fahren. Und wirklich bedauerlich für die aktuelle Kinolandschaft."

„Wir können entweder in meine Wohnung gehen und uns noch einen Klassiker anschauen oder wir tun hier das Zweitbeste", hauchte sie mir ins Ohr, während der Abspann noch durchlief, die Lichter aber noch nicht angingen. Als hätte sie meine Gedanken gelesen, fügte sie hinzu: „Die Lichter werden per Dimmer am Eingang des Saals hochgefahren."

„Ach so", antwortete ich und kam nicht umhin zu fragen: „Was ist denn das Zweitbeste?"

„In unserer aktuellen Situation?"

„Ja klar."

„Ich zeig's dir."

Und das tat sie dann. Ich war mit Mädchen eigentlich nie so richtig geschickt gewesen, zumindest nicht mit neuen Bekanntschaften und eine meiner schlimmsten Erinnerungen war, wie ich mit meinem damaligen Schwarm im Kino war und es einfach nicht fertig brachte, den Arm um sie zu legen. Ich bin nicht *Mickey Rourke*, ich mache kein Loch in meinen Popcornbecher und schiebe meinen Schwanz von untern durch, damit meine Angebetete diesen in die Hand nimmt, wenn sie nach dem Popcorn greift. Ich bin da eher verklemmt. Und ich habe es damals auch nicht hinbekommen.

Aber hier und jetzt mit Elke, brauchte ich gar nichts hinzubekommen. Sie übernahm die Initiative und es war wunderschön, berauschend und einfach perfekt. Inklusive imaginärem Soundtrack mit *Annas* Stimme, die propagierte, dass es ein Anfang sein könnte, nur für mich und zwischen meinen Gehirnwindungen. Es war ein perfekter Abend gewesen und deswegen gehe ich an dieser Stelle auch nicht ins Detail. Es war wunderschön, ausdauernd, herausfordernd und doch von einer Lockerheit und Unbefangenheit begleitet, die ich bei Sandra schmerzlich vermisst hatte. Es war einfach richtig und richtig gut.

Und zum Nachtisch sahen wir uns in ihrer Wohnung noch einen Klassiker an, in dem eine

Gruppe von Jungs einen Piratenschatz sucht, um nicht obdachlos zu werden, und dabei das Abenteuer ihres Lebens erlebt. Und dann schliefen wir nach der zweiten, fast noch besseren Runde, Arm in Arm in ihrem Bett ein. Mein letzter Gedanke kam von *Kiefer Sutherland*, der mir zuflüsterte, dass heute ein guter Tag zum Sterben sei. Denn besser konnte es doch nun wirklich nicht mehr werden, oder?

Kapitel 26 - Warum immer ich?

Am nächsten Morgen wurde ich jedoch rapide wieder auf den Boden der Tatsachen zurückgeholt. Ich erwachte allein in der mir fremden Wohnung. Neben mir auf dem Nachttisch stand eine Tasse dampfender Kaffee und ein Zettel. Wahrscheinlich war ich vom Geräusch der zuschlagenden Haustür geweckt worden.

Bevor ich den Zettel lesen konnte, musste ich jedoch erst aufs Klo, mich erleichtern. Zu viel Bier, zu viel Vögelei. 2-mal in 2 Tagen mit 2 verschieden Frauen war ich nicht gewöhnt, das war nicht mein Lebensstil.

Nach der Erleichterung und mit gewaschenen Händen setzte ich mich auf die Bettkante und nahm den Zettel zur Hand:

„Guten Morgen, Schlafmütze.
Ich hatte heute Morgen ein paar Termine.
Und weil Du so friedlich ausgesehen hast, wollte ich Dich nicht wecken.
Falls das eine einmalige Geschichte war, es hat Spaß gemacht und ich wünsche Dir ein schönes Leben.

Falls Du Lust hast, mich wiederzusehen, wäre ich dem nicht abgeneigt.
In diesem Fall, komm doch einfach mal wieder im Kino rum.
Wo ich wohne, weißt Du ja jetzt, meine Handynummer steht auf der Rückseite...
Tschö mit Ö
Elke"

Patente Frau, das muss man ihr lassen. Ich genoss den Kaffee und dachte darüber nach. Wollte ich sie wiedersehen? Auf jeden Fall. Wir waren auf einer Wellenlänge. Sexuell, cineastisch und musikalisch. Konnte das was werden? Das konnte Liebe werden. Und wenn nicht? Scheiß drauf, wie *Bela* sagen würde, für eine gute Zeit sind wir zu allem bereit.

Was hatte ich schon zu verlieren? Nada. Also klaro würde ich mich melden. Aber erst nach angemessener Zeit. Um möglichst cool rüberzukommen. Ach, wem mache ich was vor, am liebsten wäre ich ihr direkt hinterhergelaufen oder würde sie direkt anrufen.

Ich würde jetzt also schnell duschen gehen und dann ab nach Hause. Ne Runde vor Butze prahlen und mich im Sonnenlicht meiner Eroberungen aalen. Das war ja ein Reim. Verdammt war ich gut drauf. Und wie ich so schön davon träume, einen amtlichen NY-Marathon-Zieleinlauf hinzulegen, begleitet von Jubelchören, Konfettiregen und Fanfaren, ging ich forschen Schrittes durch die Tür. Dass es die falsche Tür war, merkte ich erst, als sie hinter mir ins Schloss fiel und ich mich im Hausflur wiederfand.

Warum musste so eine Kacke eigentlich immer mir passieren? Warum lagen Triumph und Versagen immer so dicht beieinander? Warum stand ich früher oder später immer nackt und mittellos in der Gegend herum? Warum immer ich arme Sau?

So umwehte eine frische Brise meinen nackten Hintern, während meine Klamotten nebst Handy in Elkes Wohnung lagen. Und nü?

Ratlos sah ich mich um. Durch die Tür kam ich nicht. Ich war ja nicht *Chuck Norris*. Wohnte Elke allein über dem Kino oder gab es noch Nachbarn? War mir beim Hochgehen nicht aufgefallen.

Ich bedeckte mein Gemächt also mit meinen Händen und taperte durch den Hausflur. Tatsächlich gab es auf dem Stockwerk noch eine andere Wohnung. „Meier" stand auf dem Türschild. Was auch sonst.

Missmutig nahm ich eine Hand von meinen Kronjuwelen und klopfte zaghaft an die Tür.

„Wer ist da?", kam mir eine ältlich klingende Stimme nach kurzer Wartezeit durch die Tür entgegen.

„Ähm… hallo … mein Name ist Justus. Ich bin ein Freund von der Elke", erwiderte ich halblaut.

„Wat? Ich versteh nix. Ich mach ma die Tür auf."

Ich hörte einen Schlüssel im Schloss und die Tür öffnete sich daraufhin so weit, wie die Türkette dies zuließ.

„Hallo...", setzte ich erneut an.

„Bisse nen Freund vonner Elke?", fragte mich mit misstrauischem Blick eine alte Dame so um die 1,50. Sowohl in Höhe als auch in Breite.

„Ja. Genau. Mein Name ist Justus und ich habe mich ausgesperrt."

„Dat is ja blöd", bekam ich zur Antwort und das fasste in seiner Trockenheit meine Gemütslage auch ganz gut zusammen.

Die alte Dame schloss die Tür wieder, nahm die Kette ab und öffnete die Tür komplett. Und glänzte mir in dem unvermeidlichen Outfit des Hauskittels, wahrscheinlich ein Original aus den 60ern, entgegen, wobei ich in meinem Adamskostüm jetzt auch nicht direkt auf die Kacke hauen konnte.

„Du bis ja ganz nackich", fasste das Pott-Original das Offensichtliche zusammen. Die kam nicht gebürtig aus Castrop, eher aus Bochum oder Duisburg. Ich rang um meine Fassung und betete, dass ich das Ganze ohne Aufsehen überstehen würde.

„Eben das ist ja das Problem. Sie haben ja nicht zufällig einen Schlüssel von Elkes Wohnung?"

Konnte es wirklich so einfach sein, durfte ich hoffen? Nö, natürlich nicht.

„Nee, dat habbich nich. Du bist aber nich son' Perverser oder?"

Und wenn, bräuchtest du dir keine Sorgen machen, dachte ich, behielt das aber lieber für mich.

„Nein, gute Dame. Ich wollte unter die Dusche und habe die falsche Tür genommen."

„Dat is aber schön blöd, wa?"

„Ziemlich. Kann ich bei ihnen vielleicht telefonieren und einen Freund anrufen?"

„Brauchste Verstärkung?"

„So in etwa. Jemanden, der mir Anziehsachen mitbringt und mich abholt."

„Aso. Klar, kannste machen."

Ich folgte der alten Frau also in ihre Wohnung. Alles dunkelbraun und holzvertäfelt. Seit den 80ern nicht mehr renoviert.

Automatisch verfiel ich auch in Slang und sagte:

„Schön hamset hier."

„Danke. Dat Telefon steht da im Flur. Kannse benutzen."

„Vielen Dank. Sie retten mir das Leben."

Ich hatte Butze kurz darauf auf dem Handy erreicht, er versprach, mich abzuholen. Mein Retter, schon wieder. Daher konnte ich es ihm auch nicht übel nehmen, dass er sich wegen meiner misslichen Lage kaputtlachte.

Das Mütterchen, Frau Meier, hatte indes Kaffee gemacht, was ich auch echt nett fand. Aber als ich mich aufs Sofa setzen wollte, herrschte sie mich an, ich solle warten, bis sie mir ein Handtuch zum Darunterlegen geholt hatte. Ich versuchte, höfliche Konversation zu machen, was mir aber mit fortschreitender Dauer immer schwerer fiel. Worüber redet man, wenn man nackt und ungefragt in die Wohnung einer Rentnerin einfällt? Die einzige Gemeinsamkeit war, dass wir beide Elke kannten. Ich von innen und außen und sie eher als ihre Vermieterin. Also tauschten wir ein paar Gemeinplätze aus, sie teilte mir mit, was für ein liebes Mädchen die Elke war und wie schwer sie es hatte mit dem Kino. Und ich erwiderte, wie nett ich Elke fand und dass das bestimmt schon werden würde. Die Schweigepausen wurden aber immer länger und ich war heilfroh, als es an der Tür klingelte und hoffte auf meine Erlösung.

Butze kam die Treppe hoch und lachte sich noch immer kaputt. Ich konnte es ihm nicht verdenken. Er drückte mir mit den Worten: „Wird das jetzt zur Gewohnheit?" , etwas zum Anziehen in die Hand und verbrüderte sich direkt mit Frau Meier, die ihm dankte, dass er den komischen Vogel abholte und was für ein Glück ich habe, einen Freund wie ihn zu haben. Recht hatte sie. Aber als ich mich anziehen wollte, stellte ich fest, was mein Buddy mir mitgebracht hatte, und ging mit zornesrotem Kopf aus dem Flur zurück in die heimelige Wohnstube.

„Dein Ernst?", fuhr ich den nun schon wieder kichernden Mann in meinem Alter an.

„Strafe muss sein. Außerdem komm ich direkt aus'm Büro und das Einzige, wat ich dort für dich zum Anziehen gefunden hab, war das, wasse da inne Hände hältst, also hopp hopp, dann bekommste auch ne Möhre."

Jetzt fing auch Frau Meier schallend an zu lachen, als ich mich in das übergroße Hasenkostüm zwängte und versuchte, mein bestes Stück nicht im Reißverschluss einzuklemmen.

„Ist wohl vonner letzten Karnevalsfeier. Lag im Aktenraum."

„Es stinkt nach nassem Hund."

„Das tut mir sehr leid und jetzt bitte recht freundlich", sprach er und machte mit seinem Handy ein Foto.

„Für Insta…", merkte er kichernd wie ein Schulmädchen an.

So viel zum Thema Ruhm und Ehre für mich und Anerkennung für meine Eroberungen und dreimal Sex mit zwei Frauen in ebenso vielen Tagen.

„Dann komma, *Bugs*. Wir wollen der guten Frau Meier doch nicht noch mehr von ihrer Zeit stehlen."

Also bedankte ich mich überschwänglich für das Vertrauen der lieben Frau und versprach, dass sowas nie wieder vorkomme.

„War schon spannend und son' knackigen Hintern hab ich ja auch schon lange nich mehr gesehen. Also, an mir solls nich liegen", antwortete sie verschmitzt und begleitete uns zur Tür.

Natürlich hatte Butze am Arsch der Welt geparkt und ich musste im Hasenkostüm durch halb Castrop laufen, was mir auch den einen oder anderen Kommentar der Passanten eintrug. Umso froher war ich, als ich endlich auf dem Beifahrersitz Platz genommen hatte. Nur gut, dass das Hasenkostüm ein freundliches war und nicht so fies, wie in einem der besten Sci-Fi-Coming-of-Age-Crossover aller Zeiten, wo der Hase *Frank* echt unheimlich war.

„Wollen wa noch wohin oder fahr'n wa heme?", pottelte Butze mich an. Ich würdigte ihn weder eines Blickes noch einer Antwort, ich hatte keine Würde mehr übrig.

Kapitel 27 - Back in Work

Butze hatte mich nur Zuhause rausgeschmissen, weil er seinen Arbeitstag noch zu Ende bringen wollte. Anstatt mir abends Blumen mitzubringen, um sich zu entschuldigen, lud er mich zum Abendessen ins Haupthaus ein und legte mir einen Bund Möhren auf den Teller.

Als Yoko und die Kinder ihn fragend ansahen, zückte er einen Ausdruck meines Hasen-Fotos vom Vormittag und reichte es herum. Dabei rollte er sich genauso ab, wie heute Morgen und die Kinder wieherten auch, selbst ohne den Hintergrund zu kennen.

Und so erzählte ich die Geschichte, wie es dazu gekommen war dreimal. Eine stark vereinfachte Version für die Kinder, nachdem diese im Bett waren, eine etwas mehr der Wahrheit entsprechende Version für Yoko und nachdem Butze und ich uns auf ein Feierabendbier in meine Wohnung zurückgezogen hatten, die raue und ungeschönte Wahrheit für Butze.

Er war sozusagen deep impressed, was meine sexuellen Abenteuer anging. Allerdings auch etwas enttäuscht, dass meine Sandra Steinert – Odyssee so unrühmlich ausgegangen war.

„Kranker Scheiß. Die hat sich dann wohl auch nicht weiterentwickelt. Aber wenigstens kannste die Akte schließen. Deckel zu, Affe tot."

„Ja, das hat sich erledigt. Ist aber auch definitiv befreiend."

„So befreiend, dasse direkt auf'n nächsten Zug aufgesprungen bist?"

„Elke ist doch kein Zug, auch wenn ich sie besprungen habe. Wobei, eigentlich hat sie eher mich besprungen."

„Läuft bei dir."

„Mal sehen, wat draus wird. Wenn sie heute mit ihrer Nachbarin gesprochen hat, wird sie mich wahrscheinlich mit dem Arsch nicht mehr angucken."

„Das glaub ich nicht, ist eher eine Geschichte, die ihr euren Kindern erzählen könnt, wenn sie das entsprechende Alter haben."

Stirnrunzelnd sah ich ihn an, den alten Optimisten.

„Jetzt haste mich schon verheiratet und mir Kinder angedichtet, Plural auch noch."

„Anscheinend muss ja einer für dich planen."

„Dann besorg mir doch noch nen Job, dann wäre ich feddich", gab ich bissig zurück.

„Wo du gerade davon anfängst, wenne willst, kannste ab Februar bei mir inne Firma anfangen."

„Wat???", fragte ich etwas zu hoch und zu schrill.

„Na ja, die Sabine ist seit Januar für zwei Jahre in Elternzeit. Und nachdem mein Chef zu geizig war, für diese Zeit einen Ersatz zu bezahlen, wurden die Aufgaben im Team aufgeteilt. Weil das aber etwas zu viel ist, fallen jetzt vor allem administrative Aufgaben und allgemeine Bürotätigkeiten hinten rüber."

„Ok", antwortete ich leicht gedehnt und vorsichtig.

„Und weil das Team wegen des zu erwartenden Workloads den Zwergenaufstand geprobt hat, hat der große Meister sich breitschlagen lassen, jemand Ungelerntes und entsprechend Kostengünstiges einzustellen, um uns etwas zu entlasten. Da hab ich dann mal deinen faulen Arsch ins Spiel gebracht."

„Aha."

„Also fürs Kopieren, Digitalisieren, Archivieren…"

„Kaffee Kochen, Mittagessen holen, Büro ausfegen…", unterbrach ich ihn an der Stelle dann doch mal.

„Ich sehe, die Aufgabe verstehste. Mädchen für alles und das für wenig Geld. Also, wie siehts aus? Hasse bessere Angebote?", grinste er verschmitzt.

„Momentan nicht", gestand ich zerknirscht.

„Na dann."

„Na dann."

Und schwups gehörte ich wieder zur arbeitenden

Bevölkerung und bevor ich mit der HR-Tante zwecks offizieller Einstellung sprechen würde, besiegelte ich meinen neuen Arbeitsvertrag mit einem zünftigen Prost und stieß mit meinem besten Freund an.

„Du hast mir in den letzten Monaten ein Obdach gegeben, mich ernährt und mir jetzt auch noch nen Job besorgt. Wann genau muss ich mich denn jetzt eigentlich bücken?"

„Ich hab dich auch lieb."

„Du bist der Beste, weißt du das?", gab ich unumwunden und völlig ernst zu.

„Vielleicht sollte ich lieber zukünftig mit dem Hintern an der Wand schlafen, wenn du mich so ansäuselst", gab Butze süffisant zurück.

„Du weißt, was ich meine."

„Ja und jetzt hör auf mit der Mädchenkacke. Niemand für Keinen, aber wir für uns."

„Das hieß im Original irgendwie anders, D'Artagnan."

„Aber so passt es besser", sagte er im Brustton der Überzeugung und fing obendrein auch noch an *Me against the world* zu singen, wobei er zu meinem Leidwesen aber gar nicht wie *Arnim* klang. Trotzdem konnte ich dem nur zustimmen und so sangen wir die zweite Strophe zusammen.

Kapitel 28 - Neue Perspektiven

Am nächsten Morgen hatte ich meinen Termin bei der Personaltante. Butzes Chef wollte mich gar nicht sehen, wahrscheinlich war ich unter seinem Niveau.

Dafür nahm die gute Frau, die eigentlich eher den Eindruck machte, hier ein Schülerpraktikum zu machen, als hauptverantwortlich für die Personalarbeit zu sein, mich sehr genau unter die Lupe und stellte mir allerhand unangenehme Fragen.

Mein Stolz riet mir, das Gespräch abzubrechen, wenn ich mich für einen Hiwi-Job so bloßstellen musste, aber das konnte ich Butze natürlich nicht antun.

Aber verdammt noch eins, ich war 39 Jahre alt und musste mich von einer gefühlt 12-Jährigen, die dem Aussehen nach noch nicht mal Auto fahren durfte, hier vorführen lassen. Je älter man wird, desto jünger sehen die Leute hinterm Steuer aus. Aber gut, als ich 18 war, hielt ich mich auch für mega erwachsen und alles jenseits der 30 war uralt, unwertes Leben, kurz vorm Friedhof. Und jetzt war ich selbst schon 39. Leck mich am Arsch, Zeit ist eine Bitch.

Als die Erniedrigung vorbei war, fühlte ich mich ein wenig, als ob jemand einen Eimer Schweineblut über mir ausgeschüttet hätte, war aber auch ein bisschen stolz, dass ich es durchgestanden hatte. Zu meiner Überraschung sollte ich schon am nächsten Morgen starten. 8-17 Uhr, eine Stunde Mittagspause, 5 Tage die Woche. Für lumpige 1800 brutto, ergibt laut Brutto-Netto-Rechner ca. 1300 netto. Zu viel zum Leben, zu wenig zum Sterben. Aber gut, ich hatte gerade wirklich wenig Alternativen. Und ein geregelter Arbeitstag würde mir mal wieder guttun. Da ich nun von einem Tag auf den anderen wieder ein produktives Mitglied der Gesellschaft werden und meinen Staat ab sofort wieder steuerlich unterstützen würde, musste ich heute Abend noch dringend meine privaten Sachen regeln. Und ich wollte Elke natürlich wiedersehen. Das heißt, heute Abend würde ich mich erstmal darum kümmern, mein Handy und meine Klamotten wieder zu bekommen. Hoffentlich würde Elke noch mit mir zu tun haben wollen und ich hatte nicht alles restlos versaut, bevor es richtig angefangen hatte. Und *Rivers* legte in meinem Kopf los und sang mir vor, was ich für ein Verlierer war. Also war wieder Aufbrezeln angesagt und abends betrat ich dann die Kurbel, gefühlt höchstens 1,20 m groß. Diesmal war sogar auch Kundschaft da und ich musste mich in die Reihe stellen und warten bis ich dran kam.

Elke sah toll aus in ihrem Kassenhäuschen, aber auch etwas abgekämpft. Als ich irgendwann dran war, weiteten sich ihre Augen und ich dachte schon, sie würde mir sprüchetechnisch ordentlich einen einschenken, aber sie sah mich nur bittend an: „Kannst du mir helfen?"

„Ich hab zwar kein Helfer-Syndrom, aber klar. Immer und jederzeit. Stets zu ihren Diensten", gab ich zurück in dem affigen Versuch, witzig zu sein. Dass der Witz nicht ankam, sah ich an ihrem Gesichtsausdruck.

„Wie kann ich dir helfen?"

„Kannst du für ein paar Minuten die Kasse machen?"

„Klar, aber du musst mir erklären, wie das funktioniert."

„Keine Zeit. Du kriegst das schon hin", sagte sie gepresst und war auch schon laufend an mir vorbeigestürmt, bevor ich Zweifel äußern konnte.

Also nahm ich Platz und versuchte, mich mit dem Programm vertraut zu machen, was aber auch wirklich kinderleicht war. Es gab kaum Funktionen. Die Preiskategorien konnten angeklickt werden und die Kassenschublade ging im Anschluss direkt auf, wenn ich die Summe eingegeben hatte. Auf dem Bildschirm erschien die

Wechselgeldsumme und fertig war die Laube. Easy. Hier gab es ja keine 18 Kinosäle, wie im UCI oder Cinestar und das Programm hatte aber auch wirklich keine einzige überflüssige Funktion oder Schaltfläche, sah irgendwie selbstgeschrieben aus.

Der Ansturm war jetzt auch nicht exorbitant, das Problem war nur, dass die meisten der Leute, die Eintrittskarten gekauft hatten, jetzt eine Schlange vor der Snack-Theke bildeten.

Da Elke noch immer verschwunden war, schlenderte ich also vom Kassenhäuschen zur Theke hinüber und versuchte, dabei auszusehen, als ob ich alles im Griff hätte.

Hier gab es das gleiche oder zumindest ein sehr ähnliches Programm. Nur halt mehr Wahlmöglichkeiten, mit Popcorn, Nachos und Getränken in verschiedene Größen, aber glücklicherweise keine Sparmenüs oder Ähnliches. Es wurde also komplizierter, aber dennoch hatte ich nach weiteren 10 Minuten alle verarztet.

Ich schielte auf meine Armbanduhr. Fast 20:00 Uhr. Die Vorstellung sollte jetzt anfangen. Und von Elke noch immer keine Spur. Sie war jetzt schon 20 Minuten weg.

Unauffällig schlich ich mich also in den Saal 1, wo alle ihre Plätze eingenommen hatten. Bewaffnet hatte ich mich mit einem Korb voller Eis, um noch etwas Zeit rauszuschinden und tatsächlich kauften einige eine Schachtel Eis-Konfekt oder ein Ben & Jerry's.

Doch dann fiel mir auch nichts mehr ein. Also warf ich einen Blick in den Kasten am Eingang. Ich hatte mal gesehen, dass die Filmvorführer da früher immer das Licht ausgeschaltet hatten. Und vielleicht konnten sie da ja auch den Film starten. Das Glück blieb mir hold. War ja wohl auch das Mindeste, nach dem Debakel gestern.

So startete ich also den Film, indem ich zuerst auf den Schalter „Licht" drückte, woraufhin die komplette Saalbeleuchtung anging. Ein Gemurmel wurde unter den Zuschauern angestimmt. Na ja, ein kleiner Faux-Pax wird ja wohl erlaubt sein, ich arbeitete ja schließlich nicht wirklich hier. Ich drückte also danach auf den Knopf, unter dem auf einem Stück Klebeband stand „Notbeleuchtung" und dann auf den Knopf unter dem „Start" zu lesen war. Und siehe da, alles gut. Die Leinwand erwachte zum Leben und das Licht war aus. Alles, wie es sein sollte, wenn auch mit etwas Verspätung.

Als ich die Tür des Kinosaals leise hinter mir zuzog und das Publikum mit *Fitz* und *Schweighöfer* allein ließ, kam mir eine kalkweiße und leicht zitternde Elke entgegen. Zunächst erneut ohne eine weitere Erklärung begab sie sich leicht schwankend in den Saal.

Als sie festgestellt hatte, dass alle versorgt waren und der Film tatsächlich lief, kam sie erstaunt zurück und fiel mir in die Arme.

„Vielen Dank", hauchte sie mir ins Ohr.

Und ich wusste, ich sollte es lassen, aber mein Mund war wie meistens schneller, als mein Hirn und so hörte ich mich erwidern: „Hast du hier irgendwo ein Pfefferminz?"

Elke spannte sich in meinen Armen an, schob mich von sich und blickte mir ins Gesicht. Ich dachte wirklich, sie scheuert mir eine, aber stattdessen warf sie den Kopf in den Nacken und fing schallend an zu lachen. Wie gut das klang, wie schön und vollkommen natürlich.

„Du Penner", sagte sie außer Atem. „Ich krepiere fast auf dem Klo und deine größte Sorge ist mein frischer Atem."

„Na ja, zu meiner Verteidigung, ich sorge mich gerade um das Fehlen des selbigen."

„Komm, wir holen uns ein Pfefferminz, ein Eis, eine Cola oder was auch immer du willst und wenn das Kino geschlossen ist, belohne ich dich für deinen Einsatz."

Wir setzten uns neben der Snack-Bar auf eine lederne Sitzgruppe, die aus drei Clubsesseln und einem runden Couchtisch bestand. Elke hatte Cola und Snacks hingestellt, nippte aber nur ganz vorsichtig an ihrem Getränk und achtete drauf, wie ihr Magen reagieren würde, die Snacks rührte sie gar nicht an.

„Also was war denn los?"

„Na ja, ich sag mal so, wenn du Bock auf Sushi zum Mittagessen hast, holste das besser nicht in einem Laden, der so groß wie meine Toilette ist und von einem Türken geführt wird, der sich für einen Chinesen hält."

„Kardinalfehler. Deswegen bestelle ich auch nie Pizza bei einer Hütte, die außerdem noch Döner und indisches Essen anbietet. Das macht einfach keinen gesteigerten Sinn."

„Ja", stimmte sie mir zu. „Wenn jemand was kann, dann macht er das auch, aber nicht auch noch 50 andere Sachen zusätzlich, das kann nichts geben."

„Und ein Türke in einem China-Laden macht dich nicht stutzig?"

„Nicht weniger als ein Inder bei McDonalds."

„Du bist sehr liberal, oder?"

„Klar. Aber alles sollte seine natürlichen Grenzen haben. Das sehe ich jetzt ein."

„Also war ein schöner Brechdurchfall das Resultat deines Experiments?"

„Schön war der zwar nicht, aber ja, wenn du nicht rechtzeitig und wie ein rettender Engel eingesprungen wärst, hätte ich mir erst ins Höschen gemacht und dann den nächsten Kunden angekotzt."

„So weit wäre es bestimmt nicht gekommen."

„Warum nicht, zwei Minuten später und genau das wäre passiert."

„Glaub ich nicht. Du hast doch in deinem Kassenhäuschen so eine Panzerglasscheibe vor dem Gesicht. Die hätte das schön abgefangen und die Sushi-Bröckchen wären dann an selbiger langsam heruntergelaufen, während dir am Popöchen schön warm gewesen wäre."

Sie wurde rot und boxte mich. Mal wieder. Diesmal gegen den Oberarm. Ich könnte mich daran gewöhnen.

„Behandelt man so seinen Retter?", fragte ich, wobei ich versuchte, möglichst gekränkt zu klingen.

„Du hast einfach ein gutes Timing. Hattest du gestern schon. Und meine Nachbarin ist auch massive impressed von dir und mag dich."

Jetzt war es an mir, rot zu werden.

„Nicht gerade meine beste Leistung, das gebe ich zu."

„Aber du hast eine alte Frau sehr glücklich gemacht."

„Freut mich. Hat sie dir alles brühwarm erzählt, als du nach Hause gekommen bist?"

„Nein, ich habe erst bei ihr angeklingelt, nachdem ich übers Handy meine E-Mails gecheckt hatte."

„Ich hab dir doch gar keine E-Mail geschickt", antwortete ich verdutzt.

„Du nicht, aber jemand hat mir an meine Info@-Adresse ein Foto geschickt, wie du im Hasenkostüm durch Castrop gelaufen bist, begleitet von dem Text, dass meine Nachbarin Bescheid wüsste. Diese Geschichte wollte ich dann doch zu gern aus erster Hand hören."

Butze, dieser elende Schweinehund! Dafür würde ich ihn töten, wiedererwecken und nochmals töten. So *Herbert-West*-mäßig.

„Tja, wer solche Freunde hat, braucht keine Feinde mehr."

„Ich würde deinen Freund gerne mal kennen lernen."

„Das wirst du, bei seiner Beerdigung."

„Ach komm, immerhin hat er dich gerettet."

„Ja und das mehr als einmal, aber für die Aktion werde ich mich revanchieren."

„Also werde ich ihn nicht kennen lernen?", sagte sie, zog einen Schmollmund und blickte mich mit riesigen Augen an.

„Doch. Wenn du mich wiedersehen willst, wirst du ihn zwangsläufig kennen lernen. Butze ist mein bester Freund. Was hältst du von einem italienischen Essen bei einem echten Italiener?"

„Sehr gern."

Ich war erleichtert. Ich war erfreut. Ich war entzückt. Ach was, ich war einfach glücklich und heilfroh, nicht wieder alles direkt versaut zu haben.

„Aber ich zahle, für deine Hilfe heute."

„Für meine Hilfe heute hast du mich gestern schon mit Gratis-Film, Snacks und Sex bezahlt, also geht das Essen auf mich."

Ich liebte es jetzt schon, mir mit ihr verbale Schlagabtäusche zu liefern. Wir waren echt auf einer Wellenlänge. Ich fürchtete, ich begann mich zu verlieben. Und das, obwohl ich vor zwei Tagen noch überzeugt war, dass mein Jugendschwarm die Liebe meines Lebens sei. Da hatte ich direkt *Farin* wieder im Ohr, der genau wie ich sein Herz verlor. (Ein Poet, ich bin ein gottverdammter Poet!)

Elke sah, dass mein Kopf gerade woanders war, und dachte sich wahrscheinlich ihren Teil, holte mich aber wieder ins Hier und Jetzt zurück: „Wie hast du das alles hier mal eben hinbekommen?"

„Ich will ja nicht unbescheiden sein, aber ich bin halt der Geilste", grinste ich sie frech an.

„Auf jeden Fall biste nicht verkehrt. Hast du nicht Zeit und Lust, mir an zwei oder drei Abenden die Woche ein wenig zu helfen? Ich kann aber nicht viel zahlen."

„Sollten wir beruflich und privat nicht lieber trennen?", witzelte ich, wobei ich gleichzeitig ein Freudenfeuerwerk anzünden wollte für die Gelegenheit, sie 2-3-mal wöchentlich sehen zu können.

„Oder wir machen uns halt einen Spaß daraus, die letzten paar Monate das Kino gemeinsam zu rocken und uns hinterher das Hirn aus dem Kopf zu vögeln."

„Nicht die schlechteste Idee. Und was passiert in ein paar Monaten?"

„Dann vögeln wir uns nur noch das Hirn raus."

„Da baue ich drauf. Aber was passiert mit dem Kino?"

„Ich werde es verkaufen müssen. Es bringt kein Geld. Ich muss erwachsen werden und den Dingen ins Auge sehen. Ich verliere gerade täglich Kohle, meine Ersparnisse schrumpfen stetig. Ich habe kein Geld mehr für die neuen Filme und für viele auch nicht mehr die richtige Technik. Es ist aus und sobald ein halbwegs vernünftiges Kaufangebot reinkommt, muss ich die Türen schließen."

„Da verschwindet die nächste Institution."

„Tut mir ja auch leid. Und keinem tut es mehr weh, als mir, darauf kannst du dich verlassen."

„Und was willst du dann machen?"

„Hab ich doch gerade gesagt."

„Nein, ich meine, was machst du dann, persönlich?"

„Ich weiß es noch nicht. Ich werde mir wohl irgendeinen Job suchen müssen. Zurück ins Angestelltenverhältnis und Knechtschaft. Aber bis dahin können wir das hier ja noch ein wenig genießen. Zwei Menschen mit der gleichen Leidenschaft fürs Kino."

„Ich bin dabei. Und du brauchst mir auch nichts zahlen."

„Magst du kein Geld?"

„Sagen wir mal, ich bin finanziell einigermaßen unabhängig."

„Ach so, sagen wir das mal."

„Ja. Entlohne mich einfach mit deiner angenehmen Gesellschaft."

Sie bekam große Augen und rote Wangen.

„Das kann ich nicht annehmen."

„Bezahl mich einfach mit Sex."

„Das wiederum ist ok für mich."

Kapitel 29 - New Girlfriend

Nach vier Wochen wollte ich meine neue Freundin dann auch offiziell meiner neuen Familie vorstellen. Irgendwie eine kranke Situation, weswegen ich dabei auch so nervös war, wie am ersten Schultag.

Ich hatte mich in der kurzen Zeit wirklich unsterblich in Elke verliebt. Ich dachte, das, was ich jahrelang für Sandra empfunden hatte, wäre Liebe gewesen, aber in Anbetracht dessen, was ich nun über die Intensität meiner Gefühle gelernt hatte, musste ich mir eingestehen, dass ich nur einem Gespenst nachgelaufen war. Einer Wunschvorstellung, gepaart mit der Frustration aus den ersten sexuellen Gehversuchen und einer daraus resultierenden riesigen Schwärmerei und natürlich Jagdinstinkt. Es war nicht echt gewesen, ich hatte mich verrannt.

Das alles war bei der neuen Frau an meiner Seite anders. Wir waren auf Augenhöhe, waren abwechselnd nett und garstig zueinander, behandelten uns aber immer mit Respekt und nahmen uns mit Humor. Wir genossen jede Sekunde. Wir waren heiß aufeinander und im Bett

wie im Leben auf einem Nenner. Wir waren wie
füreinander geschaffen, hatten die gleichen
Interessen, lachten über die gleichen Sachen und
verabscheuten dasselbe. Zumindest, soweit ich das
in der kurzen Zeit überblicken konnte. Aber die
Zeit war auch sehr intensiv gewesen, wir hatten
uns jeden Abend gesehen, erst im Kino und dann
hatten wir die Nächte miteinander verbracht.
Während der eine das Kino zumachte, hatte der
andere was zu essen besorgt und dann hatten wir
es uns gemütlich gemacht. Manchmal sind wir an
den Wochenenden auch mal vor die Tür gegangen,
aber nur um auch mal frische Luft zu bekommen.
An den Werktagen musste ich morgens ins Büro,
es war zwar ein Kackjob, aber auszuhalten, bis sich
etwas Besseres fand. Mädchen für alles. Lakai für
jeden. Aber ok. Und dann ging ich immer schnell
duschen und fuhr durch ins Kino zu meiner
Flamme. Erst ein wenig arbeiten, dann ein wenig
Film gucken, galaktischer Sex und anschließend
tiefschürfende Gespräche, während wir Arm in
Arm dalagen.
Was soll ich sagen, es war herrlich. Der
Basketball-Club hatte etwas gelitten, zumindest,
was meine Teilnahme und Aufmerksamkeit anging,
aber das war, denke ich immer so, wenn ein Kerl
eine neue Beziehung eingeht. Butze und Krampe
vertraten mich und jeder hatte Verständnis dafür,

so lange ich es nicht zu sehr übertrieb und mich wenigstens alle zwei Wochen blicken ließ.

Und nun hielt ich ihr die Tür meines Passats auf und reichte ihr meine Hand, als sie ausstieg. Wir standen vor Butzes' Haus, in meiner Einliegerwohnung war sie noch nicht gewesen, aber das würde heute auch noch folgen. Sie war mittlerweile nahezu vollumfänglich über meine besondere Situation informiert, nur die Erbschaft hatte ich ihr verschwiegen, weil ich wollte, dass sie mich Loser so mochte, wie ich war, arm, mittellos und ein Vollversager. Bisher klappte das ganz gut. Aber klar, war ich auch deswegen nervös, sie würde heute Abend meine neue Familie kennen lernen, zum ersten mal mein Versteck vor der Welt sehen und bei mir übernachten und ja, irgendwann würde ich ihr auch reinen Wein einschenken müssen, was meine finanzielle Lage und meine nichtexistenten Pläne für die Zukunft anging. Ich hatte noch immer keinen Plan. Ich wusste nur, ich wollte mit Elke zusammen sein, so oft und so lange es ging. Vielleicht für immer, aber nach so kurzer Zeit stand es mir noch nicht zu, darüber zu spekulieren.

So gingen wir also auf das Haus meines besten Freundes zu und die Eingangstür öffnete sich noch, bevor wir dort angelangt waren, und in meinem Kopf sang *Dirk* mit Inbrunst von seinem neuen Spielzeug. Um Einigkeit und Herzlichkeit zu demonstrieren, wollte ich Butze, der die Tür aufgemacht hatte, direkt in die Arme schließen. Dieser schubste mich jedoch mit einer beifälligen Geste an die Seite und umarmte meine Begleiterin aufs Allerherzlichste.

„Keine Manieren, der Kerl, mit dem du hier bist", sagte mein sogenannter Freund mit Schadenfreude in der Stimme. „Es werden immer zuerst die Damen begrüßt."

„Dann musst du wohl der weltberühmte Butze sein", fasste Elke das Offensichtliche zusammen, als sich ihre Körper wieder voneinander lösten.

„Ja, liebste Elke. Genau der, und alles, was du bisher über mich gehört hast, ist stark untertrieben, das positive wie das negative."

„Dasselbe gilt für mich auch", erwiderte meine Begleitung und fing an zu lachen.

Butze legte ihr die Hand auf den Rücken und schob sie in den Flur, begleitet von den Worten: „Darauf baue ich, meine Liebste. Darauf baue ich ganz stark."

Das löste einen weiteren Lachanfall aus. Schienen sich ja gut zu verstehen die beiden, dachte ich grimmig und lief hinterdrein, um den Anschluss nicht zu verpassen. Wie gut die beiden sich auf Anhieb verstanden, merkte ich, als sie mir die Tür vor der Nase zuschlugen und mich sozusagen im sprichwörtlichen Regen stehen ließen.

„Das ist wirklich sehr lustig", begehrte ich auf und trommelte gegen die Haustür, was zu noch mehr Gelächter aus dem Inneren des Hauses führte.

Dumpf hörte ich Butze sagen: „Sollen wir ihn vor oder nach dem Essen reinlassen?"

Elkes Antwort konnte ich nicht genau verstehen, aber nach gefühlten fünf Minuten ging die Tür wieder auf und Yoko ließ mich gnädigerweise herein. Mein Freund und meine Freundin saßen bereits am Esstisch und hatten sowohl ein Bier als auch ein Pinnchen geleert und plauderten angeregt miteinander.

„Die sind wir los", murmelte Yoko und grinste sich einen ab, bei meinem Gesichtsausdruck. Sie gab mir ein Bier und wir gesellten uns dazu.

Es wurde ein ausgesprochen lustiger Abend. Wir ließen uns Pizza von Enzo, der besten Pizzeria der Stadt kommen. Direkt am Marktplatz von Lütgenbömmel gelegen, fabrizierten die zusätzlich zu ausgesprochen guten kreisrunden italienischen Gerichten auch die beste Knoblauchcreme der Welt, mein Ehrenwort. Da hatte man geruchstechnisch zwar die ganze Woche etwas von, aber das war es auch wert.

 Die Scherze gingen den Abend lang zwar zumeist auf meine Kosten, aber alle verstanden sich prächtig. Wir speisten gut, tranken noch mehr und quatschten die Nacht durch. Nach mehreren Runden „Zettelspiel" fielen wir irgendwann halbtot und volltrunken in mein Bett und Elke war höchstoffiziell und gebührend in diese kranke Patchworkfamilie aufgenommen worden. Und das erste Mal, seit wir uns kannten, waren wir zu fertig für alles, vor allem für Sex und ich dankte dem Herrn, an den ich nicht glaubte, dafür, dass morgen Sonntag war und wir ausschlafen konnten.

Kapitel 30 - Philosophie pur

Ich hatte also mehr oder weniger von einem Tag auf den anderen, nicht nur einen Fulltimejob, der echt scheiße war, also reden wir nicht davon, sondern auch noch einen Nebenjob, den ich liebte und genoss. Genau, wie die guten Jahre in der Videothek. Morgens war ich der Büroarsch und abends der Kinoarsch. Letzteres gefiel mir besser. Lag wohl an der Thematik oder Elke oder an beidem.

Das war genauso schnell gegangen, wie im Oktober, als ich von einem Tag auf den anderen erst den Rest meiner ursprünglichen Familie verlor und dann eine neue Familie gefunden hatte.

Butze war der Bruder, den ich nie hatte, beziehungsweise immer hatte, aber ihn nicht so genannt hatte. Mittlerweile tat ich das. Er war mein Bruder, bis in den Tod, auch wenn er nicht das gleiche Blut hatte. Klingt pathetisch, aber ich empfand das so.

Familie suchen wir uns nicht aus, diese ist gezwungen uns zu lieben oder halt auch nicht, aber irgendwie ist man immer verbunden. Freunde suchen wir uns aus und an Freundschaften muss man arbeiten, wenn man das nicht tut, gehen sie zu Grunde. Und man hat keine wiederkehrenden Gelegenheiten, wie Geburtstage oder Weihnachten, wo man dann doch wieder zusammen kommt, nur weil man den gleichen Nachnamen hat. Wenn Freunde sich nicht mehr mögen und nicht an ihrer Beziehung arbeiten, gibt es keinen Grund, in Kontakt zu bleiben. Das ist bei Freunden so und bei Partnern. Das war mir früher nicht klar gewesen, ich dachte, ich brauche nur mich, zum glücklich sein. Ich war ein absoluter Egoist.

Aber mittlerweile hatte ich den Wert erkannt, mit Menschen Zeit zu verbringen, die einen mögen und die man selbst mag. Wir haben nur eine begrenzte Zeitspanne auf dieser blauen Kugel und ich hatte erkannt, dass die Menschen, die uns auf dieser Reise ins Ungewisse begleiten, dieses Leben erst lebenswert machen.

Butze war immer für mich da gewesen, stellte keine Forderungen, wir waren eins, nur in getrennten Körpern. Ähnlich erging es mir auch zunehmend mit Elke. Wir verbrachten viel Zeit zusammen, kümmerten uns um das Kino, unternahmen tolle Sachen und genossen einander. Sie wurde herzlich in meine oder war es Butzes' Familie, oder war es am Ende auch egal, aufgenommen, wobei mir etwas stank, das Butze und sie sich gegen mich verbrüderten und er ihr einfach zu viele Geschichten aus meinem Leben erzählte, die ich wahrscheinlich für mich behalten hätte.

Darauf angesprochen erwiderte er einmal an einem gemütlichen Abend im März, als wir nach dem Training zusammen bei einer Hopfenkaltschale fachsimpelten.

„Wenn sie diese ganze Scheiße über dich weiß und dennoch bei dir bleibt, dann ist das die Frau deines Lebens."

„Und wenn sie mich deswegen verlässt?"

„Dann war sie nicht die Richtige."

Butze hatte eine bestechende Logik und war ein weiser Mann, aber das konnte ich dennoch nicht so stehen lassen und fragte: „Und wenn sie nur wegen dieser Geschichte bei mir bleibt?"

Er sah mich fragend und leicht unverständig an.

„Na ja, ich meine, wenn sie nur herausfinden will, ob ich noch immer dieser kaputte Chaot bin. Oder wenn sie so ein Helfer-Syndrom-Dingen hat und sich zu Verlierern hingezogen fühlt?"

„Dann isse bekloppt. Genauso bekloppt wie du. Genauso bekloppt, wie jemand, der solche Fragen stellt und um so viele Ecken denkt. Wir sind doch hier nicht innem *Woody Allen*-Film."

„Wir sind aber auch nicht inner *Nicholas Sparks*-Verfilmung", gab ich zu bedenken.

„So kranke Ideen, wie du hier auftischt, da sind wir wahrscheinlich eher innem *David Lynch*-Film."

„Mir wäre gerade am liebsten, wir wären innem Disney-Film, wo sie glücklich und zufrieden leben bis an ihr Ende und wenn sie nicht gestorben sind…"

„…dann leben sie noch heute", vervollständigte mein Kumpel, meinen Satz für mich und fügte hinzu: „Dir ist aber schon klar, dass das hier das reale Leben ist, oder?"

Ich schwieg einen Moment, sah Butze tief in die Augen und erwiderte: „Mein lieber bester Freund, mein Blutsbruder, mein Seelenverwandter, ich sage dir jetzt was im Vertrauen, eine universelle Weisheit, die kaum ein lebender Mensch kennt."

„Oha."

„Ja, oha und jetzt halt die Klappe und mach nicht die soeben aufgebaute Stimmung kaputt, du nichtswürdiger, ungläubiger Sterblicher…"

„Den Film kenn ich gar nicht", gab Butze zurück und unterbrach mich schon wieder dreist.

„Schnauze, das ist auch ausnahmsweise aus keinem Film, das kommt von mir, aus meiner tiefsten Seele, meinem Herzen und…"

„Deinem Arsch!", fuhr er dazwischen.

„Willste es jetzt hören oder nicht?"

„Klar will ich. Ich bin jetzt ruhig. Komm raus damit. Ich muss pissen."

Nicht gerade die Stimmung, die ich mir für meine universelle Erkenntnis über die tiefsten Geheimnisse des Universums und irdischen

Lebens gewünscht hätte, aber man nimmt, was man kriegen kann. In meinem Kopf sang *Michael* ohnehin vom Ende der Welt, wie wir sie kennen. Ein Text, der verdeutlichte, wie sehr ich das Weltbild meines besten Freundes mit meiner profunden Erkenntnis über das Leben zu erschüttern gedachte.

„Das Leben", setzte ich an.

„...findet immer einen Weg...", unterbrach der Drecksack mich zum gefühlt hunderttausendsten Mal.

Ich sah ihn an und aufgrund der schieren Intensität erwartete ich eigentlich, dass er tot umfiel, was er aber nicht tat.

„Ok. Komm raus damit, ich muss echt aufs Klo."

„Das Leben... (Kunstpause)..., wie wir es kennen ...(laaaange Kunstpause) ..., ist auch nur ein Film."

Mein Freund sah mich an, als ob ich den Verstand verloren hatte.

„Denk mal drüber nach, mal Komödie, mal Drama, mal Porno, mal Thriller, aber unterm Strich, immer nur ein Film, mit Genremix und Schwerpunkten. Jeder ist sein eigener Protagonist, abzuwarten ist lediglich, ob er oder sie zum Helden oder zum tragischen Helden in seiner bzw. ihrer eigenen Geschichte wird. Und welches Genre bestimmend für die Gesamtgeschichte ist. Problematisch ist es nur, wenn man in seinem eigenen Leben die lustige Nebenrolle ist. Das wäre dann gar nicht lustig."

„Bisse feddich?"

„Ja."

Ich erwartete Applaus oder ein anerkennendes Wort, weil ich es wirklich geblickt und den Mut gehabt hatte, es laut auszusprechen. Ich bekam nichts davon.

Butze stand ohne ein weiteres Wort auf und ging pinkeln. Wir haben nie wieder über meine Theorie gesprochen.

Kapitel 31 - Von Menschen und Tieren

Der restliche März und April vergingen wie im Flug und Elke und ich wuchsen immer mehr zusammen. Es war wunderschön. Ich hatte endlich eine Beziehung und was für eine. So eine erfüllende Zeit durfte ich selten in meinem Leben genießen.

Der Frühling kam früh und heftig. Wir hatten eines Samstagmorgens entschlossen, mal in den Romberg-Park zu fahren. Elke hatte von Yoko gehört, dass es dort ganz zahme Eichhörnchen geben sollte und dass man diese im Park füttern könne.

Meine unbestreitbar bessere Hälfte war sofort Feuer und Flamme, sie stand auf diese kleinen Nager mit den puscheligen Schwänzen. Mir waren die Viecher leicht suspekt. Viel zu schnell und viel zu hektisch, das ging mir gegen mein Gemüt, aber was macht man nicht alles für seine Freundin.

Da wir nicht mit dem Auto fahren wollten, liehen wir uns die Räder von Butze und Yoko aus. Damit die beiden mal etwas Privatsphäre genießen konnten, nahmen wir die beiden älteren Kids mit.

Auch Elkes Idee, wobei sie wohl von den Eltern etwas beeinflusst worden ist, nahm ich zumindest an. Das hatte ich aber auch gar nichts gegen. Wo ich etwas gegen hatte war, dass wir auch Fußhupe mitnahmen. Und zwar absolut stilecht im Kinder-Fahrradanhänger, da das kleine Ding ja nicht neben den Rädern herlaufen konnte. Wer zog die kleine Töle dann wohl? Ich, wer sonst. Fußhupe war so klein, dass man ihr Gewicht gar nicht spürte und ich war auch angenehm überrascht, wie leicht der Anhänger war. Also machten es sich die kleine Julia und ihr Hündchen im Anhänger bequem und ließen sich von mir chauffieren. Während ich vorausfuhr und Elke die Nachhut bildete, nahmen wir Max in die Mitte, der konnte schon selbst in die Pedale treten. Nüsse für die Eichhörner, wie Julia sie nannte, hatten wir noch in rauen Mengen von Weihnachten über. Die Kids hatten sich eher über die Schokolade her gemacht und diese verschmäht. Also kamen wir nach ca. 15 Kilometern, sagte zumindest der Tacho, bei denen aber natürlich bei jedem weiteren der Anhänger immer schwerer wurde, in Brünninghausen an.

Da der Romberg-Park direkt neben dem Dortmunder Zoo liegt und ein Botanischer Garten mit Ausnahme der Eichhörnchenfütterung für die Blagen jetzt nicht ganz so interessant zu werden versprach, ließen wir uns breit schlagen und gingen zuerst allesamt in den Zoo. Es war ja noch früh am Tag. Die Fußhupe allerdings, waren wir gezwungen zu verstecken, da Hunde generell nicht erlaubt waren. Blindenhunde ja, aber so schlecht waren meine Augen dann doch noch nicht. Also setzten wir die Töle mit Julchen in den Anhänger und versteckten sie, so gut es ging, was bei dem faulen Hundevieh nicht so schwer war. Überraschenderweise kamen wir sogar damit durch. Ich fand es aber schon erstaunlich, dass man einen Heideneintritt dafür bezahlen musste, dass die Kinder sich wenig bis gar nicht für die Tiere interessierten, sondern die Hauptattraktionen eigentlich Eis, Pommes Mayo und Spielplatz hießen. Zumindest verbrachten wir damit die meiste Zeit. Ich fand den Zoo wie immer sehr schön. Er hat zwar nicht den gleichen guten Ruf wie Duisburg, Köln oder das Ding bei den Schalkern, aber für einen gelungenen Familienausflug war er allemal geeignet.

Es war schon früher Nachmittag, als wir dann den einen Park verließen, nur um in den nächsten zu gehen. Erst 28 ha Tierpark und nun 68 ha Pflanzenpark fand ich etwas viel, was ich auch äußerte und Erwachsene wie Kinder waren sich einig, es sollte möglichst direkt zu den Eichhörnchen gehen. Also klares Ziel, die Lustgrotte der Nager von der buschigen Gestalt. Ok, Lustgrotte ist der falsche Ausdruck, es handelte sich um eine Baumgruppe, in der die Viecher hausten. Also schob Elke die Fußhupe, die absolut keinen Bock auf nur einen lausigen Zentimeter Bewegung hatte, mit dem Wagen wie eine Königin in ihrer Sänfte den Weg entlang, während ich die kleine Julia an der Hand hatte. Max lief immer wieder voraus, spielte Geheimagent oder sowas.

„Wie friedlich es hier ist. Und so harmonisch, mit den Kindern", sagte Elke mit einem verzückten Blick.

Sie sagte das, in dem gleichen Moment, in dem Max mit seinem Mund Maschinengewehrräusche machte, sich hinter einen Baum schmiss und kurz darauf mit einem Kusselkopp wieder aus seiner Deckung hervor kam.

„Ja, so friedlich", stimmte ich lachend zu.

Aber Elke hatte recht, das war schon ein schöner Ausflug. Wir spazierten durch die buchstäbliche Botanik wie eine richtige Familie.

Am Refugium der vermeintlich zahmen Eichhörnchen angekommen, hatte ich auch keinen Bock mehr zu laufen und setzte mich mit einem lauten Seufzen unter einen Baum in den Schatten. Elke versuchte, den Kindern Nüsse zu geben, damit sie die Nager anlocken konnten, bekam aber den Knoten der riesigen Tüte nicht auf.

„Kannst du mir mal bitte helfen, Justus?"

„Klärchen. Lass den Onkel das mal machen", sagte ich und ließ mir von ihr die Tüte geben. Erwartungsvoll sahen sie und die Kinder mich an. Ich zückte mein Hümmelchen, das ich mangels Schweizer Taschenmesser aus Yokos Küche stibitzt hatte und schnitt die Tüte mehr oder weniger akkurat auf, was aber zur Folge hatte, dass sich die meisten auf, neben und unter mir verteilten.

Als hätte jemand das Horn von Gondor geblasen, kamen Scharen von kleinen roten Gestalten auf mich zugelaufen oder ließen sich direkt vom Baum in meinen Schoß plumpsen. Zahm ist ja ok, aber das hatte auf mich mehr die Wirkung einer Großoffensive, weshalb ich auch stocksteif dasaß und mich nicht rührte. Die Kinder lagen trommelnd auf den Boden und auch Elke bog sich vor Lachen.

„Sehr friedlich hier", versuchte ich möglichst ohne jede Regung zu sagen.

Dabei schreckte ich jedoch eines der Geschöpfe auf, dass sich ungelogen in meinem Schoß aufrichtete und mich warnend ansah.

„Was soll ich denn jetzt machen?", flüsterte ich leicht verunsichert.

„Na entweder lässt du es über dich ergehen oder du versuchst, langsam aufzustehen", sagte Elke noch immer kichernd.

„Toller Tipp. Die Eichhörnchenbrigade nimmt mich gefangen, der kleine General versucht, mich zu hypnotisieren, und du lachst."

Nicht nur das, sie nahm auch ihr Handy raus und filmte mich mit unverhohlener Freude.

„Geht's noch?"

„Stell dich nicht so an, du Jammerlappen, die tun doch nichts."

„Noch nicht."

Das taten sie tatsächlich nicht. Mittlerweile wuselten bestimmt 20 langschwänzige und mit scharfen Krallen bestückte Eichhörnchen um und auf mir herum und versuchten, sämtlicher Nüsse habhaft zu werden. Erst als Fußhupe wie eine aufgescheuchte Furie aus dem Fahrradanhänger sprang, auf uns zuraste und mit einem maschinengewehrartigen Bellen kurz vor meinen Füßen zum Stehen kam, war es um die Contenance der Zwergenarmee geschehen. Als ob alle gleichzeitig an einem Red Bull genascht hätten, und nun vor Koffein kaum wussten, wohin mit ihrer Energie, kam hektische Bewegung in das Rudel, dass nun aus 20 *Hammys* zu bestehen schien.

Der Anführer quiekte irgendwas in der ihm eigenen Sprache und blies zum Angriff. Zwei seiner Waffenbrüder sprangen hinter Fußhupe, um sie abzulenken und nahmen ihr gleichzeitig den Rückzug. Und der kleine Napoleon sprang, nachdem sie sich umgedreht hatte auf ihren Rücken und ab ging die wilde Fahrt.

Jetzt machten Elke, Julia und Max doch ein bestürztes Gesicht, während Fußhupe so schnell sie mit ihren Stummelbeinchen rennen konnte, selbiges tat, um ihre Haut zu retten.

Ich wollte aufspringen, um meine neue hündische Freundin zu unterstützen, wir hatten ja mittlerweile auch schon einiges gemeinsam durchgemacht, wurde aber von der verbliebenen Armee festgenagelt. Bestimmt 15 dieser Viecher saßen auf mir und funkelten mich zornig an.

„Justus, tu doch was", sagte Elke.

Ich konnte mich nicht rühren. Erst als sie geistesgegenwärtig ihre Finger in den Mund steckte und ein lauter Pfiff ertönte, starrten sie alle Augen an. Sechs menschliche, vierzig Nageraugen und zwei Hundeaugen. Fußhupe reagierte prompt, schüttelte seinen ungebetenen Passagier ab und raste in die andere Richtung, diesmal genau auf mich zu. Da wollte ich mich nicht lumpen lassen und stand ebenfalls auf, während die kleinen Gestalten schockstar von mir abfielen.

Fußhupe sprang aus vollem Lauf in meine Arme und wir brachten uns mit einem Spurt in die vermeintliche Sicherheit. Doch da hatten wir die Rechnung ohne die zotteligen Kreaturen gemacht. Angeführt vom Mini-Napo nahmen diese die Verfolgung auf.

So rannte ich also mit einer winselnden Fußhupe auf dem Arm durch den botanischen Garten und hinterdrein lief eine Schar von Eichhörnchen, was natürlich nicht wenige Menschen dazu veranlasste, sich das Spektakel anzusehen. Da die Nager aber natürlich schneller waren als ich, hatten sie uns doch recht schnell eingeholt und schnitten mir abrupt den Weg ab. Das brachte mich mal wieder ins Straucheln und ich fiel der Länge nach auf die Schnauze, konnte mich im Sturz aber zumindest noch drehen, um die Töle nicht unter mir zu zerquetschen.

Ich würde jeden Eid schwören, dass die Viecher sich daraufhin die kleinen Bäuche hielten und sich kaputtlachten. Dann strebte die ganze Schar zurück zu dem unerwarteten Nusssegen, sammelte alle auf und verzog sich wieder. Die Kinder und die sogenannte Erwachsene rollten sich noch immer vor Lachen ab.

Elke hat diese Version meinerseits aber nie bestätigt. In ihrer Welt hatte Fußhupe die Eichhörnchen zwar angekläfft, nachdem sie mich eingekreist hatten, um die ganzen Nüsse einzusacken, diese ließen sich aber nicht wirklich stören. Sammelten einfach die Nüsse auf und verschwanden wieder in den Baumwipfeln, während ich steif am Boden lag und mich nicht rührte, bis auch wirklich alle Nager wieder verschwunden waren.

„Na Killer", empfing Elke mich.

„Ganz starker Auftritt, Onkel Justus", fügte Max hinzu und auch Julia ließ sich nicht lumpen: „Dass du aber auch immer so einen Quatsch machen musst."

„Ich hab doch gar nichts gemacht, das Katastrophen-Kommando hat mich doch angegriffen", beteuerte ich meine Unschuld.

Aber da waren die Drei anderer Meinung.

„Also mein Bedarf ist gedeckt. Wie wäre es mit Heimfahrt?"

„Klar, die Show hat uns gereicht und Tante Elke hat alles auf Video", grinste Max mich an.

„Geht nachher alles auf Youtube. Ich nenne dieses Kunstwerk *Der Eichhörnchenflüsterer*", gab Elke zurück.

„Au fein. Dann können wir uns das ja immer wieder ansehen", freute sich Julia spitzbübisch.

„Ja, mega. Mein Leben ist wohl doch eine Komödie. Zahme Eichhörnchen ... am Arsch!", sagte ich verbittert.

Und weil sich die noch immer auf meinem Arm befindliche Fußhupe auch noch einen qualifizierten Kommentar abgeben wollte, pinkelte sie mir kurzerhand auf mein T-Shirt.

Familienausflüge, herrliche Sache das.

Trotz dieser Begebenheit machten wir an den Wochenenden weiterhin grundsätzlich irgendwelche Ausflüge, waren in der ganzen Zeit unzertrennlich und wichen einander nicht von der Seite. Wir haben gebrannte Mandeln im Gysenberg-Park gegessen und uns im Streichelzoo vergnügt. Auf der Rennbahn haben wir sogar auf Pferde gewettet und natürlich verloren, was uns aber ziemlich schnuppe war. Den Tierpark in Bochum, gleich hinterm Planetarium haben wir genauso besucht, wie den Westfalenpark, wo wir auch mit der Seilbahn gefahren sind. Dabei wäre ich fast abgestürzt, aber das tut jetzt hier nichts zur Sache. Wir tranken und feierten mehrfach ausgiebig im Bermuda Dreieck, wo wir auch nach einigen Wochen noch lange nicht alle Locations durchhatten. Auch der Kemnader Stausee war vor uns nicht sicher, da sind wir nicht nur drum herum gelaufen, sondern auch Boot gefahren.

Die meisten Ziele fallen mir schon gar nicht mehr ein, ich weiß nur noch, dass es wunderbar war und zwar jedes einzelne mal.

Wahrscheinlich machten wir diese Ausflüge nur, um mal rauszukommen und nicht immer vor der Leinwand oder im Bett herumzulungern. Frische Luft und Sonne haben ja durchaus auch mal was für sich.

So machten wir in diesen zwei Monaten also alles, was uns einfiel. Und was uns gefiel, zogen wir gnadenlos durch, ungeachtet aller Hindernisse. Wir waren mitunter sogar sportiv unterwegs: Wandern, Radfahren, Schwimmen, Sauna. Uns wurde nie langweilig und uns ging nie der Gesprächsstoff aus. Wir lachten ständig und hatten einfach Spaß, genossen einander.

Ich dachte, es würde ewig so weitergehen. Ging es natürlich nicht. Das Leben lacht sich halt kaputt, wenn wir Pläne machen. Nichts fickt dich so hart wie das Leben. Ohne Vaseline. Und als es so weit war, tat es weh, verdammt weh, wie auch *Matthias* in meinem Kopf sang. Und ich hörte ihn im nächsten Kapitel noch immer.

Kapitel 32 - Scherbenhaufen

Wie bereits zaghaft angedeutet, war alles einfach wunderbar, allerdings nur bis zum letzten Sonntag im April. Am Donnerstag vorher offenbarte Elke mir abends, sie bräuchte mal ein Wochenende für sich. Und ich voll infantiler Honk dachte mir zunächst auch nichts dabei. Im Gegenteil, irgendwie freute ich mich, auch mal wieder ein wenig Zeit für mich zu haben. Erst freitags zum Training statt ins Kino zu gehen und mich dann am Samstag und Sonntag meinem „Neffen und meinen Nichten" zu beschäftigen. Sowohl ich als auch Butzes' Familie waren in den letzten Wochen ein wenig zu kurz gekommen. Meinen besten Freund hatte ich auch nur beim freitäglichen Training gesehen. Ansonsten war ich vom Bürojob mehr oder weniger aus direkt ins Kino gefahren und hatte natürlich auch bei Elke genächtigt. Butze nahm es mir nicht übel, er freute sich für mich. Bester Typ der Welt.

Und doch, nachdem der Samstag und der Sonntag größtenteils elkelos vergangen waren, erreichte mich eine Whatsapp. Ja, mittlerweile nutzte ich diese App auch. SMS schrieb ja keiner mehr. In dieser Besonderen von Elke stand etwas, eingeleitet durch Worte, die niemand jemals hören oder lesen will: „Hey Just. Wir müssen reden. Heute Abend um 20:00 im Hicc Up."

Kein „Ich liebe Dich" und kein „Alles wird gut" und schon hatte ich einen Stein im Magen, von der Größe eines Hinkelsteins, an dem selbst der große Gallier zu knabbern gehabt hätte.

Das Hicc Up ist ein kleiner Pub in Dorstfeld nahe der Universität, wo man nicht nur ein leckeres Guinness bekommt, sondern auch Billard spielen und was Leckeres futtern kann. Aber Hunger hatte ich nicht und meine Vorfreude hielt sich entsprechend der Androhung in Grenzen.

Gestriegelt und geschniegelt traf ich gegen 19:45 auf der Wittener Straße ein, wohlwissentlich, dass es mit Parkplätzen hier immer schwierig war. Das Lokal befand sich direkt an einer Hauptstrasse und wie fast überall in Dortmund gab es einfach zu viele Menschen, zu viele Anwohner und zu viele Autos. Das kannte ich schon zu Genüge.

Und doch hatte ich Glück. Nahe des Eingangs fuhr gerade ein Mütterchen in Ihrem Corsa aus der Parklücke, natürlich ohne Selbiges durch ihren Blinker anzukündigen. Warum auch? Sie wusste ja wahrscheinlich, wohin sie wollte. Ich hingegen war gezwungen, voll in die Eisen zu steigen, hatte dafür aber auch einen Parkplatz. Etwas eng, aber wer parken kann, den schreckt auch das nicht und irgendwie gelang es mir, mein Vehikel hinein zu bugsieren.

Da stand bzw. vielmehr saß ich nun in banger Erwartung und weil ich so nervös war, zündete ich mir einen Glimmstängel aus der Schachtel Marlboro an, die ich auf dem Weg in der Tankstelle an der Kreuzung erstanden hatte. Ich hatte jetzt fast zwei Monate nicht geraucht und es schmeckte scheusslich, aber mein Hirn suggerierte mir, das ich etwas bräuchte, um meine flatternden Nerven zu beruhigen. Anzünden musste ich die Zigarette mit einem rosafarbenen Feuerzeug, was anderes hatten die nicht. Auch dafür muss man Manns genug sein. Aber im dunklen Auto sah mich ja keiner.

Nachdem ich es nicht mehr hinauszögern konnte, betrat ich den Pub und wandte mich in Richtung Tresen, um nach dem reservierten Tisch zu fragen. Das Hicc Up war, wie es sich für einen Pub gehört sehr urig eingerichtet. Dunkel, die Wände mit ebenfalls dunklem Holz verkleidet. Auch der Boden und das Interieur waren größtenteils aus dunklem Holz gefertigt. Allgegenwärtig die Bierreklamen von Kilkenny und Guinness. Bilder von irischen Landschaften an den Wänden. Und das Mobiliar, was Tische und Stühle angeht, ansonsten bunt zusammengewürfelt. Alles Unikate, halt kein Franchise Betrieb. Und was das Wichtigste war, natürlich urgemütlich.

Sonntag abends war naturgemäß nicht ganz so viel los, weswegen ich Elke auch direkt sah. Sie saß auf der Chaiselongue rechts in der Ecke und machte ein gequältes Gesicht, war tief in Gedanken versunken.

Als ich vor ihr stand, brachte ich nur ein leises „Hallo" zu Stande, was sie aber trotzdem so erschreckte, dass sie ihr Glas Wasser umstieß. Betroffen sah sie der herbeieilenden Bedienung entgegen, die sich direkt mit finsterem Blick daran machte, die Sauerei aufzuwischen, fing sich aber direkt wieder.

„Wenn Sie das aufgewischt haben, seien sie doch so freundlich und bringen mir das Gleiche noch mal und ein Guinness für meine Begleitung."

Die Kellnerin sah auf und schaute Elke an, als ob sie sie am liebsten erwürgen wollte.

„Und wenn sie das nicht zügig und mit einem Lächeln tun, hat sich ihr Trinkgeld direkt erledigt", raunte meine Verabredung ihr dann noch zu. So fies kannte ich sie gar nicht und machte mir jetzt endgültig erhebliche Sorgen. Der Hinkelstein in meinem Magen war soeben zu den Rocky Mountains geworden. Die Bedienung fügte sich und rauschte von dannen.

„Setzt dich doch", sagte Elke nun etwas freundlicher zu mir.

„Dir ist klar, dass sie entweder in unsere Getränke reinspuckt oder der Barmann reinpinkelt?", versuchte ich es mit Humor.

„Das macht auch nichts mehr", gab sie resigniert zurück.

„Was ist denn los mit dir?", fragte ich vorsichtig, nachdem ich Platz genommen hatte.

„Ich muss etwas mit dir besprechen."

„So viel habe ich schon verstanden. Aber um was geht es? Hast du den Slip von der Kleinen, aus der Bude, bei mir in der Wohnung gefunden?", versuchte ich abermals der Situation mit Humor zu begegnen.

Der Blick, den ich erntete, sagte klipp und klar, zweite Versuchsrakete E5 und platsch, um mal im „Schiffe-Versenken-Jargon" zu reden.

„Das wäre gar nicht so schlecht. Das würde es mir leichter machen."

„Was zur Hölle leichter machen?"

Langsam wurde ich ärgerlich.

„Ich dachte, alles wäre toll und wir sehen einer rosigen gemeinsamen Zukunft entgegen?"

„Ach, Just. Bist du wirklich so naiv?"

„Wie meinst du das?"

Bevor sie antworten konnte, kam Elkes Mobbing-Opfer zurück und stellte die Gläser vor uns ab. Als sie sich abwenden wollte, hielt ich sie mit der linken Hand am Arm fest, hob mein Pint Guinness an und leerte es in einem Zug.

„Machen sie mir doch bitte noch ein Black & Tan", wandte ich mich ihr zu und ließ ihren Arm wieder frei. Sichtlich erleichtert schob sie ab.

„Also inwiefern naiv?"

„Beeindruckend", sagte sie leicht ironisch mit einer hochgezogenen Augenbraue.

„Nicht wirklich", entgegnete ich trocken.

„Gehts dir jetzt besser?"

„Mir wird es erst besser gehen, wenn du mit der Sprache rausgerückt bist."

Oder viel, viel schlechter, dachte ich, behielt das aber aus taktischen Gründen für mich. Das alte Spiel mit dem Stolz, anstatt einfach und ehrlich miteinander zu kommunizieren.

Elke räusperte sich und setzte an: „Naiv in der Hinsicht, dass du doch nicht wirklich glauben konntest, dass wir wie der einsame Cowboy zusammen in den Sonnenuntergang reiten werden."

„Die Frage ist, wer von uns beiden bei diesem Bild *Jolly Jumper* ist?"

„Du weißt, was ich meine", antwortete sie genervt.

„Ja, aber das erklärt noch immer rein gar nichts."

„Machs mir doch nicht so schwer. Du hast gemerkt, dass sich kaum noch einer in mein Kino verirrt. Die neuen Filme kann ich mir nicht mehr leisten und zunehmend auch technisch nicht mehr abspielen. Und wozu sollte ich in die Technik investieren, dadurch kommen auch nicht mehr

Zuschauer, die sitzen lieber im Jogger auf ihrer Couch und netflixen."

War das jetzt wirklich schon ein Verb geworden? Netflixen? Hieß das dann auch Primen? Da war ich jetzt überfragt.

„Ok. Das verstehe ich, dann musst du das Kino also verkaufen und dir einen anderen Job suchen."

„Das war nicht nur irgendein Job und das weißt du genau. Das war mein Leben, meine Erfüllung."

Ich wollte ihre Hand nehmen, ihr sagen, dass alles gut wird. Aber das konnte ich nicht, da sie ja nicht nur ihren Broterwerb in Frage stellte, sondern auch uns.

„Ja das ist scheiße. Eine himmelschreiende Ungerechtigkeit. Aber was hat das in letzter Konsequenz mit uns zu tun?"

„Du bist mit deinem Hiwi-Job doch auch nicht erfüllt. Wovon sollen wir leben, was sollen wir machen? Auf Dauer, meine ich. Und in Zukunft? Wie wollen wir eine Familie gründen? Wie sollen wir unsere Kinder ernähren?"

Wovon zur Hölle redete sie da auf einmal? Familie? Kinder? Davon war doch bis jetzt nicht die Rede gewesen.

Elke musste mir meine Gedanken an der Nasenspitze abgelesen haben: „Und genau das meine ich. Daran hast du noch keinen Gedanken verschwendet, oder?"

„Nein, habe ich nicht. Wir sind seit knapp drei Monaten zusammen."

„Ja, aber ich bin 36. Und mein Leben bricht gerade auseinander. Ich habe nicht mehr viel Zeit, um es auf die Reihe zu kriegen. Ich möchte Mutter werden. Ich brauche eine richtige Arbeit. Und ich brauche einen Mann an meiner Seite, der mit mir eine Familie gründen will und diese auch ernähren kann."

Jetzt hätte ich ihr natürlich von meiner Erbschaft erzählen können, diese hätte ja zumindest schon mal für ein Eigenheim gereicht. Aber ich war zu verletzt.

„Bist du jetzt total verrückt geworden?"

Die Kellnerin brachte mir meine Bestellung und flüsterte mir beim Abstellen zu: „Lass sie ziehen. Das ist deine Chance für den Absprung."

Da hatte wohl noch jemand eine Rechnung offen. Elke hatte es nicht bemerkt, doch ich erwiderte lauter als nötig: „Schieb ab, bevor ich aus der Rolle falle", so dass einige Gäste sich zu uns umdrehten. Zumindest die, die bis dahin noch nichts von unserem Gespräch mitbekommen hatten und nicht eh schon die Ohren spitzten. Mit hochrotem Kopf floh die Bedienung von unserem Tisch.

„Was erzählst du mir denn da? Bis Freitag waren wir glücklich und zwei Tage später ist alles schlecht?"

Ich begriff zu diesem Zeitpunkt nicht, dass Elke auf sich selbst nicht klar kam. Das sie frustriert und wütend wegen ihres Scheiterns war, sich schämte und ein Ventil brauchte. Sie wusste wahrscheinlich keinen Ausweg mehr. Und das entlud sich nun auf unsere Beziehung. Aber da war er wieder dieser gottverdammte Stolz, heimtückische Bastard, der er war. Statt das also zu begreifen und sie fest in den Arm zu nehmen, sagte ich: „Dann musst du dir wohl jemand anderen suchen."

Jetzt war es an ihr, einen hochroten Kopf zu bekommen und mich wütend anzustarren.

„Du blöder ..."

„Was? Was willst du von mir? Sollen wir morgen heiraten? Soll ich dich anbumsen? Aus dem Nichts eine Karriere starten, damit du zu Hause bleibst und unser Kind aufziehen kannst?"

Ich hatte das unbestimmte Gefühl, das da noch etwas war, was ihr zu schaffen machte, aber ich war wütend und ich wollte ihr weh tun, so wie sie mir weh tat.

Sie schlug die Hände vors Gesicht und atmete tief durch, wahrscheinlich um die Situation nicht noch mehr aus dem Ruder laufen zu lassen. Man hätte Popcorn an die anderen Gäste verteilen können. Sie fanden unseren Streit wahrscheinlich besser als jede Soap, live und in Farbe. Die Kellnerin stand am Tresen, unterhielt sich mit dem Barkeeper und grinste höhnisch.

Elkes Gesichtsausdruck war sehr hart geworden und ihre Stimme bedrohlich leise, voller unterdrücktem Zorn, als sie antwortete: „Ich denke, das war's mit uns. Ich schließe ab sofort das Kino. Der Makler ist schon beauftragt und wird sich um alles kümmern."

Stoisch und um Gleichgültigkeit bemüht sah ich sie an, ohne mich zu regen. Pokerface. Männlicher Stolz. So ein abartiges, dummes und widerliches Konzept.

„Ich fahre morgen zu meinen Eltern nach Apen, wo ich vorübergehend wohnen werde, bis das Kino verkauft ist und ich weiß, was ich mit meinem restlichen Leben anfangen werde."

Das konnte sie doch nicht machen, einfach so. Und wo zur Hölle war Apen? Aber ich sagte immer noch nichts.

Also passierte, was passieren musste. Sie stand auf, da ich keinen Versuch unternahm, das Gespräch weiter zu führen, flüsterte mir ein „Machs gut, Just" zu, während sie 20 Euro auf den Tisch warf und ging. Sie ging einfach. Ich hielt sie nicht auf.

Mein Leben war von einer Sekunde auf die andere Mal wieder im Arsch. Ich tat, was ich tun konnte, um es noch mehr zu verschlimmern, und rannte ihr nicht hinterher. Stattdessen hob ich meinen Arm, um der Kellnerin, die wie der restliche Pub

278

auch nur darauf wartete, meinen Kummer zu begaffen, zu signalisieren, dass ich etwas bestellen wollte.

Aber nicht die Rechnung. Ich instruierte sie mir alle fünf Minuten ein frisches Guinness zu bringen, sowie einen Single Malt und das für die nächsten 60 Minuten.

Damit ich meine Bestellung auch wirklich bekam, schob ich ihr 300 € zu, mit der üblichen Floskel, den Rest könne sie behalten.

„Wieso 60 Minuten?", fragte sie argwöhnisch.

„Weil ich wahrscheinlich in 60 Minuten von diesem Stuhl fallen werde. Und mein Kumpel mich dann abholt."

„Es ist dein Leben", meinte sie, steckte aber schnell das Geld ein, bevor ich es mir anders überlegen konnte.

Als ich die ersten Getränke erhielt, schrieb ich Butze eine Whatsapp mit der Bitte, mich im Hicc Up einzusammeln und keine Fragen zu stellen. Ich war sehr gespannt, was passieren würde. Wann würde ich vom Stuhl kippen? Wer würde mich hier abholen? Der Krankenwagen oder mein bester Freund?

Kapitel 33 - Katerstimmung

Die Ambulanz war schneller. Butze hatte die Whatsapp wohl zu spät gelesen und nachdem ich, wie vorausgesagt tatsächlich vom Stuhl gefallen war, hatte das Personal Erbarmen und rief einen Krankenwagen. Ich bin nicht stolz drauf, möchte aber doch zu Protokoll geben, dass ich sogar 75 Minuten durchgehalten habe. Das Resultat war natürlich eine Alkoholvergiftung.

Wenn ich eins im Leben wirklich hasse, ist es, wenn Essen oder Getränke den rückwärtigen Weg nehmen. Es gibt kaum etwas Schlimmeres als diese fiese Magensäure und Galle in Hals, Rachen und Mund. Aber gnädigerweise bekam ich davon wenig bis gar nichts mit und erwachte in einem arschfreien Nachthemd im Krankenhaus, in einem Vier-Bett-Zimmer, dass nach alten Menschen roch. Der Soundtrack bestand aus Schnarchen und Furzen und mir ging es gar nicht gut.

Es dauerte auch ein wenig, bis ich begriff, was passiert war und wo ich hier lag. Und dann fing ich an zu weinen. Ich konnte nicht anders. Ich trauerte um meine Beziehung, die ich voll gegen die Wand gefahren hatte. Um meine Mutter, meinen Vater und selbst um meinen verlorenen Bruder. Ich trauerte um alles, aber eigentlich bemitleidete ich nur mich selbst. Ich bekam einfach nichts auf die Reihe, egal, was ich mir einredete, es war alles scheiße und dafür gab es auch kein beschönigendes Wort. Und nur ich war schuld. Ich war ein Loser, ein dämlicher, abgefuckter Loser und ich hatte keinen Bock mehr.

Entgegen meiner Stimmung schien die Sonne in das Zimmer und durchflutete es regelrecht. Dem Stand der Sonne nach war es bereits vormittags.

Also zog ich mir die Kanüle aus dem Arm, hoffend, dass ich daran verbluten würde, was natürlich totaler Kappes war. Da ich das relativ schnell einsah, versuchte ich aufzustehen und nach einer gefühlten Ewigkeit saß ich auch aufrecht im Bett, woraufhin aber mein Kopf jeglicher weiteren Unternehmung erst einmal ein Ende setzte. Obendrein hörte ich *Daniel* in meinem Kopf singen, dass ein Kater und *Darth Vader* einiges gemeinsam hatten. Es tat verdammt weh und deshalb wollte ich es beenden. Das brachte hier doch eh alles nichts. Die Welt wäre besser dran ohne mich. Ich war kein produktives Mitglied der Gesellschaft. Ich war ein Parasit. Unnütz. Reine Luft- und Platzverschwendung. So beschloss ich, mich in meiner aktuellen Gemütsverfassung selbst zu entsorgen.

Ich stand vorsichtig auf, zittrige Knie hielten mich gerade so und tapste aus meinem Krankenzimmer. Mein Ziel war das Dach. Im menschenleeren Flur wurde auch bestätigt, was ich mir bereits gedacht hatte. Sie hatten mich in Lüdo ins Krankenhaus eingeliefert. Hier wo meine Mutter gestorben war, wo ich etliche Sportverletzungen hatte versorgen lassen, würde mein Leben also seinen Abschluss finden. Von mir aus.

Ich drückte auf den Knopf des Aufzugs und bemerkte, dass mein Hintern in diesem verkackten Krankenhausnachthemd frei lag. Ich nutzte die Gelegenheit und ließ ordentlich einen fahren, vielleicht ja zum letzten mal in meinem Leben. Ich war froh, dass kein Land mit raus kam.

Als sich die Türen endlich öffneten, kam es, wie es kommen musste, statt einer leeren Kabine, die mich meinem Ende entgegenbringen würde, stand dort mein Schutzengel und rümpfte die Nase.

Kein „Hallo", kein „armer Justus", sondern nur ein trockenes: „Hasse gefurzt?"

„Nööö ...", brachte ich heraus, natürlich nicht, ohne rot zu werden. Natürlich glaubte Butze mir kein Wort.

„Hasse geschwurzt oder können wir direkt in den Aufenthaltsraum gehen?"

Cineastisch waren wir wie immer auf einer Wellenlänge.

„Alles trocken", erwiderte ich.

„Na dann, los", sagte er und schob mich den Flur hinunter.

Irgendwo hinter uns sagte eine Schwester: „Verdammt, was stinkt hier so?"

Aber das war mir auch schon egal. Im Aufenthaltsraum angekommen, ließ ich mich schwer auf einen durchgesessenen Stuhl fallen und Butze setzte sich mir gegenüber an den Tisch. Er stellte eine große braune Tüte vor mich hin.

„Was ist das?", fragte ich verdutzt.

„Medikit."

„Blumen hätten es auch getan."

„Willste wirklich Blumen?"

„Nein, eher nicht."

Da von meinem Kumpel nichts mehr kam, öffnete ich die Tüte und förderte zwei Matjes-Brötchen und eine warme Dose Hansa Pils zu Tage.

„Das wär doch nicht nötig gewesen", antwortete ich ehrlich sprachlos.

„Medikit", sagte er nun zum zweiten Mal, als ob das irgendwas erklären würde.

Da ich ihn weiter fragend ansah ohne Anstalten zu machen, etwas mit seinem Mitbringsel anzufangen, ließ er sich dann doch noch zu einer Erklärung herab: „Wenne zwei Matjes-Brötchen isst, nen warmes Bier trinkst und dann auch noch alles drin behältst, bisse über'n Berg."

Wirklich bestechend diese Logik.

„Und wenn nicht?"

„Dann wirste hier wohl alles vollkotzen und ich komm später wieder", antwortete er und öffnete seinerseits eine kleine braune Tüte. Ohne grosses Tam Tam packte er zwei Fischfrikadellen-Brötchen und eine Cola aus.

„Warste in Lütgenbömmel auf'm Markt?"

„Yep."

„Willste tauschen?"

„Nope."

„Bisschen einsilbig heute, was?", fragte ich ihn und merkte, dass ich mich so langsam mal wieder lang machen sollte.

„Was soll ich schon zu deiner idiotischen Aktion sagen?"

„Irgendwas mitfühlendes?"

„Konsequenzen sind was Feines und das Konzept von Ursache und Wirkung sollte dir doch so langsam bekannt sein."

„Logisch."

„Was hasse dir dann dabei gedacht?"

„Elke hat mich verlassen."

„Das ändert nichts an der Frage."

„Doch, ich hab gar nicht gedacht, ich hab gehandelt."

„Falsch."

„Was falsch?"

„Falsch gehandelt."

„Das liegt ja nun im Auge des Betrachters. Gestern Abend fand ich das vollkommen richtig."

„Vorgestern."

„Wie meinen?"

Butze seufzte tief und lang und erklärte mir, dass heute Dienstag war.

„Wie Dienstag?"

„Der Tach nach Montag."

„Aber ich war doch Sonntag Abend im Pub", antworte ich leicht überfordert.

„Das ist korrekt. Aber trotzdem ist heute Dienstag", antwortete Butze mit Bestimmtheit.

„Und was ist mit Montag?"

„Scheint futsch zu sein."

„Wie futsch?"

„Na ja, ich hatte einen relativ normalen Montag, aber du hast wohl von deinem Besuch auffe Intensivstation nichts mitbekommen."

„Intensivstation?"

„Yep. Sie ham dir den Magen ausgepumpt und dich dann zur Beobachtung dorthin verfrachtet. Dein Blutalkohol lag bei 5 Promille."

„Dann müsste ich ja tot sein."

„Yep. Bei normalen Menschen ist das auch die mit dem Leben unvereinbare Grenze."

„Ich bin also nicht normal?"

„Dat steht ja nu ma wirklich außer Frage. Aber deine früheren Saufgelage scheinen dir, laut Chefarzt, tatsächlich das Leben gerettet zu haben, weil du eine höhere Toleranz entwickelt hast."

Jetzt wurde ich ein bisschen stolz.

„Kein Grund, stolz zu sein", las Butze meine Gedanken, er kannte mich einfach zu gut.

„Gar keiner?"

„Nope."

„Und als Strafe muss ich das hier essen und trinken?"

„Nein. Das ist mein Geschenk an dich, um deinen Gesundheitszustand einzuschätzen. Die Strafe kommt nach deiner Entlassung."

Ich bekam wieder ein ungutes Gefühl in der Magengegend.

„Ich dachte, du wärst mein Freund?", antwortete ich leicht unterwürfig.

„Bin ich. Und deswegen wirste dir auch wünschen, du hättest einen anderen Weg gewählt. Oder ich wäre es nicht. Wahlweise."

„Aber warum?"

„Ich bin es leid, hinter dir aufzuwischen und deinen Arsch immer aus dem Dreck zu ziehen. Mein Chef hat mich gestern zur Sau gemacht, weil du nicht zur Arbeit gekommen bist und ich habe mir Sorgen gemacht."

„Aber ich hab dir doch geschrieben, bevor ich angefangen habe zu saufen."

„Ich weiß nicht, wem du geschrieben hast, aber mir nicht. Elke hat mir geschrieben, ich solle mal nach dir sehen, wenne nach Hause kommst. Nur dasse nicht gekommen bist. Und ich einen Tag lang nicht wusste, wo du bist."

„Es tut mir leid, da ist was schief gegangen ...",
setze ich an.

„Richtig", fiel er mir ins Wort. „Du bist schief gegangen. Du bist passiert, nur du wieder. Heute Morgen wurdeste gefeuert, weil das Krankenhaus die Firma informiert hat, nachdem sie den Firmenausweis in deiner Brieftasche gefunden haben. Und nur so hab ich erfahren, wo du steckst."

„Es tut mir wirklich leid."

Ich war so müde, so fertig und einfach total im Arsch.

„Also hasse keinen Job mehr. Auch keinen Nebenjob im Kino und deine Freundin ist auf und davon."

„Scheint so."

„Isso. Also alles auf Anfang. Gehe nicht über Los, zieh keine 4000 Tacken ein."

Um ihm einen Gefallen zu tun, aß ich hastig ein paar Bissen von dem Fischbrötchen und spülte es mit einem Schluck warmer Pisse herunter, wobei ich glücklicherweise nichts verschüttete. Als diese Mischung meinen Magen erreicht hatte, gab es ein verdammt unheilvolles Geräusch, woraufhin Butze lässig aufstand und sich an die am weitesten entfernte Wand lehnte.

„Wat machse?", konnte ich gerade noch sagen, bevor ich von Krämpfen geschüttelt wurde, mir das wenige, was ich herunter gewürgt hatte auch direkt wieder in hohem Bogen aus Mund und Nase schoss und ich auf alle viere sank. So dreckig war es mir noch nie gegangen. Wir waren doch hier nicht bei einem Pfannkuchen-Wettessen mit *Riesenarsch-Hogan.* Aber es war trotzdem ein Kotz-o-Rama.

Butze hockte sich neben meinen zitternden Leib und flüsterte mir ins Ohr: „Von da, wo du jetzt bist, kann es wirklich nur noch bergauf gehen. Und Rache ist ein Gericht, das am besten kalt serviert wird."

In diesem Zustand ließ er mich liegen. Er sagte zwar der Schwester beim Rausgehen Bescheid, aber das war zugegebenermaßen schon ein starker Abgang.

Kapitel 34 - Die Strafe Gottes

Ein paar Tage später wurde ich entlassen. Allein die Taxifahrt vom Krankenhaus zu Butzes' Haus beraubte mich schon wieder jeglicher Kraft, die ich gerade gedacht hatte, aufgebaut zu haben.

Es war niemand zu Hause. Yoko und Butze waren bestimmt arbeiten, die Kinder in der Schule bzw. in ihren Verwahrungseinrichtungen.

Mein Schlüssel passte noch, da war ich mir gar nicht so sicher gewesen. Sehr erleichtert und dankbar betrat ich wieder mein kleines Reich über der Garage. Nach einem kurzen Toilettengang schleppte ich meinen Kadaver direkt wieder zum Bett. Vom Krankenhausbett zum Heimischen, welch eine Glanzleistung. Aber zu mehr war ich nicht in der Lage.

Ich war vollkommen im Arsch, praktisch wie sinnbildlich. Ich hatte Angst, dass ich diesmal nicht wieder auf die Füße käme. Angst, dass der letzte wirklich wichtige Mensch in meinem Leben mich nun auch endgültig fallen lassen würde. Ich hatte selbst die Schnauze gestrichen voll von mir, wie sollte es da erst Butze gehen? Ich würde mich achtkantig rausschmeißen, vor allem, weil ich ihn bei seinem Arbeitgeber so blamiert hatte. Ob er mir das verzeihen konnte?

So litt ich den ganzen Tag über vor mich hin, verkrochen unter meiner Bettdecke und wartete auf sein Urteil, auf eine Begnadigung hoffend. Ich schlief mehr, als das ich wach war und bemerkte erst, dass der Tag so gut wie vorbei und es schon wieder dunkel geworden war, als Butze vor meinem Schlafplatz stand.

„Lebste noch?", fragte er mich mit leicht drohendem Unterton.

Ich hätte gerne erwidert: „Ja, du Arschloch, aber du gleich nicht mehr."

Doch das traute ich mich nicht, sämtliche Rachegelüste wegen seiner Fischattacke waren mir vergangen und ich wollte nur noch hier liegen und mich verkriechen, gerne bis zum nächsten Weihnachten. Hauptsache nicht bewegen.

„Daraus wird nichts", sagte mein Freund im Befehlston.

„Woraus?"

„Dasse hier rumleidest und dich versteckst."

Er hatte schon wieder meine Gedanken gelesen.

„Ich verstecke mich doch gar nicht", begehrte ich auf.

„Nee. Eben. Tuste nicht und nun steh auf, wir ham noch wat vor", sprach er und fing an, etwas von den auf dem Tisch liegenden Sportklamotten in meine Tasche zu stopfen.

„Schmeißt du mich raus?"

Butze wandte sich mir zu und sah mich ehrlich überrascht an und erwiderte: „Damit du in ein Hotel ziehst und deine ganze Kohle auf'n Kopf haust? Niemals, so leicht kommst du mir nicht davon. Vatos Locos, für immer, Carnal."

Irgendwie erleichtert aber auch ängstlich fragte ich leise: „Was willste dann von mir?"

Er grinste breiter, als ein Mensch grinsen können sollte und entblößte dabei viele Zähne, zu viele, wenn man mich fragte.

„Ich werd dir weh tun."

„Wie weh?"

„Verdammt weh."

„So wie in: Du trittst ein in die Welt des Schmerzes?"

„Nein, *Dude*. Eher so: Jetzt bringen wir die Minderjährigen ins Bett und veranstalten ein gottverdammtes Schlachtfest."

Da waren wir ja mal wieder in Form heute, kinotechnisch gesehen. Er wollte mir also verdammt weh tun. Und das tat er dann auch, etwa eine halbe Stunde später, als wir in der Turnhalle angekommen waren.

„Wo sind die Anderen?", fragte ich hoffnungsvoll.

„Denen hab ich heute freigegeben."

„Aber ich bin doch der Coach."

„Heute nicht. Heute bisse *Private Paula* und heute vollziehe ich an dir einen Code Red."

Ich hätte schon wieder losheulen können.

„Das kannste doch nicht machen."

„Wer will mich abhalten? Du etwa?"

„Locker", versuchte ich mit fester Stimme zu sagen, aber das Zittern verriet mich.

Verächtlich sah Butze mich an.

„Zwei Schläge. Ich schlage dich und du schlägst zu Boden."

„Dann hab ich's wenigstens hinter mir."

„Nö. Dann warte ich, bisse wieder zu dir kommst. Und wir starten genau an der gleichen Stelle erneut."

„Der Hausi wird mich um zehn retten, wenn er die Halle kontrolliert."

„Meinste allen Ernstes, daran hätte ich nicht gedacht?"

Verdammt. Klar hatte er. Er wollte das wirklich durchziehen. Ich würde sterben. Er würde mich fix und fertig machen und meine Leiche tot liegen lassen. Und das Schlimmste an alledem war, ich hatte es verdient.

„Wo ist der Hausi denn?", fragte ich, jede Hoffnung begrabend.

„Der macht es sich gerade mit ner Flasche Wodka, ein paar Dosen Red Bull und ner Kiste Bier gemütlich und hat für heute Feierabend. Du schuldest mir übrigens 30 Euro."

„Clever eingefädelt. Ich soll wohl auch noch für mein Todesurteil blechen, oder wie?"

„So siehts ma aus."

„Danach sind wir quitt?"

„Ja, danach ist alles wieder gut zwischen uns."

„Wonach genau?", fragte ich, mich in mein Schicksal ergebend.

„10 Runden warm laufen. 100 Hampelmänner. 10 Linienpendel, aber im Spurt. 50 Situps. 10 Minuten Quivvern mit Ausfallschritten. 20 Burpees. 100 Liegestütze und zu guter Letzt das schöne alte Wandhocken für mindestens 10 Minuten."

„Spinnst du, ich wär fast hops gegangen und bin noch nicht mal, wenns mir gut geht inner Verfassung, das Programm durchzustehen."

„Blöd, ne? Aber das ist der Preis. Weil du ja immer eine spielerische Komponente brauchst, hasse am Ende einen Wurf frei. Und wenne den triffst, dann ist alles vergeben und vergessen."

„Von wo?"

„Das ist mir ziemlich egal. Du wirst die Arme eh nicht mehr hochkriegen."

Weil ich sowieso keine andere Wahl hatte, wollte ich noch einen letzten dummen Spruch absetzen, bevor ich das durchzog oder halt bei dem Versuch drauf ging: „Herausforderung ... angenommen."

„Na, dann fang ma an, *Barney*", erwiderte mein sogenannter Freund, der jetzt wohl eher zu meinem Henker mutiert war und das Urteil ganz ohne Verfahren und Geschworene selbst gesprochen hatte und vollstrecken wollte.

So fing ich also an und hörte erst etwa drei Stunden später wieder auf. Nass wie nur irgendwas. Als ich mein Shirt auszog und auf den Boden warf, gab es dieses klatschende Geräusch, das nur Hallensportler kennen, die am Ende eines Trainings ihre Klamotten auf den Boden werfen. Oder Hausfrauen, wenn ihnen das nasse Spannbettlaken aus der Hand auf den Boden der Waschküche fällt. Es spritzte, so durchgeschwitzt war ich. Total alle. Reif zum Schlachten. Ich hatte während meiner Strafübungen mehrfach gekotzt, trotzdem ließ Butze sich nicht erweichen. Aber immerhin hat er die Schweinerei aufgewischt. Zwar nur damit ich direkt weiter machen konnte und keine Pause bekam, aber immerhin. Eine Pause holte ich mir jedoch, als ich bei den Burpees wie ein nasser Sack zusammen klappte und ohnmächtig auf dem Hallenboden aufschlug. Aber die währte nicht so lange, wie ich es gerne gehabt hätte.

Nach diesen drei Stunden drückte er mir also den Ball in die Hand und sagte ohne Mitleid: „Mach deinen Wurf."

„Egal, von wo?"

„Egal, von wo. Aber bedenke, dass der leichteste Weg dich nicht immer ans Ziel führt."

„Stand das in deinem Glückskeks, Konfuzius?"

Butze ließ sich nicht beirren.

„Nimm diesen Wurf als Versinnbildlichung deines lausigen Lebens. Du hast gerade die Hölle durchgemacht, bist entkräftet und absolut nicht inner Lage, ihn zu treffen."

„Bin ich doch."

„Nein, bisse nicht. Körperlich nicht, aber vor allem geistig nicht."

„Geistig?"

„Ja, geistig. Weil du drüber nachdenkst."

„Worüber?"

„Über die Prämisse."

„Welche Prämisse?"

Mein Kumpel holte tief Luft und drückte mir filmreif die Murmel in die Hand: „Wenne trotz aller Widrigkeiten dieses Ding triffst, sollteste doch auch dein jämmerliches Leben in den Griff kriegen, oder?"

Ich blieb stumm.

„Weil das nämlich alles nur Ausreden sind. Such dir irgendeine Plattitüde aus, bei der es in deinem Hirn Klick macht. Nimm die Phrase von *Captain John Keating* oder bedien dich bei deiner Oma, von wegen, was dich nicht umbringt, macht dich nur härter oder nimms moderner mit dem Swoosh."

„Das ist alles nicht so leicht."

„Ausflüchte."

„Ich werd's versuchen."

„Nein. Nicht versuchen. Tue es oder tue es nicht. Es gibt kein Versuchen."

„Jetzt holste sogar Meister *Yoda* ausse Mottenkiste?"

„Wo er recht hat, hatta recht."

„Also, ich treffe einfach und dann bekomm ich mein Leben auch in den Griff?"

„Nicht, weil du einen Ball versenkst, aber mit der gleichen Einstellung. Mach es einfach, denk nicht zu viel drüber nach und bekomm es einfach hin."

„Ok."

„Ok?"

„Ist hier'n Echo? Ja ok, auf geht's. Rettungstruppe auffie!"

Welcher Wurf war der richtige für so ein wichtiges Statement?

Der sicherste Wurf im Basketball. Ein Dunking. Körperlich und naturgesetzttechnisch aber einfach unmöglich. Ich würde aussehen wie *Billy, der Heuler* bei seinen verzweifelten Versuchen.

Ein Korbleger? Den würde ich wohl hinbekommen, aber das wäre echt zu billig.

Ein Sprungwurf? Babykacke! Freiwurf genauso.

Ein Hakenwurf? Jetzt aber mal nicht übertreiben. Da könnte ich ja gleich von der Mittellinie aus werfen. Also blieb noch der gute alte Dreier. Schon immer mein Liebling gewesen.

Ich schlurfte also hinter die Linie, hinter der ich mich immer so wohl gefühlt hatte und als ich meine Füße parallel dahinter aufstellte, merkte ich, wie blöd diese Entscheidung gewesen war. 6,75

Meter zum Korb. Meine Arme taten so sehr weh, dass ich den Ball kaum hochheben konnte, wie sollte ich ihn da so weit werfen? Und dann auch noch treffen. Meine Beine, aus denen ein nicht unbeträchtlicher Teil des Kraftaufwands generiert werden sollte, fühlten sich wie Pudding an. Und insgesamt war ich sowieso eher so kurz vorm Umkippen.

Aber wenn meine bereits erläuterte Philosophie richtig war, dann war dies hier der Scheideweg. Der tragische Held gewinnt trotz aller Hindernisse und macht das Unmögliche möglich. Sein ganzes Leben, Wirken und Sein konzentriert sich in diesem einen Moment. *Sebi* stimmte in meinem Kopf eine stimmungsträchtige Melodie an und stellte fest, dass die Erde just in diesem Moment still stünde. Es wartete quasi alles auf meinen Erfolg.

Also musste ich ja treffen, es ging gar nicht anders. Ein Scheitern unmöglich. Es würde gelingen. Und mein Leben würde sich ändern. Ich würde ein Gewinner werden. Von jetzt an würde alles gut werden.

Also warf ich. Ließ den Arm stehen. Siegesgewiss und unzerstörbar. Der Ball flog mit einer schönen Flugkurve auf sein Ziel zu. Die rückwärtige Rotation anmutig und formvollendet. Ich warte nur noch auf das Swish.

Das aber nicht kam. Da der Ball etwa einen Meter

vor dem Ring auf den Boden knallte. So viel zu meinem großen Augenblick. Airball.

Butze wieherte vor Lachen.

„Zwei von drei?", fragte ich verzweifelt.

„Wenn es dir hilft."

Also ging ich geschmeidige drei Meter nach vorn zur Freiwurflinie.

„Das ist aber nicht der gleiche Wurf", warf Butze ein.

„Ich weiß. Aber man muss sich im Leben anscheinend den Gegebenheiten anpassen."

„Okay. Dann leg los."

Ich traf beide und schöpfte Hoffnung.

Kapitel 35 - Stehaufmännchen

Infolge der Alkoholvergiftung und Butzes' Mordversuch, und nichts anderes war es gewesen, da ließ ich mir auch nichts einreden, verbrachte ich die nachfolgenden Tage wiederum hauptsächlich im Bett. Ich war zu nichts zu gebrauchen und hing dann wochenlang durch.

Irgendwann, keine Ahnung, der wievielte Tag des Müßiggangs es war, auf jeden Fall hatte es lange gedauert, sah ich ein, dass es gar nicht gut war, mein Leben und meine Verfassung, meine ich. Wieder mal am Tiefpunkt angekommen, überlegte ich, wie es weitergehen sollte. Eigentlich war mein Leben nur eine Aneinanderreihung diverser Tiefpunkte, mit wenigen Lichtblicken, die kaum zum Luftholen reichten.

Und doch strahlten gerade diese in einem so hellen Licht, dass ich diesen Glanz wieder herstellen und möglichst dauerhaft konservieren wollte.

Erster Lichtblick: mein Bruder von einer anderen Mutter, mein designierter Neffe und meine beiden Nichten und selbst Yoko, also meine neue Familie. Diese galt es zu hegen und zu pflegen, lieb zu haben und jede Sekunde zu genießen.

Zweiter Lichtblick: Mein Sport, die Geselligkeit mit den Jungs, das Wir-Gefühl, das nur Mannschaftssportler kennen. Ich wollte weiter machen, dabei sein, solange es irgend ging. Auch hier analog zum westentaschenpsychologischen Ansatz der Achtsamkeit, bewusst wahrnehmen und genießen. Ich hatte die Jungs in den vergangenen zwei Monaten ein bisschen hängen lassen, mit Beziehung und zwei Jobs und so, sollte das aber wieder ins Gleichgewicht bringen. Im September fing ja auch die Saison an, bis dahin musste noch einiges getan und Vorbereitungen getroffen werden. Ich musste mich wieder mehr reinknien.

Dritter Lichtblick und zugleich mein größter Verlust: Elke. Meine Seelenverwandte, meine große Liebe. Hätte mir jemand gesagt, dass man nach so kurzer Zeit einen Menschen so absolut lieben kann und es einem solch körperlichen Schmerz bereiten würde, sich eine Zukunft getrennt von ihm vorzustellen, hätte ich laut gelacht. Doch nach Lachen war mir gerade am Allerwenigsten. Ich musste sie zurückgewinnen. Ich wollte mein Leben mit ihr verbringen. Also brauchte ich einen Plan. Aber pronto. Ich wusste nicht, was ihr Problem war, aber na ja: Der Himmel ist blau, das Wasser ist nass und Frauen haben Geheimnisse. Hat schon *Hallenback* gesagt und da war viel Wahres dran.

Und wie so oft, half mir der Zufall und trug mich auf seinen Schwingen in eine Richtung, die ich vorher nicht mal hätte erahnen können.

Ich klappte nämlich meinen Laptop auf, nachdem ich mir einen starken Kaffe gemacht hatte, und setzte mich unrasiert, ungewaschen und nur in Boxershorts an den Tisch, um nachzuschauen, ob Elke mit dem Verkauf des Kinos wirklich Ernst gemacht hatte.

Und ja, das hatte sie. Sie hatte ihren Traum einem Makler übergeben, der diesen zu verkaufen versuchte. Hatte irgendwie etwas Faustisches. Träume verkaufen. Pakt mit dem Teufel und so. Ich fand die entsprechende Anzeige sehr schnell bei dem Marktführer der Online-Immobilien-Anzeigen.

199.000 € stand da, Kaufnebenkosten 24.019 €. *Ehemaliges Kino, leicht umwandelbar* stand da als Überschrift. Umwandelbar? In was? In ein Atelier, vielleicht sogar in eine Boutique? Ach da, weiter unten stand es. Man würde mit dem Kauf auch die Pläne, der bereits von der Stadt Castrop-Rauxel mündlich bestätigte Nutzungsänderung und des Umbaus zu fünf hochwertigen Lofts übernehmen. Pro Wohneinheit 140m2 auf zwei Etagen plus Parkfläche im EG mit 12 Parkplätzen, von denen aus man per Aufzug in seine Wohnung fahren könne. Wer braucht denn sowas? Wer will denn sowas? Ach ja, klar. Natürlich sollte das

Dachgeschoss zu einer großen Dachterrasse mit Südausrichtung umgebaut werden.

Wollt ihr mich verarschen? Ein cineastischer Tempel, ein Traditionskino sollte in fünf Eigentumswohnungen umgewandelt werden? Und was wurde dann aus der armen alten Frau Meier? Zwangsumsiedlung ins Altenheim, oder was? Was für ein Beschiss. Meine Entrüstung kannte gerade keine Grenzen.

Und es war ja auch nicht irgendein Kino, irgendein x-beliebiger Angehöriger dieser dank Netflix und Prime vom Aussterben bedrohten Spezies, sondern Elkes Traum. Und mittlerweile ein wenig auch meiner. Das konnte ich nicht zulassen, aber bevor mein Kopf verarbeitete, welche größenwahnsinnige Idee ich da gerade auszubrüten begann, hatten meine Finger bereits die Nummer dieses elenden Maklers in mein Handy eingetippt.

Die Frage, die ich an ihn hatte, war nicht, ob das Kino noch zum Verkauf stünde und auch nicht, welchen Preis ich letztendlich tatsächlich dafür bezahlen müsste. Sondern schlicht und ergreifend, ob das Kino wirklich in Wohnungen umgewandelt werden muss oder nicht. Denn mein Kaufentschluss stand bereits fest, genau wie meine Absicht, Elkes Traum fortleben zu lassen. Mit dem Kauf würde es auch endgültig zu meinem Traum werden. Ich hatte noch keine Ahnung, wie ich es besser machen sollte, als Elke, doch ich wollte unbedingt einen Weg finden. Das würde ich auch, koste es, was es wolle.

Da Butze gerade nicht so gut auf mich zu sprechen war und ich nicht glaubte, seinen Segen für mein Vorhaben zu bekommen, dachte ich auch nicht im Traum daran, ihn einzuweihen.

Der Maklertyp klang schon am Telefon so schmierig, dass ich mir nach dem Telefonat erstmal die Hände wusch. Wenn ich das Kino weiterführen wollte, konnte ich das auch tun. Frau Meier könnte ihren Lebensabend dort verbringen, wenn ich weiter an sie vermietete.

Er freute sich wie Bolle, dass ich direkt Nägeln mit Köpfen machen und das Kino kaufen wollte, noch dazu quasi in bar, also zumindest ohne Kredit. Welcher Idiot würde so viel Geld bar auf den Tisch legen? Dafür gab es auch noch mal einen kleinen Nachlass. Mindestens genauso freute ihn, dass ich keine Besichtigung wünschte. Ich kannte die Räumlichkeiten ja schließlich wie meine Westentasche, aber das sagte ich ihm nicht.

Meine einzige Bedingung war, dass mein Name der Verkäuferin nicht bekannt gemacht werden solle. Das ließ ihn zwar ein wenig stocken, doch er wollte sich das Geschäft nicht entgehen lassen. Also Termin beim Notar für Ende der Woche abgemacht, alles Weitere dann vor Ort. Mit Kaufvertrag, Grundbuchumschreibung und allem was so dazugehörte und wovon ich keine Ahnung hatte. Ich war nach dem Telefonat so fertig, dass ich mich erstmal wieder ins Bett verkroch.

Aber produktiv war ich heute doch gewesen. Schließlich hatte ich mal eben so aus dem Arsch heraus für über 200.000 € ein altes, quasi kaum noch funktionsfähiges Kino erstanden, dass nur Miese machte.

Kapitel 36 - Masterplan

Ein paar Wochen später, irgendwann im Juni, ich hatte echt jegliches Zeitgefühl verloren, war es dann so weit. Alles Geschäftliche und die Bürokratie erledigt und ich bekam die Schlüssel zu meinem Schicksal.

Nur dass mein Schicksal sehr marode aussah. Was mir jetzt auch noch mehr auffiel, als zuvor, als meine Elke noch bei mir war und alles in strahlendem Glanz erscheinen ließ.

Bills Stimme erklang in dem düsteren Gebäude, na ja, eigentlich erklang sie wie meistens, nur in meinem komischen Schädel und er hatte recht, ich sah ohne Elke keine Sonne mehr.

Ich betrat also mein Kino, an den Gedanken hatte ich mich noch längst nicht gewöhnt und sah mir alles noch mal genau an. Alles wirkte trist und grau. Es fehlte nur noch ein Steppenläufer, der durch den Gang wehte. Jetzt sollte ich wohl einen Business-Plan erstellen, um alle Multiplexkinos auf die Plätze zu verweisen und demnächst die Weltherrschaft an mich zu reißen. Aber ich hatte keinen strunzdummen Gehilfen, der mir helfen konnte, dieses Ziel in Angriff nehmen zu können.

Wenn wir ehrlich sind, war ich nun wirklich kein *Brain* und die beiden Nager sind ja trotzdem jeden Abend an ihren Plänen gescheitert.

Also, was tun? Bisschen renovieren und aufhübschen, klar. Hier hatte alles eher so 80er Charme und Ambiente, wenn ich Glück hatte vielleicht auch 90er. Was machte ich mit der veralteten Technik, mit der ich kaum noch aktuelle Filme vorführen konnte. Ich hatte überhaupt keine Ahnung von dem Business. Weder von den geschäftlichen Aspekten, noch von der technischen Seite. Ich kannte Unmengen von Filmen und konnte wahrscheinlich Referate zu jedem Titel halten, der mir gesagt wurde, aber das war es ja auch schon.

Ich fuhr wieder nach Hause, packte Klamotten für ein paar Tage ein, lieh mir einen Schlafsack von Max, kaufte unterwegs noch Vorräte und zog quasi ins Kino 1 ein. Bereitete mir im Mittelgang ein Nachtlager und beschloss, erst wieder in die Sonne zu gehen, wenn mir was eingefallen war.

Chester sang in meinem Innenohr, er und ich waren uns einig, ich musste mit meinen Gewohnheiten brechen. Ich wollte kein Verlierer mehr sein und wusste jetzt, wofür es sich lohnte zu kämpfen.

Doch natürlich fiel mir direkt erst mal nichts ein. Ich aß Fast Food, das ich mir liefern ließ und die mitgebrachten Snacks, trank wie immer viel zu viel und verwahrloste nach ein paar Tagen zusehends.

Es war zu ruhig in dem großen Kinosaal und meine Gedanken deshalb viel zu laut. Ich musste mich ablenken, sonst würde keine zündende Idee kommen. Daher ging ich nach ein paar Tagen nach oben in den Vorführraum, um mir anzusehen, was da wohl noch für Filme lagerten.

Ich fand aber nichts Brauchbares und überlegte mir, wie geil es doch jetzt wäre, meine Lieblingsfilme auf dieser Leinwand zu sehen. Die, die ich damals im Kino gesehen hatte, aber vor allem die, die ich verpasst hatte und nur im Fernsehen, bzw. von VHS, DVD oder Blu-Ray Auswertungen kannte.

Und mir fiel ein, wie sehr wir Filmnerds 2015 abgefeiert hatten. Das Jahr in dem *Marty McFly* in der Zukunft ankam. Und die Trilogie noch einmal, genau am 21. Oktober in die Lichtspielhäuser gekommen war. Fans aus aller Welt hatten sich an diesem Tag in den Kinosälen ihrer Stadt eingefunden, um ihre drei Lieblingsfilme noch mal auf der großen Leinwand zu sehen. Ich selbst hatte den Abend in einem Bielefelder Kino verbracht. Ich hatte mich kostümiert, wie mein Idol, mit Jeansjacke, roter Steppweste, kariertem Hemd und Hosenträgern und war in meinen Bluejeans und Nike Sneakern ins Kino gelatscht. Und tatsächlich stand da ein Delorean im Foyer, den man sich anschauen konnte, so als extra Gimmick. Das war mega. So viele Gleichgesinnte auf einem Haufen.

Wäre das nicht was? Die coolsten Filme aller Zeiten noch mal auf der großen Leinwand sehen. Würden dafür die Leute bezahlen?

Mich überkam ein leichter Schauder und ich vermeinte, eine Stimme zu hören, die sagte, wenn ich es baue, wird er kommen. Aber was ich eigentlich hörte, war: Wenn du es möglich machst, werden sie kommen.

War das meine Geschäftsidee? Konnte es so einfach sein? Meinen Kindheitstraum in die Tat umsetzen und ab geht die Post?

Ich war ganz aufgeregt. Ich musste mich informieren, wie ich an die Filme rankam. Was das kostete. Und das Kino kam mir auf einmal nicht mehr so alt vor. Sondern wie eine Zeitkapsel. Ich würde nicht modernisieren, sondern im Gegenteil, noch viel mehr aus den 80ern hier reinbringen. Ausstattung, Farbe, Deko, alles sollte so aussehen, wie ich es aus meiner Kindheit und Jugend kannte. Nur noch extremer. Ich wollte, dass sich die Zuschauer wie zurückversetzt in eine andere Zeit vorkommen würden. Sie sollten nochmal für einige kostbare Augenblicke Kind sein oder zumindest Jugendliche. Das Rad der Zeit zurückdrehen und die sorgenfreie Existenz kurz schnappatmen. Die, die dagegen etwas mehr immun waren, würden aber eventuell ihre Kinder mitbringen, um ihnen die Helden ihrer Kindheit zu zeigen.

Kurz stutze ich, weil ich verstand, dass auch die liebe Sandra ihren Anteil an meinem Masterplan hatte, mit ihrer Zeitkapsel von Kinderzimmer. Aber ich verwarf den Gedanken sofort wieder. Dies hier war die Magie des Kinos. Meine Idee.

Aber wie sollte ich sie umsetzen? Musste ich nicht zusätzlich noch etwas anderes bieten, was die anderen Kinos nicht hatten? Irgendwas Originelles? Einen Unique-Selling-Point. Irgendwas on top?

Was gab es noch in den 80ern? Aerobic? Oh Shit. Wie schlimm diese Bewegung aus heutiger Sicht anmutete. Musik. Oh ja, das Jahrzehnt mit dem breitesten Spektrum an Musik und dem ausgefallensten Klamottenstil. Mit den schrägsten Vögeln. Vielleicht konnte ich hier ja auch eine kleine Bühne vor die Leinwand setzen, für Live-Konzerte. Zwei meiner Leidenschaften verbinden. Mega!

Ich blickte mich im Kinosaal um und begann, Pläne zu schmieden, überlegte, ob man noch etwas anders machen könnte, als die Anderen.

Wie ich so auf die Stuhlreihen hinab sah, wusste ich, was noch fehlte, um das Puzzle zu vervollständigen. Was nervte die Leute am meisten im Kino? Na klar, die unbequemen Sitze mit zu wenig Beinfreiheit. Und dass einem von hinten dementsprechend immer gegen die Rückenlehne getreten wurde. Was also tun? Wo guckte der

Mensch am liebsten, was war für ihn am bequemsten? Die Couch. Ist doch klar. Beine hoch. Kuscheln mit dem oder der Liebsten. Das in Verbindung mit einer großen Leinwand und einer starken Soundanlage. Das konnte doch nur geil werden.

Also riss ich imaginär sämtliche Stühle raus und stellte verschiedene Couchen hinein, weniger zahlende Kunden, klar, aber auch urgemütlich und witzig und nicht alltäglich.

Im Kopf sah ich alles schon vor mir, doch in der Realität würde das eine Heidenarbeit werden.

Kapitel 37 - Geständnis

„Wat?", fragte Butze mich, als ich in meinem verkommenen, versifften und leicht alkoholisierten Zustand nach der Geburt meines Masterplans verbotenerweise direkt auf den Weg zu meinem Blutsbruder gemacht hatte, der jetzt zornesrot vor mir auf und ab ging, während ich mich auf seiner Wohnzimmercouch ganz klein zu machen versuchte.

„Ich hab das Kino gekauft."

„Das hab ich schon verstanden, aber warum nur? Bisse jetzt endgültig verrückt geworden?"

Ich dachte in diesem Moment wirklich, er scheuert mir eine.

„Nein, das ist die beste Idee, die ich je hatte."

„Schnapsidee", grunzte er nur und setzte sich mir gegenüber in einen Sessel. „Wie willste mit diesem Kino Geld verdienen, wo Elke es nicht geschafft hat?"

Da erzählte ich ihm alles und ich konnte förmlich sehen, wie sein Herz nicht mehr ganz so schnell pumpte und die Zornesröte in seinem Gesicht nachließ. Er bekam mit jeder Ausführung meinerseits etwas mehr natürliche Gesichtsfarbe zurück und die Ader auf seiner Stirn pulsierte nicht mehr mit der gleichen Vehemenz, wie zu Beginn unseres Gespräches.

„Das ist dein Plan?"

„Yep."

„Das könnte tatsächlich funzen", sagte Butze nun in einem etwas versöhnlicheren Ton.

Da erst merkte ich, wie angespannt ich die ganze Zeit gewesen war und als dies nun von mir abfiel, konnte man das auch riechen, weil mir vor lauter Entspannung unbeabsichtigt einer entfleucht war.

Missbilligend sah mein Kumpel mich an: „War das jetzt wirklich nötig?"

„Tschuldige."

Wieder einen großen Moment torpediert, das war wahrscheinlich meine geheime Superkraft. Aber damit würden mich die *Avengers* sicher nicht aufnehmen, egal wie schick mein Kostüm sein würde.

„Ist dir denn klar, wie viel Maloche das ist, das Kino so herzurichten, wie du dir das vorstellst? Und wie viel Kohle das kosten wird, noch bevor du überhaupt einen zahlenden Kunden hast?"

„Je mehr ich alleine mach, umso günstiger wird das."

„Wie ich?", fragte Butze verdutzt.

„Na, ich halt."

„Es gibt kein ich im Team, dat weißte doch", sagte er mit Bestimmtheit. Und Weisheit. Wie immer.

„Das heißt, du hilfst mir?"

„Bei diesem Wahnsinn?", sagte er mit zweifelnder Stimme, bevor er breit anfing zu grinsen. „Na klar, was sonst? Mitgehangen, mitgefangen."

„Weißte auch bestimmt, auf was du dich da einlässt?"

„Klar, aber wir machen dat ja nich alleine."

„Wie?"

„Na, alle deine Freunde werden dir helfen."

„Welche Freunde?"

„Böller, hasse dir jetzt dat ganze Gehirn weggefurzt? Was meinste denn, was die Jungs machen, wenn sie von deinem Plan erfahren?"

„Sich nass machen?", fragte ich etwas unsicher.

„Das auch. Aber dann wird dir jeder helfen wollen, alle aus'm Verein, ob jung ob alt. Und die Castroperaner nehmen wir auch inne Pflicht, wenn die wieder ein Kino in ihrer Stadt haben wollen und dann auch noch ein so cooles, dann werden sich schon ein paar Freiwillige finden."

„Echt jetzt?"

„Klar. Und wer nicht freiwillig hilft, wird zwangsverpflichtet."

„Und wie fangen wir das Ganze nun an?"

„Na, mit der Telefonlawine", sagte Butze im Brustton der Überzeugung. „Da hätteste auch selber drauf kommen können Justus, dein Name verpflichtet schließlich."

Ich glaube, das war das erste Mal, dass mein

Freund mich beim Vornamen genannt hatte.

„Willste mich verarschen? Jeder von uns ruft fünf Freunde an und diese dann wieder fünf Freunde und so weiter bis das ganze Land weiß, was ich vorhabe und alle helfen dann mit?"

„Na ja, in abgewandelter Form. Wir schreiben jetzt eine schöne E-Mail an alle unsere Freunde und Bekannte, dass die sich in zwei Wochen am Freitag in der Halle einfinden sollen. Bis dahin hasse deine Power-Point-Präsi fertig und wir verklickern denen, was wir machen wollen und was wir brauchen. Und dann sollen die das an ihre Freunde und Bekannte weitergeben."

Letztendlich würde der 10-jährige Max die Präsentation erstellen, aber das wusste ich da noch nicht.

Kapitel 38 - Projekt Kino

Die Halle war gerammelt voll und die Präsentation war ein riesen Erfolg. Viele wollten helfen und steuerten Memorabilien sowie Couchen und 80er-Firlefanz bei. Unter unseren Bekannten waren auch einige Handwerker, deren Hilfe ich gerne annahm. Und so kostete mich die ganze Renovierung und Umgestaltung in den nächsten Wochen nur sehr wenig. Eigentlich sogar nur Verpflegung und das Versprechen auf Freikarten für die Premierenwoche. Das Belohnungssystem erinnerte mich ein wenig an Umzugshelfer.

Selbst die Entsorgung der Stuhlreihen kostete mich kein Geld, sondern brachte im Gegenteil sogar noch was ein, weil wir die Dinger auf eBay Kleinanzeigen verhökerten. Die Leute waren echt scharf drauf, sich sowas in ihre heimischen Fernsehzimmer zu stellen.

Der Abriss war also schnell geschafft, was umso besser war, weil das ja auch keinen Spaß macht. Aber der darauffolgende Umbau war ein Heidenspaß.

Der Saal bekam einen neuen strapazierfähigen roten Boden und eine wirklich hübsch-hässliche Mustertapete verpasst, die aber auch echt so augenfeindlich daherkam, das es schon wieder cool wirkte. Rosa und gelb und orange, in Neon. Einfach krass.

Langsam nahm alles Gestalt an. Die wenigen Couchen, die uns noch fehlten, besorgten wir uns ebenfalls über eBay Kleinanzeigen. Und als diese alle an ihrem Platz standen, wurden sie natürlich desinfiziert und gründlich gereinigt.

Bei einem schwedischen Möbelhaus, dessen Name nicht genannt werden darf, besorgten wir on top noch ein paar Retro-Kissen und Decken.

Weil wir das so witzig fanden, gaben wir den Couchen keine Platznummern, sondern Namen, wie „Oma Heidi" für das ganz alte betagte Dingen aus den 50ern oder „Bionic Escalation" für das topmoderne neue Sitzmöbel, was wir hingestellt hatten. 60 Namen mussten wir uns ausdenken, was mein bester Freund und ich unter zu Zuhilfenahme von viel zu viel Alkohol in einer einzigen legendären Nacht erledigten.

Auf der Leinwand hinter uns liefen natürlich unsere Lieblingsfilme, in dieser Nacht hatten wir uns als Motto *Keanu Reeves* ausgesucht. So flimmerten im Hintergrund also drei seiner besten Filme, während wir uns dieser ehrenvollen Aufgabe annahmen. Während *Keanu* zuerst einem Rudel bankausraubender Surfer nachstellte, dann einen Bombenleger bekämpfte und zu guter Letzt als *Footsteps Falco* den Ball in die gegnerische Endzone brachte, gingen wir von Couch zu Couch. Wir diskutierten mal kurz und mal lang über den Namen des jeweiligen Sitzmöbels, schrieben dann selbigen feierlich mit Edding auf einen DIN A4-Zettel und brachten ihn mit Klebeband auf der Sitzfläche an. Nachdem der jeweilige Name gefunden war, manchmal dauerte das auch eine Viertelstunde, wurde das mit einem leckeren Hörnerwhisky besiegelt und getauft. Also symbolisch. Wir wollten ja nicht direkt wieder Flecken verursachen.

Max, das Computergenie würde uns in den nächsten Tagen einen Sitzplan am Computer erstellen. Unsere IT-Spezialisten würden dann in den folgenden Tagen ein Buchungssystem dafür schreiben und die Homepage einrichten.

Wir installierten in den nächsten Wochen natürlich auch eine neue Soundanlage, andere Projektoren und tauschten auch die altersschwache Leinwand aus. An diesen Sachen wurde nicht gespart, das Neueste und Beste, nur wegen Retro sollten ja die Augen und Ohren nicht leiden, was meine Erbschaft aber langsam auch ein wenig schröpfte.

Das Wohnzimmerkino funktionierten wir zu einer Bar um, die wir wie eine kleine urige Eckkneipe ausgestalteten. Mehr so Pub als Lounge. Mit ein paar alten Arcade-Spielautomaten und natürlich einem Billardtisch. Um nach dem Film gemütlich zu entspannen und den Abend ausklingen zu lassen.

Um die rechtlichen Aspekte, wie Konzession, Ausschankgenehmigung und Ähnliches brauchte ich mich glücklicherweise nicht zu kümmern, das machte ein Freund von Butze, quasi der Familienanwalt, der mich ja auch schon mal bei der Polizei rausgeboxt hatte.

So hatte ich die Hände frei für andere Dinge. Foyer und Gänge ließen wir quasi, wie sie waren, nur mit neuem Anstrich und so, das war alles oldschool und so sollte es ja auch sein. Doch statt die immer aktuellen Filmposter aufzuhängen, malten wir diverse cineastische Helden unserer Jugend an die Wände. Also ich nicht, ich kann ja nicht malen, aber auch da hatten wir talentierte Helfer, die sich freuten, mitgestalten und sich endlich mal austoben zu können.

Wir machten vor keinem Genre halt, *Freddy* neben *Marty*, der *Don* neben *Deckard*, die *Goonies* neben *Mr. Cool* und *Ripley* und immer so weiter, bis alles hübsch bunt und vor allem extrem lässig war.

Die Sanitäranlagen wurden noch etwas saniert und ja, nach einiger Zeit waren wir tatsächlich bereit für die Eröffnung.

Es war nur noch nicht fest, mit welchem Film wir starten sollten. Klar, war das Konzept. Drei neue Filme pro Monat, immer beginnend mit der Premiere am Freitag. Donnerstags Ruhetag. Man will ja auch mal entspannen zwischendurch. Nachmittagsvorstellung um 16:00 mit einem ausgesuchten Kinderfilm, abends um 19:00 ein Evergreen. In der Spätvorstellung um 23:00 trashige 80er Horrorfilme. Die Programmgestaltung oblag natürlich mir.

Samstags große Sause mit einer befreundeten Castroper Cover Band, die zur Einstimmung und nach dem Abspann jeweils 3 Lieder aus dem aktuellen Hauptfilm zum Besten gaben.

Wir wollten den ganzen Samstag als Event aufziehen. Für die Kinder einen Clown, Zauberkünstler oder ein kleines Puppentheater vor dem eigentlichen Film auftreten lassen. Und wie gesagt, bei den Abendfilmen eine Band, Mini-Poetry-Slam oder eine Lesung vor oder nach dem Film zusätzlich. Ein Filmquiz veranstalten, wo man vor den Filmen sein Wissen unter Beweis stellen und Freikarten gewinnen konnte, unserer Fantasie waren keine Grenzen gesetzt. Jeder Samstag durfte unterschiedlich ablaufen. Eine befreundete Druckerei, alles über den Gewerbeverein akquiriert, würde Flyer und Poster drucken, sogar T-Shirts und Tassen.

Auch beim Essen und Trinken hatten wir uns was einfallen lassen. Wir machten einen Deal mit der Kuhbar und der Pizzeria um die Ecke. Man konnte beim Kartenkauf bereits seine Lieblingspizza oder sein Lieblingseis mitbestellen und alles wurde einem quasi auf die Couch geliefert. Für so ein Kino hätte ich in meiner Jugend getötet. Getränke gab es ausschließlich in Glasflaschen, der Umwelt zuliebe und weil aus diesen elendigen Pappbechern eh alles gleich schmeckt und sowieso keine Kohlensäure drin bleibt.

Also, nach knapp drei Monaten war eigentlich alles bereit für die Eröffnung. Nur noch die ersten Filme festlegen und die Werbetrommel rühren, wobei die erste Woche so oder so für all die Helfer draufgehen würde. Es war wirklich phänomenal, wie alle für die Sache brannten, und ich fühlte mich das erste Mal in meinem Leben wirklich verstanden und angekommen. Zu Hause. Familiär hatte ich das schon durch den unglaublichen Butze gespürt und sportlich mit meinen Jungs vom Verein. Aber das hier war wirklich und wahrhaftig der Oberknaller. Es war zu neudeutsch eine Community entstanden und das alles verzahnt mit Familie und Freunden, ein unglaubliches Gefühl. Ich war tatsächlich fast glücklich. Fast, weil mir trotz all der tollen und lieben Menschen, denen ich auf ewig dankbar sein und die immer einen Platz in meinem persönlichen Buch der besten Leute der Welt haben werden, etwas Entscheidendes fehlte. Jemand. Sie.

Kapitel 39 - Saisonstart

Neben dem Projekt Kino gab es ja noch ein weiteres Projekt, dass es aktuell zu verfolgen galt. Wir hatten den Spielplan für die kommende Saison bereits im August bekommen und trainierten fleißig, unser erstes Saisonspiel sollte nun im September stattfinden.

Gerade noch rechtzeitig waren unsere Trikots angekommen. Ein kompletter Satz in Weiß für die Heimspiele und ein schwarzer für die Auswärtsspiele. Alle ausgestattet mit unserem neuen Logo, einem Basketball, der gefolgt von Kondensstreifen, die Geschwindigkeit vermitteln sollten, in einen Ring mit ausgefranstem Netz flog. Es war so ein wenig ein Mittelding geworden zwischen dem 93er Suns Logo und dem aktuellen DFB Logo, farblich aber ebenfalls in schlichtem schwarz und weiß gehalten. Oldschool halt. Wir waren ja schließlich auch alt, mehrheitlich zumindest. Bis auf die mittlerweile ganz gut integrierten Kids, die uns dann nach und nach ersetzen sollten.

Die Trainer-Bürde hatte ich mittlerweile an Krampe übertragen, erstens war dieser sowieso besser geeignet als ich, ich war immer eher ein

Zocker gewesen, hatte zwar Ahnung von der Materie, aber das Vermitteln war nicht so ganz meins. Und zweitens würde ich durch mein neues Business sehr eingespannt werden und konnte zukünftig an vielen Trainings und Spielen nicht teilnehmen, was ja dann auch nicht wirklich sinnbringend war.

Ich blieb also Teil des Teams und wann immer es mir möglich war, würde ich auch mitspielen und mittrainieren, aber im Moment war das alles zu vage und auch eher zweitrangig. Hätte ich früher nicht so akzeptiert, da ging Basketball immer vor. Vor Schule, Familie, Uni, Arbeit. Egal wo vor, einfach vor. Aber ich musste ja erwachsen werden. Da ich mir noch keine Mitarbeiter leisten konnte und quasi erst einmal ein Ein-Mann-Unternehmen war, musste das Kino von nun an immer vor gehen. Das ging nicht anders. Falls ich irgendwann Gewinn erwirtschaften sollte, könnte sich das ja auch noch mal ändern, aber ich wurde ja eh nicht jünger und wenn die Kids besser würden, würden wir alten Säcke eh immer mehr zurücktreten.

Das war auch ok so, der Lauf der Zeit. Dann würden wir in Zukunft im Sommer draußen etwas Daddeln und anschließend den Grill anschmeißen, statt Wettkampfsport zu betreiben, auch nicht das Allerschlechteste, wenn man mal drüber nachdachte.

Aber bevor wir uns aufs Altenteil zurückzogen, wollten wir noch einen Titel holen, eine letzte Meisterschaft gewinnen. Auch wenn es nur die verkackte Kreismeisterschaft sein würde.

Früher waren in den Ligen um die 11 Mannschaften, so dass mit Hin- und Rückrunde etwa 20 Saisonspiele ausgetragen wurden, um den Meister zu ermitteln. Wir hatten für dieses Jahr sage und schreibe vier Mannschaften, die am Spielbetrieb teilnahmen, bedeutete also ganze sechs Saisonspiele. Voll krank, aber wir hatten vor, jedes Einzelne zu gewinnen. Eine letzte Abschiedstour zu geben. Dabei hörte ich *Guido* in meinem Schädel von der allerletzten Runde trällern.

Wie dem auch sei, eine kurze letzte Saison, in der ich zumindest die Spiele mitmachen wollte, die fanden alle Sonntag morgens statt, da wäre das Kino dann eh dicht. Die Blagen fanden die Termine nicht so geil, weil die ja Samstag abends auf die Piste wollten und dann stand Sonntag morgens früh aufstehen und Sport machen nicht ganz oben auf ihrem Wunschzettel. Tja, Pech, mitgehangen, dann auch mitgefangen.

Unser erster Gegner hieß TSC Eintracht und es würde ein Auswärtsspiel werden. Ich hatte Auswärtsspiele immer geliebt. Auf der Fahrt dorthin gemeinsam einschwören und in Stimmung bringen. Die gegnerischen Fans gegen sich (wobei Fans in der Kreisliga, na ja, wohl eher nicht), neue

Hallen, andere Bedingungen. Immer eine Herausforderung. Mann musste sich dann vernünftig aufwärmen, damit man sich möglichst schnell an die Ringe gewöhnte. Sonst konnte das schwierig werden.

Wir trafen uns also an der Holte-Grundschule um 9:00 morgens, sieben alte Männer und drei Jugendliche, quetschten uns in drei Autos und fuhren in die Stadt zum Eintrachtzentrum. Die Blagen schliefen im Auto weiter und die alten Säcke versuchten, langsam wach zu werden.

In der Halle angekommen, wurde sich schnell der neue Dress übergezogen, alle stolz wie Oskar in unseren neuen Trikots. Und bevor wir mit dem Aufwärmen starteten, ließen wir ein Mannschaftsfoto, von einem unserer Gegenspieler schießen, der sich daraufhin mit seinen Kameraden natürlich über uns kaputt lachte. Verständlich.

Aber im Spiel hatten sie dann weniger zu lachen. Wir spielten ein sehr kontrolliertes Halbfeldspiel, isolierten entweder unsere Center oder netzten, wenn diese gedoppelt wurden von außen ein. Einfacher In-and-out-Basketball aus den 90ern. Butze und ich sahen uns des Öfteren an, tauschten uns telepathisch aus und grinsten uns einen. Wir konnten vielleicht nicht mehr so schnell rennen wie früher, nicht mehr so hoch springen, aber der Ball war bei uns noch immer sicher wie im Safe. Keine Turnover, gute Pässe, sichere Würfe. Und wenn

324

wir doch mal Fastbreaks liefen, schickten wir die Kids auf die Reise. Die hatten jüngere Beine.

Wie auch immer, wir spielten das locker runter, gewannen mit 30 Unterschied und sahen uns jetzt nach dem ersten Spiel schon als Meister. Das Niveau in der Kreisliga war heutzutage so schlecht, dass wir prinzipiell gar nicht hätten duschen müssen, weil wir uns nicht sonderlich angestrengt und dementsprechend auch wenig geschwitzt hatten. Von daher feierten wir den ersten Sieg unseres Vereins auch wie die Meisterschaft und gingen zünftig Mittagessen, mehr flüssig als fest, versteht sich. Das fanden die Blagen dann natürlich wieder toll, vor allem, weil wir sie einluden.

Es war auf jeden Fall ein sehr gelungener Saisonstart und aufgrund der wahnsinnig hohen Anzahl an Gegnern, würde unsere Heimspielpremiere ja auch erst nach der Eröffnung des Kinos stattfinden. Zumindest hier lief also alles wie am Schnürchen.

Kapitel 40 - Drachentöter

„Hol sie dir", war alles, was Butze gestern Abend dazu zu sagen hatte, als wir im, im Prinzip fertigen Kino in der Bar saßen. Er stellte die durchaus berechtigte Frage, warum wir nicht endlich loslegten, eben nicht. Denn wie immer wusste er, was in mir vorging.

Wir hatten uns auf einen fetten Auftakt verständigt. Drei Filme zum Preis von, na ja sagen, wir mal zwei, um fair zu bleiben.

Womit hätten wir starten sollen, wenn nicht mit dem besten Film aller Zeiten? Wäre doch quatsch gewesen. Also klare Sache, *Zurück in die Zukunft* – Triple Feature, mit Band, die *The Power of Love*, *Back in Time* und *Johnny B. Goode*, aber auch *Earth Angel* und *Double Back* und sogar eine Band-Variante des unnachahmlichen Themas spielen wollten. Ich war gespannt.

Dafür würden in der ersten Woche der Kinderfilm und die Spätvorstellung wegfallen, aber das war in Ordnung, denke ich.

„Ich kümmer mich um die Werbung und den Schaukasten, während du den Drachen tötest", ergänzte mein Freund.

„Ich will den Drachen nicht töten, sondern meine holde Prinzessin zurückholen."

„Der Drache ist auch nicht Elke, sondern das, was zwischen euch steht."

„Und was wär das?"

„Na ja. Einen Großteil haste doch mit deinem angehenden Imperium hier bereits besiegt. Bzw. den Drachen geschrumpft. Oder wenigstens geschwächt?"

„Und was ist mit dem Rest?", fragte ich ihn hoffnungsvoll, einen großen Schluck Bier nehmend, wir hatten uns erneut in der Craft-Bier-Bude in Eving eingedeckt.

„Das weiß ich nicht, aber was immer es ist, lass nicht zu, das es zwischen euch steht."

„Weißte mehr als ich?"

„Das musste selber rausfinden."

„Aber ihr steht in Kontakt?"

„Hin und wieder."

„Und hast du ihr hiervon erzählt?"

„Nein. Ich hab ihr nur gesagt, dass es dir relativ gut geht und dasse wieder auffe Beine kommst."

„Mehr nicht?"

„Nein."

Ich glaubte ihm, sah aber auch an seinem Gesichtsausdruck, dass ich aus ihm auch nicht mehr herausbekommen würde.

„Also gibbet eigentlich nur zwei Fragen."

„Die da wären, großer Zen-Meister? Erleuchte mich mit deiner unendlichen Weisheit."

Das hatte giftiger geklungen, als ich beabsichtigt hatte, aber Butze nahm das gar nicht zur Kenntnis.

„Wann fährste los und wann bisse wieder hier? Ich muss die Plakate drucken lassen und die Werbetrommel rühren. Auch wenn die Premiere nur für Freunde und Familie ist, müssen wir an die Zeit danach denken. Die ersten Wochen werden entscheidend für den wirtschaftlichen Erfolg oder Misserfolg sein."

„Ich weiß."

„Also?"

„Ich fahr Freitag in zwei Wochen."

„Wieso ausgerechnet an diesem Tag?"

„Weil wir dann am Samstag darauf die Premiere machen können und dadurch jetzt noch zwei Wochen für die Werbeaktionen haben."

„Und sie kommt tags darauf direkt mit dir zurück?"

„Ich hoffe es."

„Ich hoffe es auch, mein Freund, ich auch."

Wir hatten den Termin der Premiere unbeabsichtigt auf den Abend unseres Abitreffens gelegt, aber das machte auch keinen Unterschied mehr, denn selbst wenn ich hier etwas Tolles auf die Beine gestellt hatte und es mich zu einem erfolgreichen Geschäftsmann machen sollte, war es mir nicht mehr wichtig, meine ehemaligen

Schulkameraden, geschweige denn Sandra damit zu beeindrucken. Ich wollte eigentlich niemanden mehr beeindrucken, sondern nur mit meinen Lieben und meiner Liebsten zusammen sein und eine gute Zeit haben. Der Rest war unwichtig.

Die Premiere würde so auch mit meinem 40. Geburtstag zusammenfallen (wie konnte ich nur so alt werden?). Eventuell konnte es ja eine Wiedergeburt zu einem neuen besseren Justus werden, ich stehe ja auf so einen Scheiß. Das war zwar alles toll und ich fühlte mich besser als je zuvor in meinem Leben, aber doch war das Puzzle nicht vollständig, nicht ohne Elke.

Alle Vorbereitungen waren bis Donnerstag getroffen, die Einladungen bereits am vorhergehenden Wochenende verschickt, im Prinzip nichts mehr zu tun, und dann war es auch schon Freitag und ich zog aus, den Drachen zu besiegen. Komisches Bild. Ein Drache in Apen. Tiefstes Flachland. Nur Kühe und Felder. Und hier kam meine Elke wirklich her? Kaum zu glauben.

Butze hatte mir die Adresse ihrer Eltern zugeschustert, bei denen sie aktuell wohnte. Ich hatte sie jetzt 5 Monate, 13 Tage und 6 Stunden nicht gesehen und ich war sehr gespannt, wie sie reagieren würde.

Nach etwa dreistündiger Fahrt hielt ich vor dem Einfamilienhaus ihrer Eltern und stieg aus. Viel

Platz zu den Nachbarn, große Grundstücke, alle Häuser freistehend, entweder hatten die hier alle viel Geld oder der Baugrund war billig. Mir war es egal. Aber ich war schon nach dem Abfahren von der Autobahn etwas erschlagen gewesen von der Weite auf dem flachen Land. Ganz anders als im Ruhrgebiet, wo die Häuser sich zumeist dicht aneinanderdrängten und jeder Zentimeter, der bebaut werden konnte, auch bebaut wurde.

Was machten die hier die ganze Zeit? Kühe schubsen und Schützenfeste feiern?

Mit etwas zittrigen Knien ging ich die gepflasterte Auffahrt zur überdachten Eingangstür hoch und klingelte. Woraufhin ein Bellen zu hören war, dass mir direkt die Farbe aus dem Gesicht trieb.

„Hauptsache, das ist nicht *Chopper*", sandte ich ein leises Stoßgebet zum Himmel. Auch wenn ich nicht an Gott glaubte, konnte das ja nicht schaden. Ich hänge nämlich an meinen Genitalien.

Es war nicht *Chopper*, sondern ein Mischlingshund, der auf den Befehl „Sitz", ausgesprochen von einem gepflegten älteren Herren beim Aufmachen der Tür, ausgezeichnet hörte.

„Guten Tag", stotterte ich vor mich hin.

Jetzt bloß keinen Fehler machen, dachte ich mir. Ich hatte ihre Eltern noch nicht kennen gelernt und wusste nicht, ob sie etwas von meiner Existenz wussten und wenn ja, was Elke ihnen erzählt hatte, schließlich wollte ich nicht, dass ihr alter Herr die Schrotflinte herausholte und mich anschließend auf seinem Grundstück begrub.

„Moin", sagte der Mann mir gegenüber. Dann Stille. Im Norden sprach man nicht so viel. Ich war wie erstarrt. Mein Gegenüber rührte sich auch nicht. Dann kam auf einmal wie aus dem nichts Bewegung in den Mann und er schoss los: „Das wird aber auch Zeit, Justus. Wieso zur Hölle hat das so lange gedauert?"

Ich war leicht perplex. Nach der wortkargen Ebbe folgte die überraschende Flut. Wieso wusste Elkes Vater, wer ich war?

„Ich hatte viel zu tun", stammelte ich und versuchte den Kopf über Wasser zu behalten.

„Komm rein, Junge, ich bin der Bernd. Elkes Vater. Elke und ihre Mutter Roswitha sind einkaufen, müssten aber gleich zurück sein."

„Und woher wissen sie, wer ich bin?"

„Wer solltest du denn sonst sein? Du siehst aus, wie Elke dich beschrieben hat. Und es wird Zeit, dass ihr das gerade biegt."

Wow. Warum hatte er denn so ein großes Interesse, dass wir wieder zusammen kamen? Ich wusste, mir keinen Reim darauf zu machen. Wir setzten uns in die Küche an einen geräumigen runden Tisch.

„Kaffe oder Bier?", bot Bernd mir an.

Ich hätte gerade für ein Bier oder einen Kurzen mein letztes Hemd gegeben, aber natürlich entschied ich mich für den Kaffee. Doch auch Elkes Vater schien ähnlich wie Butze über übersinnliche Fähigkeiten oder zumindest ein hohes Maß an Einfühlungsvermögen zu verfügen, denn als ich die Tasse an die Lippen setzte, schmeckte ich eindeutig Whisky heraus.

„Danke", war alles, was ich rausbrachte, aber ich denke, er verstand es genauso, wie es gemeint war, denn er zwinkerte mir zu, gefolgt von einer nordisch gelassenen Geste, die wohl Stillschweigen bedeuten sollte. Ich hatte die erste Feuertaufe anscheinend bestanden.

„Mein Junge, ich verstehe dich besser, als du glaubst, aber das bleibt unter uns. Elke ist ihrer Mutter sehr ähnlich. Sehr impulsiv und aufbrausend. Aber gerade diese Leidenschaft wirkt auf uns natürlich auch so anziehend, nicht wahr?"

„Das stimmt. Was hat sie ihnen denn erzählt, warum wir uns getrennt haben?", versuchte ich die neue und unerwartete Vertrautheit zu meinem Vorteil zu nutzen.

„Die Frage ist wahrscheinlich eher, was sie dir erzählt hat, Junge ...", setzte er an. Bevor er jedoch aus dem Nähkästchen plaudern konnte, hörte ich, wie sich ein Schlüssel im Schloss drehte und sah Elke mit ihrer Mutter hereinkommen, beide beladen wie die Packesel und große Tüten vor sich her tragend.

Elke sah mich schockiert an, wie ich da mitten in der Küche am Tresen mit ihrem Vater stand, fing sich aber doch recht schnell wieder und betrat die Küche. Bernd nahm seiner Frau ihre Tüten ab, stellte diese auf die Arbeitsplatte und drängte sie aus dem Raum.

„Was fällt dir eigentlich ein?", begehrte sie auf.

„Das müssen die Kinder unter sich ausmachen und dabei brauchen sie weder Zuschauer noch Richter."

Ich mochte diesen Mann. Und ich hatte Angst vor seiner Frau.

„Aber ich kann doch wenigstens Hallo sagen ...", setzte sie erneut an und man merkte der Dynamik zwischen den beiden an, dass sie in diesem Augenblick ihre seit Jahren angestammten Rollen vertauscht hatten. Er war es nicht gewohnt, Befehle zu erteilen und sie nicht, diese zu befolgen.

„Ja gleich, jetzt gehen wir erst mal in den Garten", sagte Bernd doch recht bestimmt und mir tiefsten Respekt einflößend. Und das Wunder geschah, seine Frau fügte sich und er bugsierte sie aus dem Raum.

Die ganze Zeit hatte Elke mich nicht aus den Augen gelassen und stand noch immer wie angewurzelt da, verschanzt hinter der großen Einkaufstüte.

Ich wusste nicht, was ich sagen sollte, war ängstlich und nervös, aufgeregt und zittrig zugleich. Ich konnte sie nur anschauen.

„Was willst du hier?", eröffnete Elke also den verbalen Schlagabtausch.

In meinem Kopf begann mal wieder *Bela* zu singen, diesmal davon, dass er seine Ex wiederhaben wollte.

„Ich will dich zurück", sagte ich also wenig originell, aber doch froh, dass ich wenigstens nicht gesungen hatte.

Bei Elke schien das gleiche Lied im Kopf abzulaufen, sie musste schmunzeln und da begann ich zu hoffen, dass wir noch eine Chance haben könnten.

„Warum?"

„Wie warum? Weil ich dich liebe."

Diesmal nahm *Marius* der Situation den Ernst der Lage und sang in meinem Kopf vor sich hin.

Konnte man sich denn über die Liebe nicht mehr unterhalten ohne irgendwelche kitschigen Lieder im Kopf?

Aber auch Elke hörte dieses Lied, da war ich mir sicher. Schade, dass sie nicht die Melodie summte, dann wäre ich mir ganz sicher gewesen.

Wir waren füreinander geschaffen. Das hatte ich auch vorher schon gewusst.

Elke antwortete: „Manchmal ist das nicht genug."

Bevor ich zu Wort kommen konnte, fuhr sie weiter fort: „Wenn wir unser Leben miteinander verbringen wollen, müssen wir auch die Rahmenbedingungen dafür schaffen."

Woher kam nur auf einmal dieser Ernst, diese ultraerwachsene Einstellung? Gerade diese gewisse Leichtigkeit hatte unsere Beziehung doch ausgemacht.

Als ob ich es laut ausgesprochen hätte, sagte Elke: „Wir können nicht immer nur in den Tag hineineinleben, wir sind erwachsen."

„Aber warum denn nicht?", insistierte ich. „Wir sind doch noch keine 60. Ich möchte mein Leben genießen, mit dir an meiner Seite und kein Spießer werden, wie so viele andere."

„Das ist es, was du willst?"

Gretchenfrage, aber ich konnte nicht anders: „Ja."

„Das geht nicht", sagte sie bestimmt.

Langsam wurde ich wieder ärgerlich, obwohl ich mir vorgenommen hatte, alles zu tun, damit wir noch eine Chance bekämen.

Ich erhob meine Stimme also voller gerechten Zorns: „Und warum zur Hölle nicht?"

Jetzt sah sie mich wieder wütend, nahezu verteidigend an.

Ich verstand es einfach nicht.

„Erklär es mir."

Aber statt mir verbal auseinanderzulegen, warum wir nicht länger das Paar von früher sein konnten, legte sie nur die Einkaufstüte zur Seite.

Ich raffte es noch immer nicht. Weil ich sie noch immer ratlos ansah, hob sie beide Hände und zeigte mit den ausgestreckten Zeigefingern auf ihren Bauch. Auf ihren sehr voluminösen Bauch.

Man konnte in der Küche quasi die Zahnräder in meinem Kopf rotieren hören. Sie klackten und klimperten an- und ineinander und noch immer war es schwer, für mich zu begreifen. Ich glaube, intellektuell hatte ich es auch verstanden, aber emotional war ich noch nicht dazu in der Lage. Ich bekam zittrige Knie und musste mich erstmal setzen. Ohne hinzusehen, tastete ich nach der Stuhllehne und hätte mich fast auf den Arsch gesetzt, bevor ich selbigen dann doch noch knapp auf der Sitzfläche parken konnte. Ich griff automatisch zu Bernds Spezialkaffee, was trotz der Situation Elke zum Lachen brachte:

„Papas Spezialkaffee?"

Mein gesamter Mund- und Rachenraum war trocken, trotz des speziellen Kaffees und als ich antwortete, hatte ich das Gefühl, jemand würde mit Schmirgelpapier in meinem Mund rumfuhrwerken: „Ja."

„Den brauchst du jetzt auch, was?", antwortete sie schon fast wieder mitfühlend.

„Ja."

„Bisschen einsilbig unterwegs, was?"

„Mmmmhhh..."

„Hast du wirklich nichts geahnt?"

Ach Elke, du hast mich gerade frontal mit einem Bus überfahren, ich bin an eine Hauswand geklatscht, in die dann eine riesengroße Abrissbirne mit *Looney Toons* mäßigem Schwung gekracht ist und das ganze Gebäude mit all seinen 100 Stockwerken über mir zusammengefallen ist.

Das dachte ich nur, sagte aber stattdessen: „Nein. Wirklich nicht. Wusste Butze Bescheid?"

„Ich bin froh, dass du nicht gefragt hast, ob es von dir ist."

„Das setze ich jetzt mal voraus."

„Da liegst du richtig. Auch in der Annahme, dass Butze Bescheid weiß."

Dieser dreckige, abgefeimte Mistbastard von einem syphilisverseuchten Mutterschänder!

Aber auch das sagte ich nicht. Das würde ich klären. Mit einer Schrotflinte a la *Ash*, sobald ich wieder in Dortmund war.

„Warum weiß er es und ich nicht? Hätte ich es je erfahren, wenn ich nicht hierher gefahren wäre?"

„Natürlich, aber wahrscheinlich erst nach der Geburt. Ich musste mir erst über einiges klar werden und ich bin noch nicht fertig damit."

Ich war zu fertig, um entrüstet zu sein. Das alles war zu viel für mich. Vater? Ich? Ein Kind versorgen? Ich war froh, wenn ich eine Hose angezogen hatte, bevor ich das Haus verließ. Na ja, ganz so schlimm nicht. Aber Vater? Ich war doch erst ... und da verstand ich, was Elke meinte, was sie bedrückte und weswegen sie es geheim gehalten hatte, zumindest vor mir. Humormäßig war ich auf dem Level eines 12-Jährigen, emotional und intellektuell vielleicht 25, aber verdammt, morgen würde ich 40 werden. So stand es in meinem Pass.

Elke las mir all dies wieder einmal am Gesicht ab und ließ meine Gedanken zu Ende rotieren, bevor sie sagte: „Ja genau, Just. Und deswegen musste ich weg, mir überlegen, was ich tun soll. Wie ich das regeln soll. Eine Schwangere stellt niemand ein, deswegen rette ich mich bis in die Elternzeit und schmarotze solange von meinen Eltern."

Ein Schnauben erklang hinter der Küchentür. Gedämpft hörte ich daraufhin Bernd zu seiner Frau sagen: „Komm jetzt da weg, Roswitha und lass ihnen ihre Privatsphäre."

Ein kurzer Tumult und dann war es wieder still. Das ganze Universum, meine kleine Welt, alles war auf diesen Moment und diese tatsächlich sehr schöne Küche zusammengeschrumpft. Wie mein Gehänge, das hatte sich in meine Bauchhöhle zurückgezogen, wer weiß, ob es je wieder hervorkam. Wenn ich ein Hund wäre, würde ich mich jetzt auf den Rücken legen, meinen Bauch und meine Kehle entblößt und vor dem Schicksal kapitulieren.

Elke war tatsächlich sehr gelassen, als sie sagte: „Just, du musst nichts tun. Ich schaffe das auch alleine. Ich will auch keinen Unterhalt. Du bist frei. Geh einfach und du hast mit der ganzen Sache nichts zu tun."

„Sache?", antwortete ich tonlos. „Wir bekommen ein Kind."

„Ich bekomme ein Kind."

„Aber ich bin der Vater. Und du enthältst mir das vor? Lässt mich nicht selbst entscheiden, was ich will? Das interessiert dich gar nicht? Du gibst mir und uns gar keine Chance?", antwortete ich entrüstet.

„Ich biete dir einen Ausweg."

„Liebst du mich noch?"

„Darum geht es nicht."

„Doch genau darum geht es. Wenn wir uns lieben, dann können wir auch eine Familie gründen und glücklich werden."

„Das Kind braucht einen Vater und eine Mutter. Eltern, die es lieben und ihre Rolle annehmen und dieser gerecht werden. Wir brauchen geregelte Jobs, ein Heim und wir müssen das mehr als alles andere wollen."

„Das beantwortet nicht meine Frage. Und wenn ich einen Job hätte und dir versichern würde, dass ich das Kind auch will. Würdest du uns dann noch eine Chance geben?"

„Ich weiß es nicht. Ich wünschte, ich könnte glauben, dass du das wirklich willst und wir das gemeinsam schaffen können. Aber ich sehe das einfach nicht."

Wenn sie mir doch nur diese Brücke gebaut hätte. Wenn sie mir doch nur gesagt hätte, dass sie mich liebt. Dann hätte ich ihr gesagt, dass alles gut wird. Dass wir das gemeinsam schaffen. Ich hätte ihr von dem Kino erzählt, von unserem gemeinsamen Traum, unserem gemeinsamen Leben, wie es sein könnte. Irgendwie hätte ich mich an die Vaterrolle gewöhnt. Wir hätten echt glücklich werden können. Aber da war wieder dieses dreckige Miststück von männlichem Stolz, das sich herangeschlichen hatte und mir suggerierte, dass Elke anscheinend nichts von mir hielt, mir nichts zutraute und mich nicht mehr liebte. Warum sonst hätte sie mich einfach so verlassen und stellte mich vor vollendete Tatsachen?

„Ich frage dich jetzt ein letztes Mal: Liebst du mich noch?"

Elke zögerte, dachte nach, hörte eventuell in ihr Herz hinein und antwortete dann: „Die Antwort ist: Ja, aber das genügt nicht für eine gemeinsame Zukunft."

Weil das beschissenste Konstrukt des menschlichen Denkvermögens, seit Adam Scheiße gebaut hatte, wieder die Kontrolle übernahm, stand ich auf und ging, ohne noch etwas zu sagen.

Roswitha und Bernd saßen auf der Flurtreppe, die ins Obergeschoss führte, direkt an der Haustür. Sie versuchte, mich mit ihrem Blick zu töten, aber Bernd sah mich verständnisvoll an. Beide sagten kein Wort. Und Elke sah mir aus der Küche nach.

Nachdem die Tür hinter mir ins Schloss gefallen war, musste ich erst mal tief durchatmen. Ich steckte die Hände in meine Jackentasche und stand einfach nur da. Und hörte von drinnen einiges an Diskussion, aber die Worte verstand ich nicht. Letztendlich war es mir auch egal. Das war alles irgendwie anders gelaufen, als ich gedacht hatte. Kein Happy End für mich. War wohl doch kein *John-Hughe*s-Film, mein Leben.

Als ich gehen wollte und die Hände aus meinen Taschen zog, hatte ich in der rechten Hand die drei Karten für die Premiere. Mit diesen wollte ich Elke und ihre Eltern überraschen, aber das war vorher. Ich knüllte sie zusammen und ließ sie einfach fallen. War jetzt auch egal.

Dann stieg ich in mein Auto und trat die 250 km Heimweg an. Dabei schrotete ich die Boxen, weil ich die Musik selbstverständlich bis zum Anschlag aufdrehte und *Farin* mich in Dauerschleife anschrie, dass nichts in Ordnung sei.

Kapitel 41 - Bestes Kino der Welt

Die Nacht war scheiße, der Tag auch. Eigentlich mein ganzes Leben. Aber heute war das Datum, der Tag, das Happening. Heute war Premiere, mein 40. Geburtstag, Eröffnung und Start vom Rest meines Lebens.

Meine Beziehung hatte ich in den sprichwörtlichen Sand gesetzt. Ich würde Vater ohne Rechte werden. Aber ich würde dafür sorgen, dass das Kino lief, damit ich wenigstens finanziell für mein Kind sorgen konnte, auch wenn ich nicht Teil seines Lebens sein würde.

Des Kindes? Was bekam Elke denn? Einen Jungen oder ein Mädchen? Ich wusste es nicht. Es war alles zu schnell gegangen gestern, war zu konfliktbeladen und ich war wie immer torpediert worden, von meinem Stolz. Diesem #+*&§. Dabei hatte ich jetzt wirklich was, auf das ich stolz sein konnte. Ich hatte nun eine Familie, auch wenn es eigentlich Butzes' wahr, zumindest bis ich ihn standrechtlich erschossen hatte. Und eine Community, ein Netzwerk aufgebaut. Ich hatte meine Jungs, meinen Sport. Ich hatte meine Berufung gefunden, selbst wenn ich das Ganze wie gewohnt an die Wand fahren würde. Aber im Augenblick war alles gut. Außer, dass die Liebe meines Lebens mein Kind gebähren und ohne mich aufziehen würde, aber wer würde sich von sowas die Laune verderben lassen.

Ich versuchte, den Gedanken abzuschütteln. Ich musste mich jetzt um diesen Abend kümmern, das würde schließlich meine Existenz entscheidend beeinflussen, meine Erbschaft war so gut wie aufgebraucht und wenn das in den nächsten Wochen nicht vernünftig anlief, wäre ich da, wo ich vor ziemlich genau einem Jahr angefangen hatte. Zwar nicht mehr allein und isoliert, jetzt hatte ich Freunde und Menschen, die mich gern hatten, aber zumindest wieder mittellos. Und ich würde doch auf ewig bei Butze über der Garage wohnen und einem Inder bei McDoof den Job wegnehmen.

Es war nun 13:00. Ich war geduscht, rasiert und hatte mich in mein Premierenoutfit geworfen. Schwarzes T-Shirt, blaue Jeans und Sneaker. Was auch sonst? Immerhin hatte ich das Base-Cap weggelassen und versucht so etwas, wie eine Frisur hinzubekommen, aber na ja, reden wir nicht davon.

Das Kino, hieß nun nicht mehr Kurbel, sondern laut Leuchtschrift, die wir hatten anbringen lassen, Filmpalast. Vielleicht leicht drüber, aber wenn schon untergehen, dann wenigstens mit Stil. Ich bereitete alles so weit vor und als Familie Butze ankam, dies war schließlich ein Familienprojekt, bat ich Butze auf ein Wort in den Hinterhof.

Max würde die Gäste in Empfang nehmen und die Karten der geschlossenen Gesellschaft abreißen. Julia würde die Leute dann zu ihren Couchen führen. Und Yoko würde, so weit es ihr mit der kleinen Lea möglich war, die Getränke an den Mann bringen. Die Band war schon auf der Bühne und machte Soundcheck.

Das Essen lieferte unser Kollaborateur Aldo, pünktlich nach der Band zum Start des Films, so wie es abgesprochen war. Das Eis würde Uschi von der Kuhbar analog zur gleichen Zeit bringen. Ein logistischer Alptraum, aber beide hatten mir versichert, dass das klappen würde.

Bevor nun alles losging, wollte ich noch mal einen Moment mit meinem besten Freund allein sein. Als wir auf den Hof hinausgetreten waren, die Tür hinter mir ins Schloss gefallen war und Butze, der vorgegangen war, sich zu mir umdrehte, haute ich ihm kurz und trocken eine aufs Maul.

Sonst nicht so meine Art, nicht mein Naturell und auch irgendwo unfair gegenüber meinem Lebensretter, aber es musste sein.

Butze nahm es gelassen. Zu gelassen für meinen Geschmack. Ich wollte ihn zwar nicht verletzen, aber eine etwas stärkere Reaktion hatte ich mir doch gewünscht. Meine Hand tat nach dem

Schwinger ziemlich weh und er zuckte nur unmerklich.

„Den hatte ich verdient", war alles, was er sagte.

Das war mir zu wenig, er sollte sich entschuldigen und wenigsten sowas, wie „autsch" sagen. Aber das tat er beides nicht.

„Sie ist also nicht mitgekommen?"

„Nein."

„Wie hasse auf deinen Nachwuchs reagiert?"

Ich antwortete nicht.

„So gut hast du es aufgenommen, ja?"

Ich antwortete immer noch nicht.

„Hasse ihr vom Kino erzählt?"

Und immer noch nicht.

„Ok. Wir rücken das noch gerade. Aber lass uns jetzt diesen Abend durchziehen. Versuch, den Rest von dir zu schieben. Das gehen wir morgen an."

„Wir?"

„Klar, wir. Es waren immer wir. Du und ich, oder ist dir das noch nicht aufgefallen?"

Doch, war es mir. Wenn es in meinem Leben jemals einen Menschen gegeben hatte, der immer zu mir gestanden hatte, immer für mich da gewesen war, dann war es dieser Hornochse, der hier vor mir stand. Deswegen konnte ich auch nicht länger sauer auf ihn sein.

„Kriegen wir das hin?", fragte ich hoffnungsvoll.

„Das tun wir. Am Ende wird alles gut und wenn es noch nicht gut ist, ist es nicht das Ende. Jetzt lass uns feiern."

„Mir ist nicht nach feiern."

„Doch ist dir. Wir feiern jetzt den Start deines Imperiums, deinen Geburtstag und das Leben. Alle deine Freunde sind hier und alle wollen heute mit dir anstoßen. Komm, gleich isset so weit."

Und tatsächlich war unser Kinosaal gerammelt voll, alle 120 Plätze aufgeteilt in 15 Reihen zu je vier Couchen für eigentlich jeweils zwei Personen waren besetzt. Aber die Couchen waren sogar überbesetzt, weil auch einige Kinder anwesend waren. Ich wusste nicht, ob diese die knapp fünf Stunden durchhalten würden oder ob Oma und Opa diese nach dem ersten Teil abholen würden, aber ich freute mich über jeden einzelnen.

Ich wollte gerade auf die Bühne gehen und meine Gäste willkommen heißen, als Butze mich am Arm festhielt und mir zuflüsterte: „Wir sind voll besetzt. ALLE Plätze sind belegt."

Es dauerte einen Moment, bis ich diese Information verarbeitet hatte, deuten konnte und schließlich realisierte, was er mir wirklich damit sagen wollte. In dieser Reihenfolge.

Butze wandte sich derweil mit einem Lächeln ab und verschwand Richtung seiner Familie. Und ich stand im Rampenlicht und wollte eine Ansage machen, konnte mich aber erst rühren als ich in

Reihe fünf ein Sofa erblickte, namentlich „Franzackenchic", auf dem ein älteres Ehepaar saß und eine hochschwangere Frau flankierte. Meine Elke.

So holte ich also tief Luft und bedankte mich bei allen Helfern, bei allen Bekannten, bei allen Freunden, bei meiner neuen Familie und bei meiner großen Liebe, der zukünftigen Mutter meines Kindes. Die Hoffnung auf eine gemeinsame Zukunft war erneut in mir entfacht.

Nach meiner Ansprache lief ich zu ihr und nahm sie so fest in den Arm, wie ich konnte. Und wie es ihr Bauch zuließ. Ich küsste sie leidenschaftlich und nahm um uns herum gar nichts mehr wahr. Auch nicht, dass alle Augen auf uns gerichtet waren. Der einsetzende frenetische Applaus war ohrenbetäubend und die Band tat ihr Übriges mit einer spontanen Darbietung des Songs von *Billy*, in dem es um eine weiße Hochzeit ging, was jetzt ja irgendwie unangebracht war, aber schon auch saucool.

Kapitel 42 - Letzte Offenbarung

Die Band hatte super gespielt und zum Intro und Outro ordentlich abgeliefert. Pizzen, Eis, Getränke, Snacks. Alles hatte tadellos funktioniert. Auch die Filme liefen auch einwandfrei durch und alle feierten *Marty* und *Doc* ab, wie es ihnen gebührte. Litten mit ihnen 1955, 1985 und 2015. Viele sahen die Trilogie zum ersten mal, zumindest auf einer großen Kinoleinwand und in schönstem Dolby. Es war phänomenal.

Anschließend feierten wir alle im ehemaligen Wohnzimmerkino, dem neu ernannten und zombiesicheren *Winchester Pub* und in den Gängen meinen 40. Geburtstag. Es war herrlich. Es war perfekt.

Meine Freundin und ihre Eltern gingen irgendwann in dem Trubel nach oben in ihre alte Wohnung. Elke ließ sich entschuldigen, weil sie nach diesem langen Tag ihre, durch die Schwangerschaft geschwollenen Füße, nur noch in die Waagerechte und sich selbst ins Land der Träume bringen wollte. Das spielte mir natürlich in die Karten, da ich mit meinem *Hetero-Lebenspartner* Butze den Abend ausklingen lassen wollte.

Morgens würde ich Elke ja wiedersehen und dann würden wir den Rest unseres Lebens angehen. Ich freute mich drauf.

Der Letzte, der von uns ging oder eher nach Hause torkelte, mal nicht melodramatisch werden, war natürlich Berg, voll wie ne Haubitze, aber wie immer kaum totzukriegen.

Als sich der Lärm gelegt hatte und ein perfekter Abend zu Ende gegangen war, blieben wie schon früher, als wir 16 waren, also nur Butze und ich über. Da saßen wir nun, wie eh und je, die beiden B's, auch ziemlich voll, aber vor allem glücklich und entspannt. Bei einem lecker Pilsken und einem kleinen Whisky, wie es sich gehörte, und alle Puzzleteile waren an den richtigen Platz gefallen. Das Bild war vollkommen. Ich war angekommen, ich war glücklich. Alles war gut, dann musste das doch auch das Ende sein, zumindest laut Butzes' Philosophie.

Wie ich so selbstzufrieden und selig grinsend da saß, total im Reinen mit mir, sogar überzeugt, dass ich ein guter Vater für mein Kind werden könnte, beugte mein Freund sich zu mir rüber, sagte aber nichts.

„Hasse was auf'm Herzen, Digga?", lallte ich ihn an.

Er haderte augenscheinlich noch mit sich, ob er es mir sagen sollte oder nicht.

Irgendwann war es mir zu doof und ich fragte ihn einfach etwas, um die Stille zu durchbrechen.

„War ein geiler Abend, oder?"

„Der Beste. Ist dir eigentlich klar, dass heute unser Abitreffen gewesen wäre?"

„Wen interessiert's?"

„Na dich, dachte ich."

„Wie kommste denn da drauf?", fragte ich ehrlich erstaunt.

„Weißte noch, der Abend, als wir bei den *Donots* waren?"

„Klar, legendärer Abend."

„Da ham wir doch zusammen in einem Bett gepennt."

„Und du Schwuppe hast versucht, dich an mir zu vergehen."

„Das hätteste wohl gerne."

„Nö", war meine äußerst ausschweifende und eloquente Antwort.

„Darum gehts auch nicht, mein Lieber. Weißt du nicht mehr, was du mir im besoffenen Kopp erzählt hast?"

„Auch auf die Gefahr hin, mich zu wiederholen: Nö!"

„Du hast was gefaselt, von wegen Leute beeindrucken und *Eleanor* und *Judd Nelson*, was ich ziemlich strange fand. Aber es schien dir wichtig zu sein."

„War es mal. Aber das hier heute war wirklich wichtig. Und echt. Die Menschen, die ich mag und die mich mögen, mit denen wollte ich heute zusammen sein und nicht irgendwelche Aktivmongos aus unserer Vergangenheit beeindrucken."

„Haste aber."

„Was?"

„Sie beeindruckt."

Jetzt musste ich grinsen und Butze auch.

„Na, das hoff ich doch."

Wir gackerten wie die Hühner.

„Jetzt hab ich alles, was ich will", fasste ich zusammen. „Demnächst hab ich sogar eine eigene Familie. Und weißte was, alter Freund?"

„Wat?"

„Ich werd jetzt sogar in Würde altern. Ein vernünftiges Leben führen und alles im Griff behalten."

„Alles?"

„Ja, Siggi. Alles. Nichts und niemand kann mich mehr überraschen oder ausse Bahn werfen. Ich bin ein Meister des Universums."

„Meinste aber auch nur."

Jetzt wurde ich doch unruhig.

„Willste mich eigentlich nur foppen, oder verschweigste mir was? Ich hatte vorhin schon son' Gefühl."

„Ich wette mit dir um vier Wochenenden Babysitten, dass ich dich überraschen kann."

„Was kann ich denn dabei gewinnen?", fragte ich.

„Na, du wirst doch auch bald Vater und dann willste auch mal wieder mit deiner Frau alleine sein."

„Ist das Kind sonst immer dabei?"

„So läuft das. Bis es einen fernen Tags auszieht."

„Harte Nummer und harter Einsatz. Aber das macht nix. Überraschen kannste mich vielleicht, aber nicht ausse Bahn werfen, dafür gehts mir heute einfach zu gut. Ich bin unzerstörbar."

Natürlich löste alleine dieses Wort den passenden Gesang von *Joshi* zwischen meinen Ohren aus.

„Nimmste den Wetteinsatz an?", fragte Butze mit unverhohlener Vorfreude in der Stimme.

„No retreat, no surrender."

„Challenge accepted?"

„Ja doch, jetzt komm endlich raus damit", antwortete ich langsam genervt.

Mein Kumpel stand geziert langsam auf, ging hinter die Bar, holte Milch, Kahlua und Wodka aus dem Kühlschrank und mixte uns zwei White Russians, in einem 0,5 Liter Caipirinha Glas. Der *Dude* hätte seine helle Freude gehabt.

„Willste mich töten?"

„Nein, nur vorsorgen. Du wirst es brauchen. Hat Elke dir eigentlich verraten, was ihr bekommt?"

„Na ein Kind", antwortete ich siegesgewiss. „Was dachtest du denn? Einen Elefanten?"

Wir waren echt nicht mehr nüchtern und dürften wahrscheinlich frühestens in einer Woche wieder Auto fahren.

„Ich meine, welches Geschlecht, du Honk."

Uhh, da hatte er mich tatsächlich erwischt. Ich hatte keine Ahnung. Alles war so schnell gegangen, Elke und ich hatten keine Zeit gehabt, alles zu besprechen. Ich war leider mal wieder planlos, wollte mir aber meine Hochstimmung nicht verderben lassen.

Also antwortete ich im Brustton der Überzeugung: „Einen Jungen."

50 / 50 Chance, konnte klappen, konnte schief gehen.

„Wie kommste darauf?"

„Ich kann nur Jungs, ist doch logisch. Erinnerste dich noch an den alten Schröder und was wir mit seinen Töchtern so alles angestellt haben?"

„Klaro, die waren ja auch rattenscharf."

„Damals habe ich mir geschworen, sollte ich einmal Kinder haben, dann nur Jungs. Mit allem anderen käm ich nur schwer klar."

Ich sah Butzes' Gesichtsausdruck und gleichzeitig meine Fälle davon schwimmen.

„Aber selbst, wenn es ein Mädchen wird, komm ich auch damit klar, auch das wirft mich nicht ausse Bahn. Ich hab mein Leben jetzt im Griff."

Ohne ein weiteres Wort reichte er mir das Glas und stieß mit mir an. Butze sah mir dabei tief in die Augen und sagte: „Du bekommst beides, mein Freund. Einen Jungen und ein Mädchen."

Und *Farin* schrie mich zwischen meinen Ohren an, wollte noch einen letzten Song zum Soundtrack beisteuern, in dem er mir vehement versicherte, dass ich alles hatte, aber auf jeden Fall nicht mein Leben im Griff.

Jetzt hatte Butze die Wette doch gewonnen. Oha. Also Happy End und Räuberpistole zum Abschluss. Ich habs doch von Anfang an gesagt: Das Leben ist auch nur ein Film.

Nachwort

Die wichtigste Feststellung zuerst: Nein, ich bin nicht Justus. Klar gibt es viele Parallelen zwischen ihm und mir. Die Vita ist aber maximal teilweise entfernt ähnlich (Das ist mal ne Nullaussage) und einiges von dem Quatsch, den Justus erlebt, habe ich auch erlebt. Viel mehr aber habe ich beobachtet. Und noch viel mehr habe ich frei erfunden oder woanders geklaut. Ich teile auch lange nicht alle seine Ansichten, aber natürlich doch schon so einige (Nächste Nullaussage).

Auch die Familiengeschichte stimmt nicht mal ansatzweise, das Verhältnis zu meinem Vater zum Beispiel ist grandios, aber für Justus und die Umstände, in denen er lebt, schien es mir richtig, ihm hier ein zerrüttetes Verhältnis anzudichten, um seine Einsamkeit und Isolation besser darstellen zu können. Mein Bruderherz und ich sind zwar manchmal ein wenig wie Katz und Maus, aber doch schon Bros, die sich sehr lieb haben, schätzen, aufeinander verlassen können und sich natürlich bis an ihr Lebensende battlen werden.

Die Abfolge der Ereignisse, sowie deren Eigenartigkeiten, entstammen eindeutig meiner Phantasie. Es ist so, wie wenn man überlegt, was wäre, wenn dies und das passiert wäre und auf einmal gewinnt die Geschichte ein Eigenleben und man hat mit deren Ausgang nur noch wenig zu tun. Es passiert einfach.

Auch ich war beim Schreiben sehr gespannt, wie sich das Ganze entwickeln und ausgehen würde. Es ist echt einiges anders gekommen, als ich zu Beginn gedacht hätte.

Gemeinsam ist Justus und mir die Liebe zum Spiel, zur Musik und zum Kino. Er hat meinen Geschmack dahingehend doch recht eindeutig übernommen. Über guten Geschmack lässt sich ja bekanntlich auch nicht streiten. Justus ist anders als ich, absolut keine Leseratte. Aber, das muss er ja auch nicht sein. Deswegen kennt er auch nur die Verfilmungen vieler Bücher und nicht deren Ursprung. Tut dem Ganzen aber keinen Abbruch.

Auch viele der hier auftauchenden Personen gibt es in Wirklichkeit nicht. Eigentlich keine. Höchstens entfernt ähnliche. Oder die Personen in dieser Geschichte sind uneheliche Kinder und Hybriden mir bekannter Menschen. Also falls sich jemand wiederzuerkennen glaubt, kann das nur mein Freund Reiner sein. Reiner Zufall, genau der.

Fakt ist, es hat Spaß gemacht, dies zu schreiben. Und falls es beim Lesen auch ein wenig Freude gemacht hat und hier und dort ein Schmunzeln über das Gesicht des Lesers bzw. um politisch korrekt zu bleiben, der Leserin oder um absolut korrekt zu sein, des Lesers (m/w/d) gehuscht ist, habe ich mein Ziel ja erreicht.

Sollte laut gelacht worden sein, ist das jedoch eher ein Zeichen der Hysterie und nicht eine Ovation an meinen Schreibstil, denn laut über ein Buch lachen geht eigentlich nur bei Chris Moore und Frank Goosen.

Danksagung

Die wenigsten lesen die Danksagungen am Ende eines Buches, mich eingeschlossen, aber mir ist es trotzdem ein inneres Rodeo, an dieser Stelle noch einige wichtige Menschen zu erwähnen, ohne die es *Das Leben ist auch nur ein Film* wahrscheinlich niemals gegeben hätte.

Wer hätte schließlich jemals daran geglaubt, dass ich Vogel tatsächlich eine Geschichte nicht nur zu Papier, sondern auch zu Ende bringen würde? Wer hätte gedacht, dass diese den Erst- und Testlesern dann auch noch ausgesprochen gut gefallen würde? Wer hätte geahnt, dass dieses ganze Pamphlet dann auch noch als Taschenbuch und eBook veröffentlicht und käuflich zu erwerben sein würde? Ich jedenfalls nicht. Und ohne die Unterstützung einiger Menschen wäre das auch niemals passiert.

Ich danke vor allem meiner engsten Vertrauten, meiner Ehefrau und Erstleserin, der dieses Buch natürlich auch gewidmet ist. Sabrina hat mich durch die verschiedenen Versionen und Etappen des Entstehungsprozesses begleitet und mir den nötigen Freiraum gegeben, um das Projekt zu vollenden. Sie hat diese Geschichte immer wieder gelesen und mit kritischen Anmerkungen nicht gegeizt. Und wenn ich *immer wieder gelesen* schreibe, dann meine ich Wort für Wort, Zeichen für Zeichen, Satz für Satz und so weiter. Oft, sehr oft. Sie hat mir mit ihrem feinen Gespür für menschliche Charaktere sehr geholfen, diese Figuren zum Leben zu erwecken. Und sie stand mir bei wirklich jeder Katastrophe (das waren nicht wenige) und bei allen wichtigen Entscheidungen (das waren noch einige mehr) zur Seite, seien es rechtliche, moralische oder philosophische. Wir Ruhrpott-Kinder halten immer zusammen! Danke, meine Liebste.

Darüber hinaus danke ich meinem Bruder, der mich hinsichtlich seiner Bereitschaft, mich bei diesem Projekt zu unterstützen, wahnsinnig überrascht hat. Mir war zwar klar, dass er aufgrund von Humor und Vorbildung für diese Art von Geschichte meinen idealen Leser darstellen würde. Aber da er jetzt nicht als die allergrößte Leseratte bekannt ist, war ich mir unsicher, ob er seiner Bestimmung hier auch nachkommen würde und wenn, in welcher Art. Christopher hat sämtliche Erwartungen weit übertroffen und mir mit seinem Feedback und seinen scharfsinnigen Nachfragen sehr geholfen und dieses Buch viel besser gemacht. Seite für Seite oder sollte ich Szene für Szene schreiben? Und wer weiß, vielleicht gibts ja eines fernen Tages noch das Konter-Buch „*Das faule Ei (und wie es mit Maggi doch schmeckt)*"

Thx, Bro.

Als Nächstes möchte ich meinem Buddy René danken, der mich ebenfalls sehr unerwartet und weit über Gebühr unterstützt und diese Geschichte mit akribischem Blick auseinandergenommen und in Frage gestellt hat. Bei all den Ideen, die er dazu hatte, hätte er das Ding auch selbst schreiben können. Spaß beiseite, er hat vor nichts halt gemacht, ob Figurenentwicklung, Beziehungsanalyse, Spannungsbogen oder dem Aufzeigen vieler weiterer Möglichkeiten. Was ich hier nicht berücksichtigt habe, könnte zukünftig aber anderswo Eingang finden. Es ist nichts verloren, was wir in unseliger Zweisamkeit ausgebrütet haben. Ich hoffe aufrichtig, dass wir das bestenfalls in beiderseitiger Richtung noch etliche Male wiederholen können und freue mich auf weitere gegenseitige Befruchtung. In nicht sexueller Hinsicht, wohlgemerkt. Vielen Dank, mein Bester.

Die nächste Lobhudelei geht an die liebe Caro, die mir den einen oder anderen weiteren wichtigen

Einblick und eine ebenso starke weibliche Meinung beschert hat. Ich habe versucht, Dir und der XX-Leserschaft etwas entgegenzukommen, ehrlich. Aber das Schönste war, dass Du so auf Fußhupe abgefahren bist, da konnte ja nun wirklich keiner mit rechnen. Ich glaube, Du und Dein Gatte bekommt zukünftig direkt die Manuskripte, sobald Sabrina damit durch ist. Vielen Dank, meine Beste.

Des Weiteren möchte ich Karsten danken, der trotz Gartenbauprojekten und doppelter Kinderbetreuung in Corona Zeiten, eben selbige abzwacken konnte, um meine Geschichte zu lesen. Danke für die kritischen Anmerkungen und die etwas andere Betrachtungsweise mancher Begebenheiten. Multas Gratias.

Zusätzlich danke auch an Lara, mit der ich über bereits erfolgte Änderungen vortrefflich sinnieren konnte.

Das famose Cover bescherte mir die überaus talentierte Jasmin Raif aka Sprudelkopf Design, mit der ich gerne bei den folgenden Projekten wieder zusammen arbeiten möchte.

Mein Dank gilt auch den vielen Autoren, deren Werk ich in den vergangenen 30 Jahren ausgiebig studieren und genießen durfte. Stellvertretend für alle anderen seien hier einmalig Stephen King, Dean Koontz und Clive Barker genannt, die einst in mir die Liebe zur Literatur geweckt und mich zeit meines Lebens begleitet haben.

Als ich damals im Jahre 1990 im zarten Alter von 10 meinen ersten Erwachsenenroman *Friedhof der Kuscheltiere* gelesen habe, viel zu jung natürlich, war es um mich geschehen. Ebenso erging es mir kurz darauf mit *Brandzeichen*. Mir eröffnete sich ein neues Universum voller Möglichkeiten und unbekannter Welten. Ich stellte über die Jahre fest, wer liest, lebt tausende Leben. Dass der menschlichen Imagination keinerlei Grenzen gesetzt sind, lehrte mich dann spätestens Clive Barker mit seinen *Büchern des Blutes*. Gehversuche in Euren Genres werden beizeiten noch folgen und ich freue mich tierisch darauf.

Mein hier vorliegendes Erstlingswerk wurde jedoch maßgebend vom einfach grandiosen Frank Goosen beeinflusst, der in jedem seiner Bücher seiner geliebten Heimatstadt Bochum und dem Ruhrgebiet ein Denkmal setzt. Das mag mir hier mit Dortmund zwar nicht gelungen sein, aber der Wille war auf jeden Fall vorhanden.

Und last but not least wird mein Dank auf ewig jedem Leser nachschleichen, der für diesen

Quatsch hier Geld ausgegeben, sich freiwillig und ohne Knarre am Kopf 2-3 Stunden in meine Hände begeben hat und sich von mir in die kleine Welt von Böller entführen ließ.

Wer weiß, wenn noch mal jemand dazu Lust hat, könnten uns diese Chaoten eventuell in einer weiteren Geschichte wieder begegnen. Ich persönlich würde ja schon gerne wissen, ob Justus ein guter Vater wird. Ob das mit dem Kino klappt und er wirklich erwachsen werden kann. Ob am Ende tatsächlich immer alles gut wird?

Wenn Ihr Lust habt und auf dem Laufenden bleiben wollt, welche Projekte ich als Nächstes angehe oder welche Termine anstehen, besucht mich doch mal auf meiner Homepage unter:

www.patrick-von-wantoch.de

Oder Ihr schaut mal auf meiner Facebook- und/oder Instagram-Seite rein:

www.facebook.com/AUTORPatrickvonWantoch

www.instagram.com/patrick.vonwantoch

Liked, teilt und kommentiert gerne, was das Zeug hält.

Ich freue mich darüber hinaus außerordentlich über persönliches Feedback an:

kontakt@patrick-von-wantoch.de

Und natürlich über ehrliche Rezensionen und Weiterempfehlungen überall da, wo es möglich ist, diese zu hinterlassen, schriftlich oder mündlich.

Ich hoffe, wir lesen uns mal wieder.

Macht es gut und nehmt das Leben nicht so ernst!

Patrick von Wantoch
(Juli 2021)